U0678296

被当作真理追求的爱情

汪子琳　著

百花洲文艺出版社
BAIHUAZHOU LITERATURE AND ART PRESS

图书在版编目（CIP）数据

被当作真理追求的爱情/汪子琳著. -- 南昌：百
花洲文艺出版社，2020.11（2022.8 重印）
ISBN 978-7-5500-3894-3

Ⅰ.①被… Ⅱ.①汪… Ⅲ.①长篇小说 – 中国 – 当代
Ⅳ.① I247.5

中国版本图书馆 CIP 数据核字（2020）第 210103 号

被当作真理追求的爱情
BEI DANGZUO ZHENLI ZHUIQIU DE AIQING

汪子琳　著

责任编辑	许　复	
书籍设计	刘建新	
特约制作	柳　枫	
出版发行	百花洲文艺出版社	
社　　址	南昌市红谷滩世贸路 898 号博能中心一期 A 座 20 楼	
邮　　编	330038	
编辑邮箱	fanfansoo@126.com	
编辑电话	0791-86894717	
经　　销	全国新华书店	
印　　刷	江西骁翰科技有限公司	
开　　本	880mm x 1230mm　1/32　印张 8	
版　　次	2021 年 6 月第 1 版	
印　　次	2022 年 8 月第 2 次印刷	
字　　数	168 千字	
书　　号	ISBN 978-7-5500-3894-3	
定　　价	39.00 元	

赣版权登字　05-2020-192
版权所有，盗版必究

网址　http://www.bhzwy.com
图书若有印装错误，影响阅读，可向承印厂联系调换。

西蒙娜·薇依：美，是一种人们看着它而不向它伸手的水果；同样是一种人们看着它而不退却的不幸。有一种不幸则是：人们无力承受它的延续，也无力从中摆脱出来……

一栋六层高的楼前，林子玥与艾光明淡淡道了别，便朝楼梯口走去，已上了几级台阶，"林——泉——"艾光明一声从心灵深处发出的急迫呼唤，突然划破午夜沉寂，显得格外凄清、悲切……

还是几月前她的旧名！林子玥心撕裂般转身急急走到楼梯口，认真等他说什么……

可，模糊不清的夜空，表情也模糊不清的艾光明，沉吟一会，终，只向她摆了摆手，道："再见！"

怅然若失的她，竭力平静地道了一声"再见"，便似雄才美色兼顾、不缺乏爱，更不缺乏智慧的女子，给虚伪或自私的男人，最多三次机会。

尔后，转身。这转身——犹如身穿曳地玫瑰红裙，华丽、决绝……

1.

2001年8月的下午，一间十来平方米的卧室：凡·高向日葵窗帘低垂，一张靠窗大床，身着绿绸吊带睡裙的林泉随意躺着，一副谁也不理的样子。

不知这样躺了多久。光线突然变暗，受惊吓般的她一跃而起，顾不得穿上鞋面各缀一朵向日葵的绿拖，光着脚丫，就去狠拉窗帘，似一刻也不容黑暗侵袭……

想起木子听她直言近况后，曾说："《教育》报的子报——《教育信息》正招编辑、记者，何不试试？"她便不抱多大希望地拨通114。

1

接线员："没有《教育信息》电话号码，只有《教育》报的。"

既然是主报就应当知道子报电话号码，她说："也可以。"

拨通了主报电话号码，是个女子接的，不待对方开口，她就问："是《教育》报吗？请问《教育信息》的电话号码是多少？"

女子竟说："我们不是《教育》报，是另一子报。"

她迟疑着，未料114也会有误。就此放弃？刚刚打起精神、鼓足勇气，又有所不甘，便病急乱投医地问："你们报，现在招人吗？"

女子歉意地说："我们现在不招。不过，《教育信息》确实在招。我也不知他们电话号码，我帮你问问。"说着，就问一位同事，然后给了她一个号码。

她真诚地道声："谢谢！"挂断电话便开始拨这颇费周章的电话号码。

拨是拨通了，可，半晌没人接。

抬头望望窗外渐暗的天，她想，这时——谁还坐班？正要挂断，一个像从远处急急赶来，气还有些喘的男子，忽道："喂——我是艾光明！"

这人真有意思！不等别人说找谁？就自报姓名。难道，所有电话都一定找他，或这电话为他专用？也未免太那个了点……

若是平日，她定像《聊斋志异》里的婴宁"咯咯咯"笑个不停。可此刻，好像不宜，便正色道："请问，你们报还招编辑、记者吗？"

"都快截止了！招聘广告也登了这么久，怎么现在才来电话？！"他倏地变了脸。

对他这不问青红皂白，兜头一盆水，她不知如何应答，沉默着。不敢说他们报招聘编辑、记者的消息是朋友告诉她的，更不敢说从来就没见过他们报。

"不过，你若有兴趣，现在就可来面试。"他口气软了下来。

现在就去。平素，像《花样年华》里的苏丽珍一样，出去买碗面，也要打扮得漂漂亮亮的她，还没心理准备。她环顾左右，桌上银灰色的摩托罗拉呼机跳进她眼帘，拿起一看，时间已17点55分，便用商量的口吻道："明天，可以吗？"

"可以。"他的话不带任何感情色彩。

但是挂了电话，定神一想：为什么不抓住这可能转瞬即逝的面试机会，而非要等明天？想到这，拿起话筒，她又拨了过去。

所幸，他还在。

她不好意思地说："对不起，我想了想，还是今天就来面试，可以吗？"

他沉默一会，告诉她地址、乘车路线、呼机号，又嘱咐她：到了呼他，他就在附近。

第一次这么晚又毫无准备地去面试，她一时没主意，在室内走来走去。突然，每逢整点就"嘀嘀嘀"提醒的呼机响了……

坐公交车从通州到北四环报社，中间换乘地铁也要一个多小时。长发齐肩，两鬓头发用皮筋随意束着的她，忙驻足，打开衣橱，顺手抄了一件浅色高腰衣和一条深蓝牛仔裤换上，再走到书桌旁拿了些应聘资料，便十万火急出了门。

下了车，她按便笺所记地址问了位大爷，又向前走了一段，经过一座修剪整齐的花园，就看见一东西向贴马赛克的小楼。小楼左边挂着"明德小学"白底黑字的竖牌。她不能确定地问旁边文具店老板："请问，《教育信息》报在这小学里吗？"

"什么事？"他问。她如实说了。

他仰头，手指小楼二层："看，就在那——"顺他手指的方向，确实看见一块黄底红字"教育信息"的横牌，她便拿起文具店公用电话呼艾光明。

过了一会儿，他回电话："我已在编辑部，你过来吧！"

付了话费，走进铁门，里面其实挺大：右边是块空地，能容几百号人，大概是操场；操场后面是栋六层高的长方大楼，没贴马赛克，裸露的红砖已发黑，可能是教学楼；教学楼与小楼之间是条可并行两辆车的通道……没时间细看，她向左紧走几步，上完一"Z"字形楼梯，就到了悬挂"编辑部"字牌的门前。

门虚掩着，"笃笃笃"敲几下，听到里面传出干脆利落的"请进"，她才将门小心推开。

意外的是，偌大的编辑部，只有一位板寸头、眉宇间有些学生气、穿深蓝洗得发白T恤的青年，正低头看报。听她走近，才放下报，抬头看她一眼，算是招呼。

当他起身去饮水机前给她倒水，她才见他穿着一条普通黑裤，脚上穿着一双同样深蓝洗得发白（还是圆口）的帆布胶鞋。她不由纳闷：都21世纪了，他怎么还这身装束？！是学校贫困生在此勤工俭学吧？

正妄自揣测，青年将水递给她："喝点水吧。"然后，径自拉一把椅坐下。她道了谢，欲问："你是谁？是领导临时有事……"

对方已发问："以前，你在报社干过吗？"被一个似未出校园之门的人一本正经询问，她虽有些不悦，但在一切情况未明之前，还是勉强道："干过，而且也是《教育》报下的一份子报《中学周刊》。"

"那你——为什么要离开呢？！"刚刚还有些学生气的他，突然，蹙眉蹙额目光锐利道。俨然一位上将拷问一个下士：为什么临阵逃脱，不战斗到最后？！

她心一惊，这人——可不能小觑！嘴上却不急不忙地说："因经营不善，发行量小，没钱开印，就停了。"

"原来是这样……"他一副完全没想到，陷入一种只有他自己才知道的沉思，语气和缓多了。好一会，他才又问："以前，你做什么版？"

"文娱、休闲版做得多些，中学教育也做过。"

"可我们现在最缺的是IT——数字教育版编辑。"

"是——吗……"她有些失望。因为除了打字、简单的文字处理，她几乎是电脑盲。加上，有几次写稿忘保存，突然断电，文字一下全无踪影，对电脑，她至今心有余悸。

"不过，最近我们又新增了个版——《才俊》，不知你能不能做。"

"财经？我能做！"她一副既惊喜又具决断力的样子。一见密密麻麻的阿拉伯数字她就头大；中考几门主课不及格，不愿再上高中的她，在父亲建议读财校时，曾振振有词："爱好文学的我，怎么可能读财校？！"

但，为尽快有一份工作，她不能再表现出失望或泄气的样子。

可，大出意外的是，当他起身从不远处拿来一份《教育信息》，指着一则全面改版的启事让她看时，新增的版中除《深度报道》外，只有《才俊》。原来，不知他发音不准，还是她紧张，竟将"才俊"听成了"财经"。

再细看栏目设置：《大师行止》——讲述我国教育、文化界大师的人生经历、治学历程；《名士风流》——讲述我国教育、文化界学者的为学与为人……这不就是她挣脱所有束缚，付出巨大代价，于1997年春，千里迢迢、单枪匹马来京——中国文化艺术之都，想亲耳聆听大师、名士神采飞扬传道、授业、解惑的重要原因吗？！

虽然，那时她没想过，是以记者的身份近距离聆听。但此刻，这样一个机会就来临了，她内心怎不奔出一阵狂喜？不过，脸上却比将"才俊"听成"财经"时更平静了，甚至声音都低了很多，生怕一表现出过分惊喜，他就心生疑窦，就改变主意。

她一定要抓住这次机会！

尽管平日看上去，她是个对任何人任何事都淡漠无所谓的样子。可，一旦遇上真正激起兴趣的人和事，立刻，她就会集结所有注意力，全力以赴！并且，一向要什么有什么的她，也充满必胜信心！

　　见她看完《才俊》版栏目设置，他问："你能不能留下些发表过的作品，让他们看看？"她欣然从资料袋里拿出她的作品，他顺手拿了一篇《载不动的乡愁》，当看到"和许多外地来京工作者，尤其女性有所不同，我从未曾想：要把根牢牢扎在北京，祈望永远在这中国文化艺术之都占据一席之地。我的家乡在风土人物皆神奇美丽的湘西，不提沈从文笔下的边城……"便问："你是湘西人？是沈从文那个地方来的？！"

　　她不无自豪地说："嗯！"尽管湘西信息闭塞、交通不便，经济还比较落后，但她从不以为耻，因为有那么山清水秀的自然风光，还有那么雄浑壮阔的人文历史……不像很多人一被问起家乡，不是沉默，就是含糊其词。

　　好像为证明自己确与都市女孩不同，她将头还骄傲地向上一扬，很孩子气地对又低头看文字的他说："我还是土家族人呢！"

　　"是吗？！"他一边答着，一边抬头不可置信地认真看看她，时间无声无息向前奔流……

　　因光线变暗起身去窗前的他，蓦然回首，才发现正不知该主动告退还是等他再问什么的她，还未走，便侧身，低头，目光有些闪躲，有些不安，甚至窘迫地说："你……你可以走了，有什么情况，我们……我们明天再通知你……"

　　他，突然一副不能大大方方说话的样子，很是让她诧异，但又不好说什么，便礼貌告辞。

2.

　　上午10点，呼机响了，靠在床头看书的林泉拿起呼机就按，偏偏

6

越急，越按错。好一会儿才知是艾光明让她回电话。她的心一下提到嗓子眼，不知他将说什么？犹豫半晌，还是做了最坏心理准备地回拨电话："喂？"一个声音像30多岁的女人接了电话。"你好！麻烦找一下艾光明。"她礼貌道。女人公事公办地说："等一下。"

一会儿，艾光明也没问问是谁，仍朗声自报姓名："我是艾光明！"她心笑道，你不是艾光明，我找你干什么？！但嘴上还是蛮客气地说："请问，刚才是你呼我吗？我是昨天到你们报社面试的林泉。"艾光明说："是，我们希望你今天上午再来面谈一下。"

她提在嗓子眼的心，仍候在原处，既不能落地，也不能飞天。她乖乖道："好，我一定来！"挂了电话，心里却一个劲埋怨：这人总做些出人意料的决定！昨天走时，怎么不说今天上午还要面谈，让她也好有个准备。现在认真梳洗一番，又从满满当当的衣橱里挑套最合适的衣服，再坐车、换地铁……只怕不是上午，而是要中午面谈了！

在没时间多虑，也吃不准招聘者喜好的情况下，她想：接近艾光明那种似未出校园之门的青年，应是没多大风险的。

于是，三下两下将长发中分，像电视剧《排球女将》中的小鹿纯子，在耳边各编一条小辫；然后，穿一套粉紫无袖连帽衫、齐膝A字裙；胸前再抱一个资料袋，不论向左走，还是向右走，都活脱脱一个在校女大学生。

到编辑部门口时，两扇门向里大大敞开着。一位面门而坐，留着女式男发，刀削脸的女子正目不转睛盯着电脑屏幕；另一位背门而坐，低头看着什么的男子则像艾光明。但她还是敲了敲门。

一个头发、眉毛粗黑，脸蛋似红苹果的男子，从门后忽地蹿了出来。一边认真、关切地问"请问，你找谁"，一边头有些不自觉地颤动……

她大大方方地说："我是来应聘的，找……"还未说完，背门而坐的艾光明就电击般弹跳起来，热情地说："是林泉吧，请进，我们再仔细谈谈……"

她款款而入。

艾光明指了张椅子示意她坐下。还未落座，他便问："平时，你喜不喜欢关注教育方面的问题？"说不上关注还是不关注的她，却道："当然关注！如果不是原来那份报停刊，我会一直干下去……"

他便从桌上拿了一份《教育信息》递给她，让她谈谈看法。她煞有介事地将八个版一一看了道："首先，标题不怎打眼；然后，有的文章过长，读起来累；再就是，大部分版面陈旧呆板。"

说着，从资料袋里拿出《中学周刊》因美编请假由她负责的几个版。尤其是她第一次也是唯一一次设计的彩版，不但赢得一位资深编辑的由衷赞叹，而且引来广告部一位刁钻（业务却最好的）老太，特意跑到编辑部对她道："就是你！咱报彩版——什么时候像你做得这样好过？！你看看第一版，编辑部主任李福来做得一直像'村姑'。这下可好，你一做，咱报就砸了，再也不做彩版了！"当时，听得一惊一乍的她，哭笑不得，没敢言一声。

至今，她都不知这老太是夸她，还是骂她。

她面露得意之色地笑着，一副只等他大加赞赏的样子。可他看了之后别的倒没说什么，偏偏指着她最引以为傲的彩版说："这——应配古典茶具图片！"她不信地拿来看看，原来是右下角《茶艺与茶道》这篇文章。

《茶艺与茶道》当然最宜配古典茶具图片！毋庸置疑！！

但因临时顶差没准备，排版室图库里又找不到合适的图，第二天一早要送印厂，最后，她只好用现代茶具凑合。本想如实告之，又恐他以为她推卸责任，所以她什么也没说，只对他不置可否地笑笑。

他泛泛地又问了些问题，才说："你还有什么资料可以留下来让我们看看？"她从资料袋中拿出一些给他。他拉开办公桌中间最大的抽屉，往里一扔，看也不看就关上了。离着抽屉虽有点远，她还是瞥见里面塞满各种各样的纸，心便悬悬的，总觉得自己的资料被他这一扔，就扔进了纸的海洋……

想到此次若应聘未果，还要去别的地方，犹豫再三，她压低声音道："麻烦你将我的资料保存好，因为都只有一份原件。"她说的是实话，每次辛辛苦苦写的文章发表后，她都不知多要一份自己备用。

已打开一本书看的他，头抬起来些，脸有点僵，还微微皱了皱眉，似对她这提醒颇为不悦，可又觉得在情理之中，便应道："好！"

他虽应了，却未付诸行动，低头又看书去了。一向性急，也任性，说什么便是什么的她不免一头雾水，可又不能像对亲友一样质疑、催促，只得自我宽解：也许自己过于率直的话，让他一时下不了台。她将那份《教育信息》佯装不经意地塞进资料袋后，才对他道："请问，我可以走了吗？"

这时，他才猛醒般抬头："可以，等他们看了你的作品后再通知你。"说着，放下手中的书，起身送她。

下了几级台阶，她忽然回头，对已驻足的他半玩笑半认真地说："拜托你，在你们领导面前美言美言，我真的很喜欢做《才俊》版，不想失去这机会！"他平静地说："等他们回来后商量商量。你先回去策划四五个选题。到时，有什么消息再通知你。"

一回住处，她就打开顺手牵羊的《教育信息》，以期尽快了解，方能从容应对他们的突然袭击。这也算"知己知彼，百战不殆"吧！

八个版——浏览后，吸引她眼球的是《文化茶坊》与《一周论坛》，尤其是《一周论坛》中采访"一耽学堂"发起人逄飞的《踮步千里，把根留住》这篇文章。从头至尾看完最后一字，她才将目光上移，看看作者是谁。万万没想到，竟是艾光明！心里不仅不敢再鄙视他为未出校园门的"愣头青"，还倏地增加了很大压力。她便四处打电话问如何一下策划出四五个选题。其实，连什么是选题她都不知道。在《中学周刊》虽工作近一年，却只做过一次很短的人物访谈。

日暮时分，她接到艾光明通知：明天上午八点半到编辑部上班，试用期三个月。

3.

一早，简单梳洗了下，穿上面试那天穿的浅色高腰衣、深蓝牛仔裤，林泉就出门了。因新到一个单位，处处陌生，她不想让自己太扎眼。

到编辑部时，艾光明与昨天两位同事已在。见她来后，艾光明起身手指斜对面一张无人却堆着许多旧报的办公桌："先随便坐。"她点了点头，朝那张桌子走去，正要将包放下，却见门外一个身着铁灰职业套裙、肩挎坤包、长发及肩、身材较胖的女子，不管编辑部人背对她，还是面对她，脸上都露出一种既友好又含混的习惯性微笑；接着点点头，整个身子都矮了一截似的向下一蹲，便猫一样悄无声息进了编辑部；尔后，谁也不问，径自向一张离门最近的空桌走去……就要落座时，突然回头，对最里面的她，佯装随意地迅疾扫一眼，好像只这一眼，便将她所有信息，都存入比计算机还精准的大脑。

这一眼，除了戒备还有警惕，虽够不上敌视，但一贯被善待、呵护的林泉，也着实吃了一惊！心想：这编辑部难道是古罗马最血腥的竞技场？不然，这女子何以第一次照面就这样？！而她，就算编辑部有这女子无她，也不会戒备警惕成这样。

她刚坐下，艾光明就问："你准备了哪几个选题？"她拿出采访本："国学大师季羡林、中戏戏文系高教授、被评论界誉为'校园文坛黑马'的文杰……"实际上，这些因时间仓促想出的采访对象，不仅领域不同，年龄相差也大，而有把握联系上的也只有文学院与她同届不同班的文杰。

听她报完选题，没说行，也没说不行的艾光明，突然问："你为什么要采访他们？"她又一次没想到！情急之下，竟说出平日深恶痛绝的陈词滥调："采访他们是为文化、教育界树立学习榜样。"他一言不发，皱眉蹙额陷入一种似自己跟自己较量的思想斗争……

她的脸微微泛红。因，别人对她失望，她宁愿被大声呵斥，也不愿拉不下脸的沉默。她几乎就要被这沉默压得喘不过气。一直像根紧绷的琴弦的他，突然松懈，没多少底气，不知说给她，还是说给自己听："先这样吧！现在就联系一个采访对象。周二定稿，周三排版。"

领命后，她嘴上没说，心里却老大不乐意：说干就干，连喘口气的时间都不给！说实话，这对已有一年多没在任何单位上班的她来说，很不习惯，一下难进入角色。她原本的计划是：第一天熟悉熟悉编辑部甚至整个报社情况，第二天再紧张工作。

可，毕竟不是自己说了算！还是尽快联系一个采访对象，再以外出采访为由溜之大吉。她才不愿在这没隔断，不论谁搔头，谁抠脚丫子都一清二楚的编辑部多待一分钟。倒不是她有什么见不得人的勾当，而是独处惯了。好像只有独处，她那放射状思维，才不会受任何阻碍、干扰，自由自在地发散……

第一个电话拨的就是文杰。不出所料，三言两语搞定。她竭力压住心头窃喜，走到艾光明身旁说："我已联系好采访，能不能现在就走？"他有些吃惊地问："联系的是谁？"她说："文杰，出版过十多本校园青春小说的作家。"他脸上虽有一丝疑虑，想了想，还是从抽屉里拿出一张"外出采访单"给她。

"××时间，××地点，××人……"要填的还真不少，像政审！心里虽嘀咕着，她还是不得不拿起笔来填。填完，将这字迹潦草，明眼人一看就知是敷衍的"外出采访单"交给艾光明。他没说什么便放进抽屉。

她收拾好笔、电话簿就要走，艾光明忽问："你自己有相机吗？人物访谈要配受访者照片。"她想说有，转念一想：报社若有好一点的，何不练练手？只要与文化艺术沾边的她都不肯放过，便声色不露地说："没有。"他从抽屉里拿出一张"借还相机登记表"给她，并嘱咐，填了事由让他签字后，再去报社办公室领相机。

报社办公室在明德小学教学楼三楼，她到了后，见门虽开着，却没一个人。等了好一会，还是不见一个人，索性回编辑部问个究竟。

本不想再打扰艾光明，可别的同事没怎么接触，她只好走到他身旁说："我去办公室了，可一个人都不在。"他有些意外，想了一会，大概也想不出个所以然，就拿起桌上的呼机看了看，忽然醒悟："这时候，他们可能吃饭去了，下午1点30才来。"

真是运气不好！原以为至少有大半天时间供自己支配，不料，为一个相机，竟要等到下午一点半。她悻悻地在他背后由几张办公桌拼就的会议桌前坐下，拿起一张旧报心不在焉地翻看起来……只一会，便坐不住了。不是饿，而是这样等下去实在没必要，她又不是没相机。刚侧头，正想对他说，"我不等了，我一位朋友有相机"，哪知，前一秒还背对着她的艾光明，这时也侧了下头，且眼里满是对她不知何故的担忧、焦虑甚至疼惜，好像这一切都是他造成的，他若坐视不管，必心中不安！

她不明白也受不了他这突如其来又异常强烈的感情，忙撤回目光，完全忘了要说的话。待她从这惶惑中醒来，就听他在身后朗声道："今天，我请新来的编辑吃饭！"她更蒙了，不知他为何突然说这话。正要坚拒穿得像穷学生样的他破费，他已几步走到早上猫一样潜进编辑部的女子身旁，一个劲催促："倪超雄，走吧，走吧，吃饭去。"倪超雄一边笑着，一边不断点头："唉，唉，唉……"

之后，他才转身走到她近旁："林泉，一起走吧。"因新来的编辑不只她一个，她若拒绝，已欣然接受的倪超雄怎么想？何况一早就那样看她。答应不是，不答应也不是，这时坐在电脑前的那个女式男发的女子忽笑着对他大声嚷嚷："为什么我新来时，你不请？我也要去！"他一边自我解嘲地笑着，一边对这女子爽朗道："丁红，急什么！一块去就是了！"

他话音刚落，一个穿藏蓝西服、瘦高、脸庞白净、眉清目秀的男子表情淡漠地从门外缓缓进来。艾光明欢喜道："我们的大才子王伟也来了，真是来得早不如来得巧！孙为民比谁都来得早，这会儿，偏偏采访去了。咱们走吧。"王伟抬头，还不明白要走到哪去，丁红就乐呵呵地说："今天艾光明请客！"他不言一声，淡漠的脸上闪过一丝似有似无的笑。

走到花园，艾光明忽掉头问身后的倪超雄、林泉："你们现住哪儿？"倪超雄说："住朋友那里。"林泉说："住通州。到报社，中间换乘地铁也要两小时。"有点夸张的她，只为今后上班万一迟到留一借口。

他竟停住脚步，望着她惊讶道："住那么远！采访、上班都不方便，还不如搬到报社附近。"她赞同地笑了笑，又为难地说："到时……"还没把试用期满自己若未被留下，将再一次搬家的隐忧说出，他就对她和倪超雄各看一眼，宽慰道："好好干，还是能留下来的！"好像她们的去与留，就掌握在他手里。她很不以为然。

丁红打头，其他人鱼贯而入路口一家人满为患的川菜馆。好不容易在大厅找了张空桌坐下，艾光明便提议："吃饭前，大家都自我介绍一下。"丁红快人快语："我来自广西！"倪超雄则声音异于她的身体，细而柔地说："我来自吉林。"艾光明爽朗地说："我是青海的。"王伟声音低得几乎听不见："我是湖南人。"林泉看了一眼他，有些欣喜地说："我也是湖南人。"

尔后，大家相互推让地点了几个菜。可能倪超雄、林泉是新来的缘故，桌上，大家都吃得很沉默。想说什么，又一时找不到合适的话题，好像真为了吃饭而吃饭。偶尔，艾光明想打破这沉默，好不容易找出一两句话，也没人回应。

不知为什么，林泉的心，竟生出一种莫名不安来，好似艾光明突然请客皆因为她！而她又无法帮他缓解这沉默的尴尬。至多，与刚得知是老乡的王伟，不咸不淡聊几句。

过了一会儿，看上去很能吃的倪超雄竟放下了碗。接着，菜一上来便嚷嚷因赶车来不及早餐的丁红，埋头痛吃一番后，也放下了碗。东想西想，吃得少而慢的林泉，见两位同性都放下了碗，不管肚子饱不饱，也放下了碗。之后，便是王伟。只剩艾光明一个了，他不免局促起来。

其实，像他一米八几的个，不吃得杯盘狼藉才怪。何况菜还那么多！于是，她装作很随意地说："慢慢吃，你们男的本来就吃得多些。"满以为他会受鼓舞般大快朵颐……哪知，他原本粉白的脸竟透出淡淡红晕来，一丝羞涩的眼神也在镜片后躲闪，手中的筷子，更不知该向前还是往后。她既悔刚才的话，又不明白他为何难为情。因为，她没有直杠杠地说"你们男人"，而是说"你们男的"，已算委婉。

下午，借到相机，因文杰创作室离她住处不远，从楼梯口推出自行车，左脚踏上踏板，右脚优美一跨，她就雄起起气昂昂出发了。

一条笔直宽阔的柏油路，人少时，她不是放开车把，将双臂展成"一"字平行伸开，脚下仍稳步前行；就是俯身将车骑得飞快，耳边只有"呼呼呼"掠过的风声，像陈明所唱《寂寞让我如此美丽》："失去了牵绊的女人，自由得像要飞……"

到了文杰创作室，彼此简单寒暄后，她拿出采访机，他却从茶几上拿起一沓纸，不紧不慢道："电话中你一说采访意图，我就找了些相关资料，你重新编编就行。我知道整理采访录音很累人！"他从开门就一脸温和的笑，不知是吝惜创作时间，还是不善言谈。她拿不准。再想到第一次做《才俊》版，怎样做都没底，能节省时间就节省吧，她没再坚持。

问他要了照片后，她还要下楼再拍，他爽快答应。在花园，她俨然资深摄影师，一边指挥他于不同背景摆出不同姿势，一边"咔咔咔……"很像那么回事地潇洒按快门。

拍得差不多了，她大步向停放自行车的车棚走去，好像再多待一分钟，就要被他以为在等吃请。因几年前吴荣便对她说过："我当记者时，社长对我们常说的就是：'当记者的，在什么地方混不到饭吃，还叫什么记者？！'"

果然，他在后面追道："别着急走，我请你吃饭。"她忙说："我还有好多事，来日方长。"说完怕他不信，还回头粲然一笑，他方止步。因对她来说，采访是分内的事，在报社有工资又有稿费，怎还好意思让受访者破费。再说，工作是工作，吃饭是吃饭，她不喜欢将两码事混为一谈。

回到住处，她拿起文杰所给的资料漫不经心看起来……没想到，从他写的创作经历、别人报道他的文章竟看到：吴荣当年怎么欺骗他这同学，去年三月又如何剽窃某教授作品。

既感到脸上阵阵发热的她，心里又有种说不出的痛快。发热的是，文学院同学都知吴荣曾是她男友。痛快的是，极端自私、虚伪的吴荣也有今天！

她确实很想只字不删地全部留下，但本着新闻"真实"与"客观"的原则，她还是将过于偏激之处删掉。毕竟那年在蓝岛附近的一家建行，文杰从吴荣龙卡里提取过9000元现金，还写了张收条让她转交。

林泉第二天上班到编辑部时，已来了几位同事，还有一位没见过面、发色偏黄、脸黄瘦、下颌尖的男子正低头看稿。她本想朝昨天用的办公桌走去，又担心刚坐下就被真正的主人灰溜溜请走。众目之下，她才不想出这丑呢！她要一张真正属于她——任何人都无权占有的办公桌。

可别的办公桌不是有人，就是放着杯子、资料夹……她站在过道上，踌躇不前。这时，艾光明起身走到她面前，指着她昨天用过的办公桌："过几天，杨勇的东西便拿走了。你就用这张吧，再没比这张更好的了！"她低头欲说"好"，还未出口，他又道："就用那张吧！好啦，我不管你了。好啦，我不管你了……"见他一边露出一副害怕再操一点心的样子，一边婆婆妈妈地反复念叨，便好生奇怪：她什么时候要他管过了？刚才，不是他自个儿跳出来的吗？！他不怕同事笑话，她还怕呢！一边在心里骂骂咧咧，一边朝那张还属于别人的办公桌走去。

不知过了多久，她从稿中抬头，忽见近旁椅子上坐着一位没见过的男子，黑瘦，戴副眼镜，两手交握膝上，说话细声细气，几乎未见嘴皮子动过，正回答艾光明与她面谈时的提问："平时，你喜不喜欢关注教育方面的问题……"

难道编辑部还在招人？可第一次电话，艾光明不就厉声质问过她："都快截止了！招聘广告也登了这么久，怎么现在才来电话？！"这到底是怎回事？她虽不明白，还是打起十二分精神，将稿子从头至尾再过了一遍。

下午，去办公室隔壁的照排室排版。没想到她写的稿子只够半个版。这可怎么办？现在采访还来得及吗？也不知该问谁，还是问那似比谁都热心的艾光明吧。

她下完楼梯，发色偏黄、脸黄瘦、下颌尖的男子拿着已校完的样版从走廊另一头走来……老远，就侧身给她让出很宽的过道，还有点不敢直面她地羞涩一笑。

在异性面前一向骄矜的她，佯装没看见。可就在彼此擦肩而过时，男子突然问："你是新来的吧？我叫路一鸣。"她只好莞尔一笑，点了点头道："我叫林泉。"

刚进编辑部，背门反剪着手站在丁红身旁的艾光明，就有感应般转身，几步抢到她跟前，一句话不说，夺过她手中的样版看起来……惴惴不安的她，只得将半版原委如实告之。看完文章大小标题、文字走向、配图，他什么也没说，就回到椅子上，在桌面、抽屉里一阵胡翻乱找，一无所获。又问："在座编辑手头有没有人物稿？"丁红、孙为民虽送来几篇，都不合适。他便打电话与主管刊登广告的洪军商量：从有备用稿的版，调半版广告补上。

解决了这个问题，他才回头对一直站在近旁不知所措的她宽慰道："原来没有《才俊》版，摸索着做，是有些难。但不要怕，今后，我和柳敏慧，还有钟主任都会帮你的。"脸上仍有愧色的她，点了点头，便去写他一再叮嘱一定要写好的开版语！

因对《才俊》版宗旨领悟不够，时间又紧，抓耳挠腮的她便胡乱写些自己都没脸看的话："亲爱的读者朋友，从今天起《才俊》版正式与您见面……"艾光明看后，问："这是什么啊？！"可，时间已不容重写。

4.

今天，林泉与面谈那天一样，长发中分，耳边各编一条小辫，穿一套粉紫无袖连帽衫、齐膝A字裙。到编辑部刚坐下，就听艾光明朗声道："石磊，这是咱报新来的记者——林泉！"同时，右手向她外交官般娴熟优雅地一划。不等那人开口，她便赶紧起身。不知是什么要人，让他如此郑重。

可，迎面却是个虎头虎脑，中等身材，脸上还有些稚气，至多二十五六的男子。即刻，她原本含着敬意的笑容僵住了，含糊地一笑。而石磊的眼前蓦然出现一张很青春很明媚的脸，怔了一会，才"哦"了一声点了点头，放下背包，在她对面坐下。

下午，交版后没事，她顺手拿了一份杨勇桌上的旧报看起来。在《文化茶坊》栏目看见一篇半版影评，心里不由一亮。因在文学院她学的就是影视文学，平日也是个影迷。她向作者位置看去，竟是老乡王伟！心里更是一片亮堂……

急急看完，便不顾异性前的一向骄矜，拿着这影评走到只隔一条过道的王伟桌旁，单刀直入问："王伟，你也喜欢电影？还写了这么好的影评？！"

王伟从正在校对的稿子中抬起略苍白的脸，慢条斯理地说："嗯，我现在还跟北师大一位教授学影视专业课。""是吗？！"她意外道，然后又说："那以后咱们可要多交流交流，或我向你多学习学习。"他含糊地应了声，没再说什么。

她兴高采烈地回到原位，仍翻看桌上的旧报。不料，过了一会儿又看见一篇王伟所写的影评，便认为，他喜欢电影不假，自己又多了个可谈电影的朋友。

不知过了多久，突然，一个很温和甚至祈求的女声响起："王伟，你住朝阳区，我住通州。等会儿，下班咱们一块儿走？"她抬头一看，竟是丁红！想起艾光明请客那天，丁红已知她住通州，却不约她，真想孩子气地嚷嚷："我也住通州！我们仨可以一块儿走！"但，立在王伟对面，身子前倾，正全神贯注等王伟回答的丁红，连眼角都未扫她一下，她才作罢。而王伟，头都没抬地咕哝了句什么，算是回答。

快下班了，已回原位的丁红，再次提醒王伟。王伟稍抬头，却有些作难道："我还有事，你——先走吧。"她只得悻悻地独自走了。接着，又有几位同事走了。林泉心慌起来，无意再看旧报，收拾东西。

奇怪的是，好像约好了一般，她走到编辑部门口时，王伟也到了。想起丁红的话，她随意地问："你住朝阳区？"他："嗯！"她："我住通州，咱们可同一段路。"他："是，我们一起走吧。"

下完楼梯，她忽然想起来："哎呀，刚才那几份旧报没看完。艾光明让我下周一交策划案，我心里都没底。""没什么，你在这等着，我去办公室给你拿。"说着，他向教学楼走去……

她人在原处等着，思绪的野马却不知跑什么地方去了，以致艾光明、倪超雄打她面前经过都不知。还是艾光明忍不住回头笑盈盈问："你站在这干什么？"怔了一会，如梦方醒的她才道："哦，我在等王伟拿几份以前的报纸。""原来，以前的报纸你还没有？！"他像刚刚知道般惊问。她心里道：是啊！你又从来没问过我。嘴上却很轻地"嗯"了声。他即刻露出一副自责的样子。为避免尴尬，她正想问他们去干什么，他看穿般说："我陪倪超雄去买呼机。"

她想起来了，下午刚上班时，倪超雄走到编辑部正中，两手交握弓着身子，忽然像娱乐节目主持人般亲切而大声地说："嗨！下班后，你们谁陪我去买呼机？"似乎只要谁一答应，她就会伸手指着道："很好！很好！"

出于一种很难拒绝别人尤其是同性请求的本能，林泉想说"我去"，又恐成众目焦点，话到嘴边又咽了回去。这几天与倪超雄似乎谈得很热乎很投机的孙为民，起身伸了伸了头，不知为什么又缩了回去。其他人都没吭声。完全没料到的倪超雄，只得一脸尴尬地走开。大概，下班前看到当时不在场的艾光明，才让他陪的吧。

她伸长脖颈想看看王伟来了没有，艾光明却对她笑盈盈，温和甚至有点请求地问："不一起去吗？！"她很意外，欲说不去，又怕不远处的倪超雄再次尴尬，忽想到自己已有呼机，就说："哦，我有一个，你们去吧！"说完，如释重负般希望他与早等得一脸不耐烦、双目已斜睨

19

她的倪超雄快快走，别再跟她啰里啰唆，没完没了……

可就在转身之际，他忽用一种笑意融融又意味无穷的目光，定定地直视了她一会儿才走。见他走了，她便仔细打量起他渐行渐远的背影——仍发白的蓝T恤，普通长裤，旧帆布胶鞋。一双看似粗壮却没多少力气、走起路来生硬摆动的手臂，像极了铁臂阿童木。她不禁想，这样一个人怎会有这样的眼神？！这眼神，她虽一时琢磨不透，却隐隐觉得，似在含蓄地阻止她将要决定的某件事，又似在暗示他将带她去一个更广阔更美好的世界……

正这样寻思，手拿报纸的王伟来了。出了铁门，走到花园一条绿树繁花的小径，他突然说："今天你去我住的地方看看，反正还早。"她想，自己住得太远正要看看别处有没有近些的房子。何况，他是编辑部唯一老乡。而老乡，于她理解，就是他乡遇上自家人，有着兄弟姐妹般的情谊。不然怎么会有"老乡见老乡，两眼泪汪汪"之说？便爽快应允。

坐车到北太平庄后，要到对面转乘另一路车。因过街天桥远，斑马线前，急于归家的人便站成一堵墙，只等绿灯一亮，就箭一样射去。绿灯还没亮，几个性急的人已迈步，她不甘人后，却被他一下握住了手。意外的她，侧头看他，却看到一个后脑勺，不知是有意避开，还是真看红绿灯。

绿灯终于亮了，人墙也松了。他仍握着她手，紧跟人潮，迈步，直至安然到了换乘站，才放开。她很有些懊恼。还没有一个异性，第一次同行，就擅自握她的手。对她而言，身体发肤既是自己的，就要听从自己意志。想板起面孔呵斥他一顿，他却根本没这回事般一门心思仰头张望车来没来。她又不好意思出口了，怕他以为自己是嫁不出去的老姑婆——神经过敏！

其实，细细一想，在这举目无亲的异乡，人情冷硬的都市，像她这样只身漂泊，又不知何日是归期的女子，若有个不管经济条件怎样，都会用心呵护的异性，也是很好的。如此时的他。正这样想着，他忽然说："车来了，咱们上吧。"人虽很多，但在他的护卫下，她顺利上了车。

车到红庙，他们又换乘一辆始发车。坐定后，他忽然问："每天晚饭，你是自己做，还是外面吃？"她如实地说："心情好时做一做，平常就在外面瞎对付。""我喜欢自己做饭，如果不是很饿，多晚，我都回家做。"看他白白净净斯斯文文，竟然喜欢做饭。她感颇意外。

做饭——从买菜到择、洗、切，再到炒，琐碎麻烦不说，更由于无厨艺天分的她，每每做饭，便如临大敌。何况，待菜终从锅中一盘一盘上桌，她不是早饿得没食欲，就是已被油烟喂饱。

他又问："你现在饿吗？"因远未到饭点，她摇头。他说："那我们下了车，就去市场买些菜，我给你做。"她高兴地说："好啊！"正想看看他说喜欢做饭是真还是假。

到了市场，因他说最拿手的菜是红烧鲤鱼，便去买鱼。秤完，店主刚报5元，她就从裙兜拿出10元。店主正要接，他急道："别要她的！我这正好5元。"店主笑了笑："好，不用找。"

拿了鱼，他便对她有些生气："在我这，还让你掏钱？！"她为难地说："那——我怎么好意思！"他说："下次我去你那儿，你买，不一样吗？"听他这么一说，她才露出笑："那，一定哟！"然后，他又买了猪肉、豆腐、油菜、平菇，还准备买点别的。她打趣道："你以为我是饿牢里打（湘西土话'打'即'逃'）出来的？买这么多！"他不好意思地笑笑，说："女孩一般都爱吃水果，你看你喜欢什么，我们去买。"

说到水果，她即刻心花怒放，文学院时便自诩"水果大王"，七八斤水果两三天就放翻（湘西土话'放翻'即'吃完'）！也许正得益于此，原本生长于山清水秀湘西的她，从外表上看，更要比同龄女子小很多。于是，便毫不客气地大声嚷嚷："我要吃葡萄！"好像一高兴起来，就要吃人。

他与她提着大袋小袋走在人行道上。忽然，他指着不远处一栋楼说："记住了，我住的对面是建行。下次来，别找不着了。"她乖乖地点了点头。

上楼前，他要去小卖部买啤酒。她一再说："随便就好，何况，我从不喝酒。"他才作罢。到了住的门前，他一边掏钥匙，一边说："这是两室一厅的房子，月租800。原来一个人住，后来觉得太孤单，便招了个北广的学生合住。他很少住，一星期与女友住一次。"

她似没在意听，只"哦"了声，因她急于想知道单身男子住所突然来客会是什么样。猜到她心思般，他有些不好意思地说："一早急着上班，也没好好收拾收拾。"她赶紧满不在乎笑道："没事，我也一样！"

接过她手中的菜放到厨房，又拿条干净毛巾让她洗洗脸后，他说："你去里屋看看电视，我来做饭。"她虽不喜欢做饭，但第一次到别人家就不动一下手，还是做不出来，便说："我帮你打下手吧。"正低头洗脸的他，没有抬头："我一个人做就行，别让油烟熏着你！"

她愣了一下，似觉耳熟。那年夏天，刚从图书市场奔忙了一天的吴荣，还未坐定，就直奔厨房。因不能外出上班整天郁郁寡欢的她，过意不去，推开厨房门想同他一起做，满脸急色的他，也说过这话。

走进里屋，不论电视柜、书桌、叠成豆腐块的被子，还是光着的沙发都很干净。看着看着，她不免心虚起来：她自己的房间也没这么整洁。

正在此时，王伟抱着晾干的沙发罩进来："我刚到楼顶收了沙发罩，现在罩上，你就可以坐了。"说着走到沙发前，拿起罩子两端，一抖，便从上至下麻利地罩起来了。霎时，整个房间弥漫着一种非常好闻的味道：童年，金色阳光下，干草垛散发的味道……

罩好沙发，他又打开电视才走。

不久，他便烧好一桌色香味美的菜。他一边吃，一边与她细细聊："你是81年还是82年生的？"正要将一块鱼送进嘴里的她，停住筷子，认真看着正夹盘中油菜的他。是不是与她说笑？可他一脸认真。

她将鱼块放到自己碗里后，深呼吸下，调整好情绪，才怕吓着他般故作轻松随意地说："我是72年生的。"他抬头不信地盯着她。她忙自我解嘲："大概我这身衣裙，还有发型，让你产生了错觉。""不！你本来就让人觉得很小。像我75年，别人就看不出我比你小。"

她避开年龄——这与他们毫不相关的话题，问："目前，你在这家报社干得怎样？我第一次干采编合一工作，哪些地方应注意？"他却懒懒地说："干得好又怎样？月底也是两千到头。说是采编合一，我还是多用别人的稿件，省下时间给别的报或认识的领导写写稿。一个月，少说也有五六千。"

不知为什么，他的这番牢骚与生财之道，让她再次想起吴荣。因文学院毕业后拒绝某报聘用的他，也说过类似的话。她心里颇感不快，便佯装没听见，岔开话题："艾光明让我尽快写份《才俊》版策划案，我都不知道怎么写。"他说："这……我也没写过。《才俊》不是新增的吗？你看看《改版启事》就知道了。"这等于没说，可她还是不愿驳人面子地点点头。

吃完饭，望望窗外越来越暗的天，她想，该走了。再晚，郊区就没车了。可饭一吃就走，也太那个了，还是再聊会儿，大不了打的。于是，一边吃着果盘中他洗净的葡萄，一边随意问："你家在湖南哪儿？有些什么人？你怎么来京的？""我家在岳阳。父亲是乡村教师，母亲务农，一个姐姐出嫁了，一个姐姐还在家。我1999年来北师大进修。"

与他又聊了会儿文学、影视，她便起身告辞。他却说："急什么，还有好片没看，昨天刚租的。"一听有好片，她的脚就有些迈不动了。可真等他用电脑放时，显示器只出现短暂画面，就黑屏了。任凭他一边嘀咕，一边用力拍也没用。她首先泄了气："不看了，不看了，敲坏电脑，你用什么写稿？！"只好作罢的他，又去开电视……

见他一刻不停地忙，她惴惴不安，拿起挂在门后的包道："打扰你这么久，真是不好意思！我走了。"还未出房门，他就将她的包一把拽在手中，走到沙发旁坐下，一言不发。

她蒙了，不知他这是什么意思。简直同她小时候有次在舅舅家，表姐的外婆要走，她却一声不吭地将其东西死死抓住一样。可他不是小孩。于是不解地问："你拿我包干什么？"他仍一言不发，她只好走过去拿包。可他倏地丢开包，将她拦腰抱起，放在腿上。万万没想到的她，傻了眼，手推脚踢地要下去。而他，索性将头伏在她膝上，不理不睬。

她火了："你敢耍无赖，我就敢喊！"他才抬头不敢看她，瓮声瓮气地说："我从来没有交过女朋友，但我喜欢你。"她笑出声地说："你搞错没有？我比你大3岁！""大3岁怎么啦？还有大10岁的呢！""你是不是在家被姐姐们宠惯了，我可不当别人姐，一辈子照顾别人。""我不要你照顾，这几年在外，都是我自己照顾自己。今后，我也会好好照顾你的。"听他越说越远，她直截了当说："你不了解我，我是个古怪的人。我喜欢三毛，今后也会像她那样不要小孩，只要二人世界！"

他很意外地迟疑了一会儿，仍不敢看她，对着空气说："那我答应你，婚后不要孩子。"她讥笑他："切！你可别忘了，你是你们家独根独苗，唯一传承香火的人啊！"他有些沮丧地低头："我不依他们，还不行？"她一听，有些恼。这扯到哪去了？八竿子打不着，便不耐烦地说："算了，算了，不说这些无聊的了。"

他声音有些发怯地说："你为什么会有这种想法？""说来话长，以后再说，你放我下去！"她有些怒了。"我放你下去，可你答应我，今晚不回去。"她一看呼机，快10点了，就算打的回去，也睡不了多久，因明天一早还要到编辑部开例会，便说："好，我答应你，但有个条件，你不许再碰我。"他点点头，然后不情愿地放开她。

她冲完凉回来，他正从床上拿枕头、毛巾被放到沙发上。不用说，肯定他睡沙发。她毫不客气地上了床。不仅衣裙未脱，还打开薄被严严实实盖住自己。一会儿，他冲完凉进来，一声不响地躺进沙发里。

不知是捂得太热，还是沙发上翻来覆去烙大饼似的他总弄出声响，神经衰弱——每每等待睡意比等待创作灵感还难的她更睡不着。原本平躺的她，为尽快入睡，只得转身向里侧卧。未料，她这曲线毕露的睡姿，在窗外越夜越美丽的夜色下，正像一条安静却充满诱惑的美人鱼……

迷迷糊糊中，忽觉耳后汹涌着一阵一阵热浪……为驱逐这扰人热浪，她不耐地回身，却碰到一堵肉墙，惊得她一下睁开了眼。原来是紧贴她的背侧躺的王伟。她很生气，用力推搡假寐的他，声严色厉地说："你不是答应不碰我的吗？回到沙发上去！"他纹丝不动。她气呼呼地说："那我去，我去，行了吧！"说着就起身，却被他一把按住。

她便手脚并用与他厮打起来。他的脸已被撕破，索性一副不达目的不罢休狂徒急色的样子。先两手钳住她的双腕，再用左腿压住她双膝，最后在她手脚都不能动弹时，索性坐上去。望着已居高临下势在必得的他，她又气又急，使出吃奶的劲挣脱他的手。可也只挣脱了一会，他又用两手将她双臂展成"一"字死死摁住，尔后俯身，像岸边曝晒多时的鱼，瞪着有些翻白的眼，焦渴地靠近她这一泓清泉。

她的头虽左躲右闪，脸和唇还是未能幸免他热雨般落下来的吻。她的头仍在躲闪，他干脆上身紧贴她的胸，头伏在她的肩上，向她的脖子吻去。还未吻着，他急促、炽热的呼吸就像羽毛般轻轻拂过。她的神情渐渐有些恍惚。他绝不会放过这机会，烈火喷油般一阵狂吻。又冷又硬的她，就像浮在一江春水上的冰，越来越轻，越来越轻……

当他的一只手仍按着她，另一只手向她的腿根探去时，他的头顶忽出现一双眼睛——艾光明笑意融融又意味无穷、定定直视她的眼睛！不知为什么，一个激灵，浑身毛孔浸着冰水般，她一下就醒了。虽仍不明白，艾光明这笑意融融又意味无穷的目光的确切含义，但，心底已立马涌出一个念头：今夜，不论王伟怎么死缠烂打或可怜巴巴，都不能让他再碰她一根毫毛！

因此，不知从哪忽生出一股力量，她一把截住他的手，生气地说："如果你真喜欢我，就不会强迫我！还说从没有过女朋友，看你这样，不知有过多少个了！"

似被什么硬物突然击中的他，愣了一下，小声嗫嚅道："我真没有过女朋友，刚才——都是从租来的碟中看到的。"她懒得关心此话真假，只想尽快摆脱他，便又和颜悦色地说："我和你，只要有真的感情就会走到一起。而不是像现在，彼此还不了解，就……我不喜欢这样。我喜欢感情深厚的人！"他知趣地下了床："那我到客厅用凉席打个地铺，只要不看见你，我就会睡着的。"说着，便到门后拿卷成筒状的凉席，开门去铺。

她掩住内心窃喜，假装安睡，耳朵却十二万分灵敏地倾听：过了一会儿，他推门进来，拿走沙发上的毛巾被、枕头。又过了好一会儿，门外不再有什么动静。她赶紧睁开眼，蹑手蹑脚下床，光着脚丫毫无声息地走到门后，悄悄拉开一条缝，见他头朝房门，背朝过道，好像睡着了，于是轻轻合上了门。

可门上没有锁，只有那种直角形的铁插销。她便一手捏着插销头部，一手捏着插销尾部，慢慢向前……终于，使其没出半点声响就将门关得严严实实了。

她几乎手舞足蹈地上了床，随心所欲躺下。

5.

窗外，天刚刚发白，林泉就醒了，发了会儿呆。想起昨晚的情形，她一把掀开身上的薄被，跳下床，抻抻睡皱的衣裙，背上包，走到门后轻轻移动插销，拉开房门。王伟仍在睡。欲叫醒他，可一琢磨，见他俩同时到编辑部，同事会怎么想？何况，什么时候起来他心里应有数，便没出声，巧妙避开已平躺的他，猫一样潜进洗手间洗漱后，就轻轻打开防盗门——胜利大逃亡了！

8点30赶到编辑部，大门紧闭，她疑心呼机有误，去文具店问，老板说没错。她索性去吃早点。待她再到编辑部时，门已开了，有个人正低头扫地。她快步上前，想帮他，他却抬头诧异地说："你怎么来得这么早？！"原是孙为民。"不是开例会吗？你不也这么早！""10点才开，他们没告诉你？我昨晚加班没回去，在这睡。""是这样。"她便不再说什么。

不久，其他同事一个两个都来了。前天那个回答艾光明提问的黑瘦男子也来了。最后一个是王伟，低着头，一步一步走来。说不清为什么，她很不喜欢他这样子，见了，也像没见，招呼都不打。

10点差10分，艾光明看了看呼机，起身走到会议桌前，对正看报的、上网查资料的、交头接耳的……编辑部成员大声道："钟主任出差去了，柳主编负责另一份周报，过段时间才回来。今天例会由我主持，请大家都坐到这儿来，准备开会。"他话音刚落，林泉便想，他究竟是干什么的？说他是负责人，他与大家一样出去采访、写稿、校稿；平日不是逗这个，就是打趣那个，一笑起来，眼睛都眯不开，哈哈哈……像河水垮了坝，一点也没个领导样。说他不是负责人，招聘时面试、面谈和现在的例会，怎么都由他主持？一时想不明白。而别的同事已在会议桌前一一落座，她马上抛开这疑问，拿起笔、记录本找张椅子坐下。

见大家到齐，艾光明开门见山："这次，我们报新招了三个编辑，现在请他们先自我介绍下。"说着就用温和而含着笑意的目光对倪超雄、林泉、黑瘦男子各看一眼。先是一点不怯字字清晰的倪超雄，接着是眼睛不知望向何处自己都不知说了什么的林泉，最后才是细声细气的黑瘦男子："我姓陈，名国华，广东人……"

他们自我介绍完，艾光明就说："原有编辑加上新来的，共有八个，也就是说我们报现每版都有一个固定编辑。不像前两月，因人手少，一个编辑负责几个版，很累不说，版面的质量也很难保证。现在，我把每版负责的编辑给大家念一下……"

念完，他又说："从今天开始，每周评一次报，望大家踊跃发言。"说着，就拿起面前的一叠报纸分发大家。拿到报，有的一版一版翻看，有的看到第一版就发表意见，有的小声与邻座探讨……林泉则无心评价别人，也不在意别人说什么。根据她在《中学周刊》经验，这种评报，无非走走过场，谁会当真？最后还不是——你好，我好，大家都好。

她懒心懒意木在那里，像个局外人一言不发。但当孙为民、倪超雄相继说："《才俊》版初看标题——《文杰，靠文学呼吸的人》挺新鲜，很值得人期待。可整篇文章看下来又不免失望。"她却一字不漏地听了，心里很不是滋味。第一次做版就遭人灭！

不过，他们说的也是实话。如果整篇文章都像标题一样由自己操刀，而不是编辑文杰所给的资料，会怎样？但她能把这话抖搂出来吗？

只得比哭还难看地笑笑。可是，不明就里的孙为民不等散会便走到她身旁，偏着不自觉颤动的头，就《才俊》版怎样做，像个老前辈般煞有介事指点时，她已说出口："本来，我是要用生动鲜活的文字来写，但后来……"又马上打住："哎呀，不说了，今后不这样了。"听她这么说，孙为民才满意地离开。

她不再想这件令人沮丧的事，便注意听别人说什么。刚好艾光明朗声道："我觉得《文化茶坊》中的《曲阜的风景》编得很不错！"什么文章值得他这般大加赞赏？她将报翻到此处，只见以下文字：

曲阜是孔夫子的老家，曲阜的风景也就是孔夫子的风景。吸引大家不远千里万里来到这个小县城的原因，就是这里留有圣人的足迹。曲阜的风景是复杂的。因为不是一个平面，而是一个幽深的时间隧道，虽然曲阜的街道并不曲折，走起来却感到格外漫长。陋巷里的清苦儒生用一种朴素的方式追问着社会人生。正如那些醒来的青年思想家大声喊出"我不相信"一样，曲阜的天空是混浊的，不是自然的原因，而是由于历史的涂抹。作为风景的曲阜是孤独的。因为人们来到这里。只是为了温习一种陈旧的精神仪式，或者说是为了告别。总之，人们已无意与孔夫子为伍。据说，有人曾建议我的母校——一所建在曲阜的师范院校，更名为孔子大学。可是，响应者无几，反对的大都是那些血气方刚的青年学子。

原来他们是叶公好龙，尽管口头上说何等热爱传统文化，却唯恐与孔夫子沾上边。在他们看来，"孔子"这一文化符号意味着保守和顽固不化，毫无现代气息。他们所要做的，只不过是把孔子当作文物来收藏或展示而已。在这种理念的驱使下，曲阜的风景具有了一重反讽意味……

评完报，艾光明说："下周一就是教师节，我们要赶在这之前，做一期庆祝教师节的报，原来的版都暂停。现在，我们策划一下教师节这期报怎么做。然后，每人根据自己能力或兴趣选一个版。"

不久，庆祝教师节报的内容、责编，经大家热烈讨论、踊跃选版，全定下来了。

例会结束前，艾光明又说："周六、周日，希望大家有时间多深入学校，接触接触学生或听听北大、清华知名学者的讲座，将我们报办得越来越好！"

之后，有的打电话，有的整理稿件，有的背包准备走……忽然，孙为民从自己桌前走到编辑部中间，一边手拿一支笔高举过头顶，一边大声宣布："今天中午，我请客，大家都不要走……"他话还没说完，丁红、石磊就"噢、噢、噢"高兴地叫起来。

10多分钟后，一行人说说笑笑就到了路口——艾光明曾请新来编辑吃饭的川菜馆。包间早没了，服务员只得将大堂空着的两张桌拼起来。按菜单他们一一点了自己爱吃的菜后，艾光明忽笑道："今天，孙为民请客不算，因为他是咱报唯一的专职记者，不仅参加新闻发布会有红包，平日稿费也比编辑高。我提议，自下周五开始，从第一版到第八版大家轮流请客，好不好？"虽然有拍桌子的、顿酒瓶的、敲碗的……却一致道："好！好！好！"

吃完饭，林泉没有像别的同事去编辑部或外出采访，而是直接回了通州。到住处已下午4点——在这不早也不晚的当口，她一时不知该干什么。突然，例会结束前艾光明说的"周六、周日，希望大家有时间多听听北大、清华知名学者的讲座……"在耳边响起。不但《才俊》版要关注报道的就是这些知名学者，而且她挣脱所有束缚，付出一切代价，于几年前来京，想亲耳聆听的也是这些知名学者的讲座。于是她马上呼艾光明。

他很快回电话。她直截了当说："你知道明天北大有谁的讲座？"

"知道，可你住那么远，怎么方便？因为好多讲座都在晚上。""我也觉得远，报社附近有房子租吗？""报社附近好像没有，北大旁边倒是有。我现就在北大，几个朋友正帮我搬东西，因为原来的房东老怨我回来晚，吵到他们。"

他感觉她在认真听，便接着说："刚才，我还看见我租的附近，有间大房空着，如果你想搬，就赶紧过来看看。要不，过几天学生一上学，就麻烦了。不但价高，而且很难找。"她仍不出声。他就慨叹道："住北大附近多好啊！可以听讲座，去未名湖散步，我还可以给你澡票、在工作上帮你……"

她心动了。不是他幼儿园阿姨哄小朋友"我还可以给你澡票"的话，也非"在工作上帮你"先入为主的承诺，而是他"住北大多好啊，可以听讲座，去未名湖散步"的慨叹，就让她心驰神往……中了蛊！受了惑！！

未名湖，位于北大校园中北部，形状呈U形，是北京大学的标志景观之一。它能以"未名"而扬名天下，是因为那些曾在湖边散步、凝神的大师们自由、深邃而悠远的思想熏陶，让这湖水、这园林生出了一种独特的灵气。有一首诗曾一度在北大流行：未名湖是个海洋/诗人都藏在水底/灵魂们都是一条鱼/也会从水面跃起。

何况，她的诗，第一次变成铅字的刊物也叫《未名湖》。于是，不再迟疑，大声道："我搬！你什么时候有空带我看房？""我想想……等我搬完东西，大概七点你到北大西门下车后呼我。"

挂了电话，她打开衣柜，一阵乱翻，找出一件在文学院进修时买的现代版旗袍：蛋青色，无袖，领口暗扣，上下开合皆无缝拉链。第一次穿时，吴荣别的没说，却半玩笑半认真道："这裙子——对于流氓，倒是很方便！"

脱了连帽衫、A字裙，换上这身旗袍，在镜前照照，仍很合身，一下子就勾勒出她既丰腴又苗条的身段。想将长发高挽成青云，又恐过于老气，就解开一边小辫，再看上去，俏皮中便有几分娴雅。

售票员借她米还她糠般："北大西门！"坐在公交车最后一排正神行千里的林泉，大梦初醒般跌跌撞撞下车，差点摔倒，定了定神，才去有公用电话的小卖部呼艾光明。

艾光明回电话："你在小卖部等，我几分钟就到。"果然，他一只手握着自行车车把，一只手向她挥着，一会儿就从不远处来了。当他比她还急般三下两下骑到她跟前，她虽小鹿样轻灵一跃就上了后座，但想到自己真要租一套平房，心底还是涌出些犹豫、不安来……

当年从文杰及别的文学班同学卖文为生租住的平房出来，想到它们的低矮寒冷，与附近高楼华厦的反差，她对时时紧握她手，一不紧握就怕走丢的吴荣，曾狠狠道："我这一辈子，都不住平房！"

后来有一次，她随一位酒吧吉他手去住处拿音乐盒带。走在那没规划，也没路灯，迷宫一样不知哪条路进哪条路出的平房区，忽听一女孩刺破夜空凄厉而绝望的哭喊："这是什么地方呀？我住的房子到底在哪？！"窄窄的土路，暗暗的灯光，三两个行人木然走着，好像什么也没听见一般。她更不敢吱声。因从吉他手忽左忽右没头苍蝇般寻路的情形可知，他也像女孩一样不知自己住的房子到底在哪。只不过他一个男子，强忍着浮萍一般没根没底的恐慌，不敢哭而已。

因此，先前果决的她，忽小女生般怯怯地说："我……从来……没住过……平房。我……我……有些怕……"艾光明回了下头，意外地说："是——吗？！"接着又语气轻松地说："没什么可怕的，这附近，住的都是年龄大的男女学生，为考研或读新东方学校。去年考研，我就在这住过。"

听他这样一说，她心底的犹豫、不安才烟消云散，并他乡遇故知般说："来报社前，一个人在房子里，曾想到过自杀……""为什么？！"他再一次回头，表情多了些严肃。

"再坚持清苦寂寞的纯文学，被人讥为'老古董'！而为了钱——给通俗刊物炮制子虚乌有的家事、故事，又觉得没多大意思……"

"我感觉你好像一只风筝，不知要飘到哪去。今后多采访报道些有意思的人和事，心情就会慢慢好起来的……"

她点点头，不再说什么。

骑到有座仿古公厕的胡同口，再往里拐十来米，他在一座院前停下："到了。"她便从后座跳下。他将车斜靠院墙，推开两扇未锁的木门，站在过道里，向右边亮着灯的房子喊："大伯，你把对面那间大房开开，我们看看。"门"吱呀"一声开了，走出个看不清眉目的男子，用一种既得意又显摆的口吻大声道："刚刚有两个学生，一看，就交了押金！"以示他这房多么多么好，只因你一犹豫，它就没了。

果然，艾光明垂头丧气道："我搬完东西六点多看时，还没人来。一转眼就……哎，没想到学生也这么快来租房。这房子确实挺好，有床、彩电、家具，离我住处也不远。"她因没亲见这房到底多好，又反感房东的腔调做派，便不以为然地说："我们再去别处看看！"

艾光明只好将车掉头，因这条胡同是此片平房第四条也最后一条胡同。在第三条胡同转一圈后，没一家院门张贴出租广告，他们只得再往回骑。结果，第二条胡同的第一家院墙就贴着出租广告，他马上刹住车，既有信心又老练地对她说："你就站在这，我去前面找房东。"

几分钟后，他回来道："房东正吃饭，一会儿就来。她若问你，你就说是我同学。"她虽不明白，但也乖乖点了头。可能房东更愿租给人际关系简单的在校生吧。

房东来了，是个中年妇女，先将铁栅栏院门打开，又走到一块长方空地右边，打开出租屋门：最里面一张简易双人床，床对面一组高低柜，柜上有电视，靠门的窗前有张书桌、一把木椅。艾光明问房东："多少钱一个月？"房东说："450，按季交。"他说："我们再细看看。"房东知趣地出去。

他便对她小声说："价不高，还是双人床呢！"价确实不高，可有什么必要强调双人床？听来，像有一种意外之喜。难道——他不知她一人住？心中不禁闪过一丝疑虑。何况，门一开，扑入眼帘的就是这双人床上东一团西一块的不明污渍。谁知什么人睡过！她觉得很恶心！但不好意思直说，便指着因漏雨或鼠尿变成东一团西一块污渍的天花板说："太脏了，没法住。"他有些失望地低头说："哦。"便与她出了门。

房东见他们不说什么，便指着空地尽头方形的水池说："这儿用水方便，池底有下水道。"不等他们说什么，又指着地台说："如果想自己做饭，台上就可放炉子。"这儿交了房租拿到钥匙，便与房东毫无瓜葛，可算"独门独院"的房子，在平房区确实难找。

他不禁慨叹："这儿住着真清静，尤其适合看书！"她却说："这儿临街，来往车辆不吵？还有——"她手指没多高的铁栅栏："这也不安全，我一个女孩，深夜要是有坏人翻进来，不怕？！"

或许她说的不无道理，或许终究不是自己租，他欲言又止，便对院外候着的房东有些歉意地说："我们回去再想想。"说着，就推车向第一条胡同走去，紧随其后的她说："只要干净，价高不要紧。"他在前面走走停停，挨家挨户敲门问，不是没人应，就是房已租。

走了大半条胡同，仍无房可租。他急起来，一边好像刚刚明白般念叨："你们女孩，原来要住——干净一点的房子！"一边使劲拍门。她原本不急的，买件衣服都宁可"错看一千，不漏一件"，何况房子！从坐上他车起，便做好了地毯式看房的准备，并觉得，一个异性，耐心陪着虽不光芒四射也清新明丽的她，没有不妥！

但见他一副愁眉苦脸的样子，她也急起来，东瞧瞧，西看看。最怕别人觉得自己是个包袱，还不如及早卸掉！

不知不觉转了好久，虽有几间房出租，可她仍看不上。在这条胡同尽头与另一胡同相接的丁字路口，他们没折回，而是向另一胡同的纵深前行。突然，左前方出现一栋像是新盖的房：白墙，厚实标准的防盗门，塑钢推拉窗，窗外还有手指粗的防盗网，高高地建在几级水泥台阶上，与四周低矮、破旧还裸露着粗劣红砖的平房很不一样。

其实，与鸽子笼般的塔楼相比，她更喜欢这种离地最近，又有自家小院的平房，闲时可栽栽花、弄弄草什么的。但是又不能接受它用红砖砌成，因在老家，只有出窑的青砖才有资格砌房，红砖一律报废。不然，长安街附近用红砖砌成的平房，为什么后来都涂抹一层青灰？

她走近一看，墙上还有出租广告，便回头双眸放光大声道："这房肯定不错！快问问多少钱。不然一会又被别人租了。"他皱了皱眉，不得不提醒："这——一定很贵！"她却更大声地笑嚷："没事的！只要住着舒服！"他想再说什么，终究什么也没说去敲了隔壁低矮破旧的院门。一位矮胖、头发粗短的中年妇女出来，知道他们想看房，便拿钥匙开门。

房不大，十来平米，向里开的木门边有一个方形水池，天花板与墙新刷成粉白，地上是暗粉地面砖，最里面是铁制的上下床，床尾一辆八成新的自行车。她正诧异，女房东忙说："车是我们家的，这房没人住时，暂时放在这儿。"床对面是窗，窗前有书桌、木椅……

总之，这房较满意，她不加掩饰地问："多少钱一个月？"女房东说："600。"他问："能不能少些？""你们几个人住啊？"一个身材粗短，老式眼镜下面鼓着双金鱼眼的中年男人，幽灵般从他们身后闪出。她抢道："一个人！"中年男人说："不能少，两个人就要650。"他沉默。她说："600就600，我租，你们别再答应别人了。"中年男人说："那你得先交押金。""多少？"她问。"100。"他问："有吗？没有的话，我这儿有。"怕他抢付，她一边急忙说"有"，一边马上拿出100给中年男人。随即，女房东把钥匙给了她。

女房东、中年男人走后，只剩她与他。有一刹，他们都不知说什么好。蓦地，他呼机响了，他看了看说："是我同学，先不管他。这么晚了，我又没女同学在这，去我那儿拿两床被子，今晚你就在这睡。"颇意外的她，不是没想到这问题，只以为他会去朋友那儿住，让她睡他那儿。但也没说什么。

她上车后，他便掉头朝这胡同的另一头骑，弯来拐去好几分钟。他叫她下车时，出现在眼前的竟是第一次看房的院门。她万万没想到，这么大一片平房区，看了一家又一家，最终看上的，竟与他同一条胡同，只不过一间在左尾，一间在右头。

见他放好车，进了院门，她不加思索地紧随其后。他却忽转身，整个身子横在院门中，一边伸出双臂挡着，一边大惊失色道："你不要进来！你不要进来！你就在外面等！"她一脸愕然，他才小声嗫嚅："屋里太乱，还没收拾。"她想，刚刚搬来，不乱才怪呢！便道："那我帮你收拾吧！"他又一连迭道："不用！不用！不用……"不明白他怎这么客气，又不好问，便不再坚持。

过了一会儿，他就抱了两床被子出来，因不远，索性将被子横在后座推着走。怕掉下来，她便在另一边扶着。这样走了几米，忽见一小卖部前里三层外三层地围了很多人，都仰着脖子，不知看什么。他将车停下说："我去看看。"说着就往人堆里挤。她则扶着被子不动。

几分钟后，他回来，神情有些黯然地说："今晚有场很精彩的足球赛，没看！"她正要说些抱歉的话，已推上车的他又回头认真问："你喜欢足球吗？"本欲说"可看，可不看"的她，见他孩子般迫切等待首肯，便说："喜欢。"果然，他就眉飞色舞地说起来……

到了已交押金的房前，她开门，他便抱着被子，躬身，向原铺着干净报纸的下铺，一把放去。待他起身，回头，目光刚好触到她正默默看着这一切的目光，俩人都怔了一下：有种莫名的紧张与不安……

为驱走这莫名的紧张与不安，她本想佯装随意地与他聊聊，不一定什么，山南海北都行。但不等她开口，似被什么东西追着赶着的他，就匆匆告辞。

已经出门，又回头认真关防盗门的他，起初，异常平静，但真正转身之际，对她投来的最后一瞥又盛满了浓浓的惆怅与深深的忧伤……

她的心忽然一震！不由想起让·爱浦斯坦在《你好，电影》中的话："心中的痛苦仿佛伸手可及。如果我伸出双臂，我就会碰到你，感到不安，我悉数着根根痛苦的睫毛。我简直可以感到你的泪水的滋味，从来没有任何一个人的脸这样贴近我的脸……"

如果不是太冒昧，她真想打开阻隔彼此的防盗门，温柔而关切地问："怎么啦？"可，终究一动未动地看他消失于茫茫夜色……

6.

一早，林泉简单梳洗了下，正要出门，外面响起敲门声。打开门，却见昨晚幽灵样闪出的男房东，一脸和蔼地笑道："起来了，睡得怎么样？我取一下自行车。"她礼节性笑答："还行。"

他将自行车从床尾推到水池前，忽停住，一屁股坐上后座，认真地问："昨晚，与你一起看房的那人是谁？"她记得艾光明叮嘱，毫不含糊："我同学。"尔后，他又问："你哪儿人？""湖南。"她一本正经答着，以为房东通病，生怕租给什么招惹是非的人。问了这些后，他很热心地说："我带你到附近转转，熟悉熟悉乘车路线。"她正不知怎么回通州，又不好总打扰艾光明，便不加思索地答应了。

可他忽问："你有多重？"以为他担心自己太重骑车带不动，她说："一百左右吧。""是吗？！"他有些不信。"真的！"她认真道，生怕他以为自己说谎。"你让我抱抱。"他说着，一边张开双臂，一边脸上露出种奇怪而含混的笑……

起初，毫不设防的她，顺着他话，忽然觉得哪儿不对，便一脸狐疑地问："抱抱？干——什——么？！"

见她一头雾水，他便满脸堆笑，用一种长辈逗小孩的口吻说："看你有多重啊——"直到这时，她才慢慢明白怎回事，但仍无法置信。眼前这个五短身材，一脸黄油，癞蛤蟆假充人样戴副眼镜，唯一一间新盖的房也要出租贴补家用的男人，竟敢对她产生非分之想！这是她想都不会想一下的事情。从他出现，她正眼都没瞧过，答他的话也是晚辈对长辈的口吻，毫无轻佻之处。未料，他竟为老不尊起来，真是岂有此理！

一分钟前还似涉世不深少女的她，脸一垮，便如严母怒斥一个不知竹子上节下节（即辈分）的顽童："你怎么可以这样？！你怎么可以这样？！……"

脸一阵红一阵白的他，避开她冒火的双目，慌忙推车夺门而逃，只留她一人在屋子里转悠。不明白自己怎这么倒霉，还没搬过来，就遭这下三烂骚扰。

十来分钟后，估计他骑远了，她才出门向胡同口走去。经过艾光明所住院门，她停了下，欲进去问怎么回通州，可大清早的，想了想，还是觉得不妥，便硬着头皮往前走。走到胡同口遇着位晨练大妈，礼貌地问她，她才往西，在公交车站上了去西直门的车，然后换乘地铁。

一回原住处，她便打文学院同学泰山的电话："你今天有空吗？""一点空都没有！干什么？""帮我搬家。""你不是刚搬吗？！""我不想住这儿了，昨晚在北大西苑看了间房，押金都交了。""你是不是疯了？我托朋友的朋友，才帮你找到这——既清静又安全的一居室。你怎么说走就走！""我没疯，我只知道从这儿去上班，每天早上五点多就要起床，累死我了！"实际只周二、周四坐班的她夸张道。"你忘了？你已经交了三个月房租！""没事，前几天我还买了几百度电呢！"他有些气馁地说："我真的没时间，你再找找别人，好吗？"她没好声气地说了句"好吧"，就挂了电话。

收拾东西前，她还是有些恋恋不舍地在房间的每一角落都看了看：卧室的凡·高向日葵窗帘，是她在布艺市场选了又选才选定的；客厅那对红黄野花单人沙发，是她有一次拖地撩起罩子荷叶边，才发现死灰布下竟藏着如此怒放的生命，一激动，也不管房东骂不骂，拿起剪刀就将灰布沿边角一点一点细细地剪开，直至丝缕不剩地将它们全部解放；沙发对面比门还高的铁皮书柜，是她从卧室独自左一下、右一下挪到门边，又用吃奶的劲才背到客厅，中途一个趔趄，只差把她压扁；至于阳台一溜文竹、茉莉、水仙等，也是从早市一盆一盆淘来的……

可现在就要离开了，连她自己都怀疑是不是做梦。待她将笔记本电脑、被褥、衣物等必用品一一收拾好，已是下午。因积习难改，每次搬家，不管什么东西，明知一路颠簸，到了新住处还要收拾，她也平平整整安放好。不这样，心里就像塞了蓬乱草。

将出租车司机卸下的东西一一搬进新租的房间，稍稍休息，她就到胡同口用IC卡电话呼艾光明，迫不及待告之：她搬过来了！一会儿，艾光明回电话，她又改了主意，不痛不痒地说："你在哪？"他说："我正准备去吃饭，你在哪？"这时，她方知呼的不是时候，可情急之下又不会撒谎，便嗫嚅地说："我……在……西苑，刚……搬……过来……"他说："你在我门口等，我一会儿就来。"她忙说："不用！"他已挂了电话。

她只得向他住处走去。果然，几分钟他就来了，也不下车道："上来吧，今天我请你，以后就不请啦。"他把她当什么人？一个专蹭异性吃喝的女子？！心里很不舒服，但又不好表露出来，便认真地说："还是我请你吧，昨天帮我找房，还没感谢你！"他半认真半玩笑地说："你刚来报社，工资不高，以后有的是机会……"她没再坚持，上了车。

幽暗的胡同，不知怎么七弯八拐出了平房区，迎面一座桥，桥那端好些餐馆。他在一家新疆风味餐馆前停下，对烧烤师傅说："来十个羊肉串。"然后才回头叫她进去。餐馆不大，生意倒红火，看了好一会儿，他们才在最里面找到一张空桌。刚落座，一位包头巾、脸黑红的中年妇女就过来问他们吃什么。她点了香菇油菜，他则要了孜然羊肉。

席间，不知什么缘起，她忽谈起"自由"二字来，说"自由"对她很重要，为它，可放弃很多很多……他并没因此大有谈兴或情绪高涨，反而低落地说："自由——不是一件很容易的事！以前，我很不理解一些年轻女孩为什么要那样。现在，我知道，要自由太难了……"说着，他不知想起什么前尘往事，怔了好一会，才神情黯然地叹了口气！

他曾很不理解一些年轻女孩为什么要那样？大概指她们傍大款甘心做男人的附庸吧，而这——恰是她最不屑或不肯的。20岁那年，一位与大新厂业务频繁的广东老板，对她和内勤投石问路："你们一天能花多少钱？"内勤忙眼睛放光地说："5000足够。"她不动声色地反问："你说呢？"广东老板有点发窘，想了一会儿，道："从明天起，我给你送鲜花，并花20万专门为你在小城举办一场晚会！"她嗤之以鼻，正眼都懒得瞧，心想：你能给我买图书城、电影院、美术馆，还有江河湖海甚至整个世界吗？

她转移话题，认真而神往地说："今后，真希望你像你的名字一样——带我走一条光明的路……"满以为他就算不会一口应承，也会客气一番，却未料到，他抬头，竟一脸急色道："你不要把我想得太好！"

似当头一棒！她愣了一下，看着他，不知他这话什么意思，又不好追问，便低头吃饭，不再出声。

吃完，他说："去我那儿坐坐，我给你策划策划《才俊》版怎么做。”这正是她目前最没头绪又最迫切的事，便没拒绝。

他进门拉亮灯的刹那，她看见这样的间房：人字形坡顶，天花板裱糊的纸不仅发黄，有些还破损地耷拉下来；左墙一个大衣柜、一张书桌；右墙也是铁制上下床，上铺空着，下铺靠门这边挂满毛巾、衣物，使人一眼看不见房主睡的下铺到底什么样；近门两扇窗，窗前又是一张书桌，上面放着台液晶电脑……虽有些陈旧狭小，东西却井然有序。

此刻，她的脸上没有一丝惊讶的表情，好似这房间原本就这样，没什么好大惊小怪的！他上前拉把椅让她坐下，自己则坐在床沿，表情忽有些严肃地说："上期《才俊》版你做得不怎么好！"猝不及防的她，一听这话，有些无地自容，即刻低下了头，因向来少有异性说她的不是。

那年夏天，整日不是在图书市场兜售书稿就是跑出版社的吴荣，犹豫了好久，才鼓足勇气又怕吓着她般温和笑道："小猫咪，我将你的文章，也找一位老编辑看了。他说，'这——写的什么？看不明白'……"不等他说完，她便恼羞成怒："谁要他看了？！"像真做错什么的吴荣，便一声不吭地低下了头。

她仍低着头，突然，他哈哈大笑几声道："你们女孩子啊，只说一句，就像霜打的花一样，一下就蔫了！"听他如此定论，她很不服气，抬头质问："那你说《才俊》版应怎样做？！"他认真地说："应多采访些北大、清华的知名教授……""可我没他们的联系方式。再说，他们肯接受采访吗？"她为难道。"我们又不是娱乐报，他们一般会接受的，我这有他们一些学生的电话。"说着，起身从对面书桌拿出一张字迹潦草而且是复印件的纸给她。

她正要细看，他忽露出一副疲惫不堪的样子道："唉，真累，困死了！"她知趣地起身，正要道别，忽瞥见下铺最里面立着个小书架，上面密密麻麻排着好些书，便好奇地说："有什么好书？借我看看。"说着就低头猫腰去看。他无谓地说："都是些英文书。"说完，脸上还闪过一丝让人不易察觉的沉痛。

的确，看到的全是对她来说有如天书的英文，不待挨近，便识相地折了回来。就这样一无所获离开，有些不甘，又问："你有哲学方面的书吗？借我一本。"即刻，他如决堤的洪水般哈哈大笑起来，直笑得头向后仰，身子乱颤，眼睛都睁不开。她木鸡样呆呆看着他，不知发生了什么。

半晌，他才一边笑着，一边喘气说："一个女孩子，看哲学书——就像下巴长胡子！"她面无表情地看着他，心想：这论调也太老朽了！怎么不说出点新鲜的？尔后，才平静地说："那——写出理论巨著《第二性》获世界性成就的西蒙·波伏娃，怎么说？！别人看哲学书怎样，我不知道。我是每看完一句，就先想出下一句，然后，再与原文对照，这种与作者比拼智力的游戏，就像看希区柯克悬疑片……"

听她这样一说，他忙敛起笑，正色从一摞书中拿出一本《海德格尔哲学概论》递给她，并在送她回去的路上，忽说："今后，我买一套西蒙·波伏娃的书送给你。"虽一时不明白缘由，但，有人主动送书，又是很喜欢的西蒙·波伏娃的书，她迟疑一下，还是答应了。其实，西蒙·波伏娃的书她只看过《第二性》，并且是盗版，甚至与这盗版的邂逅都偶然。因在外几年，一回小城，她就去找文友小萱聊天。但由于没个帮手照看熊孩子，小萱只得把她撇下。枯坐无趣的她，便起身去四壁都是书的书房随便看看，结果就邂逅了这本书。

7.

中午，从外面吃饭回来，林泉正要上台阶开防盗门，蹲在自家门口的男房东忽然起身，走过来道："小林，我给你说……"最初只管开门的她，懒得搭理，后来一想，他与自己一墙之隔，又是房东，"抬头不见，低头见"，不好太拉下脸，便驻足，一脸不耐烦地等他说。

他便走过来，那张冒黄油的脸，先是堆满了讨好的笑，尔后像个暗地销赃的盗贼，前后看看，神情既紧张又恐人听见般压低声音："过几天，我就把你交的房租退给你。"租房人交房租天经地义，他退她房租干什么？她不解地望着他。

见她一脸茫然，他便面露得色更走近了些，几乎凑到她耳边谄媚道："今后啊，你每月仍给她，我那个——"怕她不明白，嘴还朝自家努一努："我再退给你……"

这时，她才明白他什么意思。起先还吃了一惊，尔后，由吃惊变成愤怒，继而双目圆睁，盯着这个——也不撒泡尿照照自己什么东西的男房东，厉声道："请你自重些！我不是在校女学生，我是报社记者！"

被噎得一声都吭不出的他，那双鼓着的金鱼眼从侧面虽仍悄悄打量她，琢磨她此话有多少水分，但还是没趣地走了。

仍不解气的她，一进屋，就将防盗门"砰"的一声摔得山响。

去年正月，杜宏从深圳来京看她，他也是男房东这般年纪，只不过身材偏瘦。电话中说好全聚德门口见，并由她做东。可临进旋转门，他又笑着驻足道："还是去对面粤海楼吧，我请你！"她一脸严肃："如果这样，我就不会来！"他只得妥协。

因他几次在深圳某粤菜楼订一间豪华包厢，与公司副总同她聚餐、聊天、唱歌，她也很想要一间那样的包厢，以清偿他对她所有的盛情。可，附有洗手间、宽大卡拉OK厅，连桌上镀金餐具都欺客般远远炫人眼目的包厢，工薪阶层的她消费得起吗？还是别打肿脸充胖子，于情于理说得过去就行，便在大厅找了张靠窗的桌。

席间，问了她生活、工作近况后，他突然长叹："唉——如果我投资的是报业就好了！"她不解地问："为什么？""这样，你就不会离开我们公司。""没有工作关系，只是朋友，不更好吗？""不，我不这样认为。我虽在商界，也知道文坛的一些歪风：同等质量稿件，编辑肯定用相熟的人的，而不会用你这种清高——等着编辑上门的人的。朋友多了，路越走越宽，不仅事业越来越成功，遇着的人，也会越来越有品位、层次。"她不置可否地笑笑。

餐毕，他又抢着付账。她一边阻止一边道："我虽不是北京人，但在京工作也算半个东道主，你就不给我一次请你的机会？！"他只得再次妥协。

出了全聚德，说陪他再去别处转转，他一口拒绝："不必！我送你回去。"她笑言："应是我送你，你是客人。"他一再坚持，只好依了他。

两人在路口等出租车。因下午时起风了，风很大，将她米色风衣"呼啦啦"拦腰掀起，几乎掀过头顶。早习惯北方这种天气的她，仍临风玉树般昂然站着，纹丝不动。已戴上手套，一向平和的他，忽沉下脸，急道："扣上！将风衣扣子扣上！！多大的风啊！"一贯我行我素的她，因他这不经意却似父兄的关怀，来不及怔一下，便低头，乖乖将风衣扣子一颗一颗扣上。

有一刹那，她甚至动摇了，想去接受眼前这个已过不惑之年，却每次少年般羞于表达自己感情，总旁敲侧击她的男人。她也确实容易被真诚、平和、使人感觉温暖的人所吸引。可冷静一想，他与她，是不可能的。这爱情日益物化的时代，她与他在一起，不论怎样情深似海，世人也只会认为：她看中他的金钱，他看中她的青春！

何况，她一直想与自己所爱的人建立一种不只关心现在，也关心未来，甚至一起慢慢成长的关系。如果所爱的人，一开始就很强大，即便对她很好，也会让她时时有一种压迫之感。时日一久，终会迫她一走了之。直至有一天，她与他一样强大，她才肯回头。

故，当他们上了出租车，他有意无意说公司去年营收已上亿时，一旁的她，也只清清淡淡一笑，没听见般不置一词。

下车后，他顿了顿说："也不知你们女孩儿喜欢什么，就买些时鲜水果吧。"她力阻，他还是买了。快到她租住的楼房了，他不免旧话重提："林泉，你怎还不找男朋友？该找男朋友了……"她说："不急！我说过，我还有好多事没做。我深圳的女友倒要托你关心关心。"他忙转移话题："你看你这人，工资才一千多，请我一次客就花好几百！"她不好意思地说："与你的盛情怎么比！"

到了她租住的楼下，他忽拿出个红包扔进她手提的纸袋。她慌忙取出，如扔炭火般扔给他："我又不是小孩，要给压岁钱？"他急道："这是我们广东过年的习俗，亲戚朋友见面都要给个'利市'。"又把红包硬塞给她。她左躲右闪，终究躲不过，只得第二天一早邮局汇还他。

他一边仰头看楼房外墙白漆写的楼号、蓝漆写的具体地址，一边心里默记。近旁的她，则不出一声地窃笑：明天她就要从这儿搬走了。一字不漏记完，他将水果递给她："我就不上去了，今后有什么困难尽管给我说，我走了。"她说："我送你到路口吧。""不用！"他很男人地把手一挥！

几小时后，房东在客厅叫她接电话。她刚"喂"了一句，电话那端就响起了他的声音："林泉吗？你猜我现在在哪。"她吞吞吐吐地说："我……我不知道。""我在深圳，刚下飞机。"他笑道。她意外地问："这么快就回去了？""公司一大堆事等着我呢。"她"哦"了声，不知该说什么。

一阵难挨的沉默，他再次似长者关心又似顾左右而言他道："林泉，该找男朋友了。""我说过，我还有很多事。""一个人多苦，找个男朋友还可以帮帮你。""我喜欢靠自己。""毛主席还说，我们既要自力更生，也不排除外援呢！"她不置可否地笑笑，不说什么。他无话找话地问："你是湖南哪儿人？""湘西。"

好像终于找到命中目标要害的他，既兴奋又有些鄙薄、轻蔑地说："我听很多去过你们那儿的朋友说，那地方——现在都还很穷呢？！"她更不置可否地笑笑，道了声"再见"，便挂了电话。她的心里却说：湘西确实很穷！自然景观有：集桂林之秀、黄山之奇、华山之险、泰山之雄于一体的武陵源风景区；被誉为"天下第一漂"的国家级风景名胜区猛洞河漂流；免遭第四纪冰川侵袭的原始次生林——小溪国家级自然保护区……人文景观有：被新西兰著名作家路易·艾黎誉为"中国最美丽的小城"——凤凰古城；考古专家称为"北有西安兵马俑，南有里耶秦简牍"的里耶战国古城；堪称"中国的马丘比丘"和"东方庞贝古城"的八百年土司王都"老司城"……

而深圳，几十年前还只是个破旧、荒凉的小渔村。

林泉向来这样，对于不是直截了当刺她的人，她都一笑置之，不予理睬。她甚至很高兴这样：永不把真实的内心外露，任那些自以为是、自以为聪明的人，一直陶醉在假想的胜利中……

其实，她与杜宏相识得极其偶然，说来使人不信。那时，他公司招聘一名文员，在千娇百媚的应聘者彩照中，唯有她的一寸黑白照片胜出。实际上，那是她第一次与吴平狠吵一架后，在小城照相馆留的影。当时的表情，有一种万念皆空，云端之上笑看红尘的味道；又穿一件自己动手将西服领改成立领的青衣；再长发高挽成青云。很多人看了都说，像极了不食人间烟火的道姑！

可上了一周班，不外乎打字、整理文件、接待客户……这些琐碎的、无关紧要的事。加之，在商业气息炙烤每一街道的深圳，找不到一个肯停下急行军脚步的人谈心（连女友都做不到，一下火车就去上班）。

她递上辞呈，理由是要去北京上学。杜宏劝道："在深圳同样可以学习，工作之余我还读伦理学的研究生呢。"但她去意已决。

到京后，因过了报名时间，她只得去木子与人合作的报社。杜宏也没因此与她断了联系。有次，正是天寒地冻的天气，他说亲戚家的孩子要来新东方学习，不知北京室外温度多少。她如实道："零下十几度。戴着手套骑自行车，手都不听使唤，对面若来车，刹车都按不动……"他一听，竟厉声质问："你脚上穿着什么？"她不解道："马靴！""多少钱一双？"他穷根究底。"一两百。"她局促道。接着，他命令道："你给我去北京所有商场转转，看看最贵的一双马靴多少钱？"

她愣住了，不知他什么意思，也没多想，只以为他亲戚的孩子来京，要做些准备，便将这任务交给最爱逛商场的周婕。因为，没必买的东西，她才懒得去商场。何况，人一多，头就大。

第二天，她将周婕在赛特、贵友、燕莎等地看到的马靴最贵的一双的价格报给他：9000元。

他一听，便道："这么便宜！一点都不贵……"说完，便不再出声，似等她说点什么，哪怕发出一丁半点的惊讶或慨叹。可她觉得，他这话，这语气，在她面前，很没必要！便借口忙，收了线。

这之后，便是他来京顺道看她……

突然，门外一阵响动，林泉条件反射般以为又是男房东，便一脸厌恶，没好声气地问："谁啊？！""是我——"门外传来一个比女子还细柔的男声。打开木门一看，却是位个头比一般男子高，身板壮实，还有点小肚腩的大老爷们，手里提着个精美纸袋，不等她发话，就自个儿开防盗门进来。

她的第一反应，他是个走街串巷不怕磨破嘴皮的推销员，即刻满脸厌恶，一边伸手不耐烦地驱逐，一边急道："我不需要，我不需要，请你马上出去！"

男人闹了个大红脸，直红到脖子根，动了动嘴，想说什么，又没说。退到门外台阶后，沉默一会儿，好像心里为自己加了把劲，才低着头，眼睛不知看鼻尖还是胸前，有些委屈地说："我是来问你，想不想租房。""我刚搬来几天，不想再搬。"他即刻有些自责地笑道："我是说你想不想合租这房子。""合——租？"她更糊涂了。这总共一间房，怎么与他一个大老爷们合租？他看出她脸上的疑问，便说："是个女的，北大学生。"

北大，中国顶尖学府，还是个女的。她顿时来了兴趣。本想答应，不知为什么，又有些犹豫，便随口胡诌："哦，我男朋友，原说要搬过来的，这两天也没来，等问问他再说。"他和颜悦色地说："好的。我把呼机号留给你，如果合租，就呼我。我住附近。"说着从纸袋里拿出纸笔写给她。她一看，刚念出"李——"，不知下一个多音字"校"念什么，他就接过去说："李校（jiào）盛，我是今年考博刚考到北大的。"

她意外地"哦"了声，当他走了一米多远，才想起问："你读什么系？"他回头，竟有些难为情地说："哲学。"她一边睁大眼似不信地重复他刚说的两个字："哲学？！"一边情不自禁走下台阶，走近他身旁，一脸灿烂，孩子般雀跃道："我也很喜欢哲学！"这时，也有些意外的他，才面露微笑道："是吗？那以后有空，我们可以聊一聊。"她笑着认真地点了点头。

因文学院进修结束前，老师和同学们问她今后想学什么，她认真道："哲学。"老师和同学们都揶揄地笑了笑，她却一点都不觉得好笑。

8.

傍晚，林泉在一家餐馆吃饭。突然，呼机响了，一按，屏幕显示：王伟，请回电话。她去外面回，他怨艾地问："你现在在哪？"她才记起，上周四在市场与他争付鱼钱时，为宽慰不好意思的她，他说："下次我去你那儿，你买，不一样吗？"她方露出笑说："一言为定！"

可现在，不但她已不住通州，离他很远，而且不知为什么，她好像有点怕——艾光明说不定什么时候就会来她的小屋，若见他也在……便谎说："我正在外面采访，一时回不去，等以后再说。"他沉默了好一会儿，才无可奈何地说："好。"

回到小屋，刚躺在床上休息了一会儿，就听外面有人敲门。她即刻竖直了身子，警觉地问："谁？"怕这次真是厚颜无耻的男房东。"我！"艾光明在外面朗声道，不容置疑的口气就像他是这屋主！不顾屋中还有好些东西没收拾，她便去开门。

不等门全开，他就一边侧身进来，一边道："我刚从河北出差回来，你今天去报社了吗？"说着径自走到床前，在床沿坐下。坐下时双腿距离同肩宽，双臂直直撑在膝上。不知为什么，林泉顿觉他不像一位同事，而是一位严师，便小声地："去了。"

接着，他又谈《才俊》版怎么怎么做。她的大脑像安了滚珠般跟着他转动……忽然，他皱眉蹙额地说："真累！困死了！"因他话锋突地一转，她还没想到该说什么，他就起身告辞了。原以为他会坐很久，心里不免有些怅然。不过，还是佯装善解人意地送他到门口。

他走后，屋子像一下空了很多。她来回转悠，不明白他什么意思。说有事，才坐那么一会儿，就像被什么东西追着赶着逃走；说没事，又出差一回来就找她。

好在今晚要赶一篇征文——《我最难忘的老师》，因他说过，教师节这期报，不光读者，本报编辑、记者也要热情参与。何况，征文责编又是他。所以，文笔不错的她此时不露一手，还等何时？

可当她打开电脑准备写稿时，又不知写什么。因她虽大专毕业，却是自考。至于文学院进修，老师多是院方临时邀请的作家或教授讲一堂或两堂课。因此，实际上高中都没上的她，真正算得上求学经历的只有小学与初中。

但糟糕的是，求学经历中让她难忘的老师好像并不"学为人师，行为世范"。比如：小学三年级，数学作业本一直满分加红旗的她，因第一次做应用题做错，用橡皮擦没擦干净，就被数学老师站在高高的石级上当着上下往来同学，用饱蘸红墨水的手，直指鼻尖，口沫横飞地狠剋一顿……自此，学习兴趣一落千丈，只要数学老师在上面讲课，她就用课本作掩护，在下面画画。

初中第一天，负责新生报名工作的是头有些谢顶，满脸络腮胡，穿着中式布衣，颇像《水浒传》里鲁提辖的语文老师。她如实填完报名登记表，交他审阅，从表中"父亲姓名"一栏知道她是谁的女儿后，他竟将黑塑料框老花镜从鼻梁上往下一推，白多黑少的眼珠再向上一翻，账房先生般一言不发又蛮有意味甚至轻蔑讥嘲地上下打量……

虽然不知是为什么，但他的目光让她很不舒服，因为自小还没人这样看过她。后来才知道他与时任某部门负责人的父亲是同学，一直胸怀"学而优则仕"的宏愿，可被提拔到教育局，又因无领导才能，再回原校任教。

至于他怎上课？不是自诩"怀才不遇"，将自己所作消极厌世之诗挂在黑板上煞有介事赏析，就是慨叹："如今，世风日下，到处都是贪官污吏！有的人，当了蚊子屁股大点的官就不知东西南北……"每听到这，她心里就很不舒服。别人为官怎样她不清楚，可每天朝夕相处的父亲，她是清楚的。

父亲当时虽主管交通、邮电、厂矿企业，但从不以权谋私。别人的老婆进城，扁担大的"一"字不识，也在办公室上班。而农业社杀一头牛卖，从头至尾每笔账都记得的母亲，进城多年，别说坐办公室，就是去厂矿企业当一个打杂的临时工，父亲都极力反对，母亲只能在家洗衣做饭。实在家用不够，她便荒地养猪、种菜，甚至背煤炉、铁锅、油桶去市场炸油粑粑卖。别人家的孩子都享受父亲的种种"好处"，作为家中唯一男孩的哥哥，却在井下天天挖煤，时时有生命危险；姐姐则在养路段，天寒地冻时融雪铲冰，烈日当顶时烧沥青铺路，还是临时工，连个城镇户口都没有；至于林泉，家中排行最小，母亲40才有的孩子，以几分之差落榜重点中学，父亲也没像别人去校长那里求情或做做什么交易，最后来了这所人称"婚姻介绍所"的中学（因学生大多是家长管不了，爱惹是生非的"流仔""太妹"，常以曝出男女学生早恋事件闻名）。所以，她觉得语文老师的话，未免偏激，怎么"到处都是贪官污吏"呢？

语文老师切入正题讲课时，又会冷不丁地冒出些与课文风马牛不相及甚至粗俗不堪的比喻。因此，本喜欢语文课的她，不再听，只在他鼻子底下画画或写日记。其实，很多时候他明明看见了，也装没看见。她更有恃无恐起来。

一天，连着两节语文课。他走上讲台，班长喊："起立！"同学们都站起来的当儿，她拉上平日如影相随的美蓉，从第六组第一个，如入无人之境一般大模大样向第一组最后一个走去。同学们全愣住，整个教室鸦雀无声，空气都凝固了。半晌，平素最调皮捣蛋的几个男生才"哦哦哦"喝起倒彩来。他仍一言不发，眼睛一眨不眨冷看着高昂着头、不慌不忙拉出后门插销的她，扬长而去……

初中班主任呢？由于落榜重点中学的那个暑假，她哪儿都不想去，母亲又不让她插手任何家务，无所事事的她便天天躺在床上看书。看累了，就睡；睡醒了，继续看。直至开学坐在第二组第五个的她，才觉得自己有点看不清黑板。加之，当时小城少有学生戴眼镜，她吓坏了，不知怎么办。

个不高、成绩中上的她，便忐忑不安地去找班主任调位置。因她总阴着脸，很少笑。意外的是班主任竟笑眯眯地一口答应了。

重编座位的那天，满以为不是被编到中间第三组第二个就是第四组第三个的她，等啊等，伸长脖子地等，等来的却是第二组倒数第二个，与各科老师扔下的"包袱"，同时也是破罐子破摔的同学为伍。重编座位前，她还能勉强看清黑板，现在，竟一点也看不清了。自此，第一次英语考试便99分的她，每况愈下，有次竟然只有29分，两张试卷几乎画满红叉。

因别的课还能靠听，英语却不行。老师指着黑板刚板书的生词教发音，若看不见，口中虽跟着盲目地念，也不知这生词到底由哪些字母组成。老师呢，当然也不会想到有学生看不见而说这生词在课本第几页第几行第几个。至于课外练习，老师板书一大堆书中没有的生词生句，她更如"太平洋坐筏子船"，分不清东南西北。

小小年纪，不知如何解决看不清黑板问题的她，仍寄望于调位置。可是总笑眯眯一口答应的班主任，将她不是调到第三组或第四组倒数第一、第二个，就是调到最边上第一组或第六组的第一个——三块黑板两块反光，只有一块清楚。

至于，不忘父亲叮嘱，初一上学期就写入团申请书的她，虽几次入团名单都没在列，也不气馁，仍坚持写申请书。直至初三下学期，第二个新班主任念最后一批入团名单，许多成绩比她差也比她顽劣的同学都在其中，而写了6次入团申请书的她，仍不在名单上。只觉鄙夷、讥笑潮水一样从四面八方袭来，喉头像哽着块大骨头，上下不得。终有些泪从心底迸出，模糊了双眼。她虽尽力噙着，不让它们滑落，但心细如发的新班主任，还是察觉到了，放学后将她叫到办公室无可奈何道："我和其他任课老师都同意你入团，可老班主任不同意！"她讷讷地不知说什么好，眼望窗外蓝空发呆……

后来，她在老班主任丈夫当过厂长的大新厂上班，才从许多老同事口中得知：因老班主任丈夫一心为己，将国有企业经营得要倒闭时，是林泉父亲力排众议，启用了很有管理才能却由于男女关系而被撤职在某乡镇当电工的现任厂长。

这之前，老班主任丈夫则因多次贿赂不成，便以种种莫须有罪名到处状告她父亲。岂料，不久东窗事发，司法人员进驻他家，在没收大量来历不明财产后，又将其以贪污、受贿罪投入大牢。

老班主任从此对林泉父亲心生怨恨。有意思的是，父亲却一而再，再而三地叮嘱她："你一定要比别的学生更尊敬、更爱戴老班主任！"

一天，在厨房，只有她和父亲。趁着冬日围炉就餐的温暖与惬意，她麻起胆子对脸有些黑又向来严肃的父亲说起入团之事。平日不是讲些大道理就是对她不分青红皂白呵斥的父亲，第一次低头，缄默不语。

初三的那个阳光灿烂的日子，她与美蓉及别的同学正在操场散步，突然，一位同学气喘吁吁跑来说："咱班主任，听说不换了！"美蓉迟疑了下，没说什么。别的同学不是摇摇头，就是发几句牢骚。唯独原本说说笑笑、平日又不让男生半步绰号"假小子"的她，突然号啕大哭。她现在才明白，可能那时的她，正陷入鲁迅所说的无物之阵，感觉到，看不见，摸不着的"鬼打墙"样的无能与恐惧之中……

她真想将以上写成《我最难忘的老师》。但，她很快就明白，在庆祝教师节的报上，无论如何也不会刊登，试都不用试。

可总不能因此而放弃一次展示自我的机会吧！蓦地，小学六年级新调来的语文老师出现于脑海中：一天，他照例巡视同学们的晚自习，忽然发现坐在倒数第三排的她正偷偷写日记，便一句不说，快步走到讲台。她自知被发现，一边赶紧把日记藏进课桌，一边心跳到嗓子眼等他大发雷霆……

未料，他却正色道："同学们，今后都要向林泉学习，每天写日记！"

完全没想到的她，在一些同学回头看她或对她笑时，不仅低下了头，还脸红到耳朵后面。因这之前，写日记，不是敷衍父亲，就是闲极无聊。

最终，这位语文老师便成了她最难忘的老师！

9.

一进编辑部，林泉就拿出征文《我最难忘的老师》自信满满地交给艾光明，料登无疑。一，平日他那么关心她；二，她文笔也差不到哪去。然后，才到杨勇已搬走东西，现真正属于她的办公桌旁坐下，开始打电话，因她是《教师的自述》版责编。虽有自然来稿，但不怎么理想，便约北影一位老教授、文学院一位副院长、清华大学一位女教授来写。

下班后，她在公交车站附近一家四川小吃店要了碗酸辣粉。这家店，小虽小，却蛮有意思：服务员一律蓝印花布衣裙、一口地地道道四川话。好像，她们才是这地面的主，别人都真是客。不知为什么，南北西东都去过些地方的她，偏偏喜欢四川话。总觉得他们不是正经八百说话，而是在要忙不紧地跟你打趣、逗乐。尤其最后一字的尾音，不仅拖得长，还要往上扬一扬，特别好玩，使本不好笑的事也让人忍俊不禁。不像很多地方的人，一张口似吵架，语气很冲！

一回到自己的小屋，她就迫不及待脱下早上很不情愿穿的衣裤：灰扑扑，又肥又大，毫无女性特征。昨天下午报社顾问郑老师在找每个新人例行谈话时，对她说的第一句就是："你怎么可以穿这样的衣服上班！"其实，她穿的是套米色马衣马裤，很大方也很精神。若真有什么不妥的话，只是将她既丰腴又苗条的身段显了山，露了水。然后，郑老师在齐耳短发下，两手食指与中指叉开，像剪刀在剪头发地说："你最好把长发也这样剪掉，记者要有个记者样，你出去采访代表的是报社形象！"

初来乍到的她，就算有一万句辩驳，也只能一边点头，一边答应："好。"

接着，干了几十年政工的郑老师又习惯性政审："你哪儿人？""湘西。"本已回答完的她，不知为什么，又鬼使神差或突发灵感，"以后有空，欢迎您来张家界玩，我可以当向导。"脸上既苍白浮肿又毫无表情的郑老师，立刻漾出一圈又一圈笑漪……不再说什么。

而她，也终于得到了放行。

换上大方又随意的休闲装，她便向艾光明住处走去。进了院内，只见房门大开，他坐在床沿正看报。她立在门边，问都不问，就朝仍低头看报的他，用一种对异性惯有的口吻说："带我到未名湖散步去！"语气中既有孩子般非去不可的任性，又有女王样不容置疑的骄横。

他从报中抬头，仰望门边梗着脖子、双眸居高临下的她，很是一愣，才有些生气地说："我什么时候答应过你？你一个人去散！"也很是一愣的她，不知当初他怂恿、鼓动她搬来西苑的话仅是说说而已，还是自己理解错："住北大附近多好啊！可以听讲座、去未名湖散步……"

既然他并不热心，难道还强迫他不成！她脸没这么厚，就当他真没说过。转身要走，却因一时气难平，又问："今后，若同事问我住哪，我怎么说？"他皱眉蹙额地想了会儿，才一脸肃然地说："你不要说住我附近，说一个远一点的地方。"她嘴上答应着，心里却有些糊涂，不知他什么意思，若正常同事，说住他附近要什么紧？只有不正常，才遮遮掩掩……

从报中再次抬头的他，换了种稍温和又有些责备的口吻："你怎么老心不在焉？不要胡思乱想。我现在只想将报办好，你要集中精力把版做好！"

第一次被异性，一个比自己还小两岁的异性如此奚落，真真想不到，本不善言辞的她，更加语塞，不知说什么好，只得告辞。

走到院外一米多，忽想起一件事，她又回头说："有人想与我合租房子。"站在院门中的他问："哪儿人？""北大学生。""男生？"她觉得他问得太离谱，总共一间房，她与一个男生合租，真是存心羞辱她，便气恼地说："什么？！当然是女生，怎么可能是男生！"他自知理亏，低头道："你自己看着办，还能节省些钱。"

她讪然一笑，不出一声，心里却道：我岂会为节省些钱而与人合租！便转身走了。她刚走到胡同第一个拐弯处，仍站在院门中目送的他，不知是看她背影纤长、脚步落寞地独自离去心有不忍，还是忽记起自己说过的话，便大声道："以后有空，我陪你去未名湖散散步……"

她回头，脸上带着淡淡的笑，勉强地说了句"好"，心里却并不以为意。

她就此决定：今后，再也不要他带她去未名湖散步了！

又是坐班的日子。因每天睡五、六小时就够，睡多了反而头痛的林泉，一早便来到编辑部。当她一把推开没上锁的门，看到身穿粉绸睡衣坐在电脑前的倪超雄，还没来得及说什么，倪超雄就对一脸惊愕的她道："哦，我刚从同学那儿搬出来，还没找到房子，天气不冷，就先在编辑部将就一下。你现住哪？"她欲说北大附近，忽想起艾光明的叮嘱，便说："我还在通州，今天起来得早一些。"说着，就向自己的办公桌走去。

下午在照排室，她站在美编小燕身旁看排版。忽然，不经意地一回头，发现斜对面一两米远的转椅上，一个四十左右、脸黑瘦、嘴有点"地包天"，虽西装革履，形容仍有些猥琐的男人，眼睛正从镜片后看不出具体含意地偷窥她……

对于男人的偷窥，她向来厌恶。觉得他们不是把她当一个人，而是当一只猎物在心里斟量来斟量去，尤其模样上不得台面的男人。今天长发飘拂不羁，一袭银灰高领长裙的她，面对眼前这个偷窥自己的男人，毫不客气，绷紧着脸，皱了皱眉，两只眼睛探照灯样直直照过去……他有些招架不住，慌忙将目光移开。

排完版，她去办公室填"用报单"。填完正要走，忽看到墙上有张"《教育信息》员工通讯一览表"，位列第一的是从没见过，也没怎听说过的钟主任。便问肤色黄白，卷发，看上去30来岁的办公室主任柳莎莎："钟主任是谁？"她睁圆了眼，不信地问："钟主任是谁你都不知道？""嗯！"她认真点头。

恰巧，艾光明路过，柳莎莎便追着道："唉，我说，艾光明，你得让你们新来的记者，认识认识钟主任！"他驻足，看了看一旁有些发窘的她："好的，我刚还看见他去财务室。林泉，你在这等着，我去一下照排室。"

一会儿，从照排室出来的他，就带她去财务室。门关着，他礼貌地敲敲，里面传出个公鸭嗓男声："请进！"他才推门，几步走到一个正低头看报表的男人面前，爽朗地说："钟主任，这是新来的记者——林泉！"同时，右手外交官般娴熟优雅地向她一划。

听到如此介绍的钟主任，似很意外很高兴地"哦"了一声，便顺着他手划的方向望去——他这一望，不打紧，她却很吃了一惊。你猜，这钟主任是谁？竟是照排室偷窥她的那男人！

她还未从这意外中醒来，还来不及对他表现出一般员工对上司应有的尊敬或谄媚，他就起身，等不及站直，向她既谦和又有些不由自主卑怯地点头微笑了。不知为什么，这一刻，她竟觉得他不是接见下属，而是会见来宾。

不知是艾光明的介绍不对，还是高大英武从容自若的艾光明与冷艳逼人超尘脱俗的她突然出现，像一对天造地设的璧人，将毫无准备的他震得惊慌失措，怎么看都不像个领导。因此，她只牵强地笑了下，机械地叫了声"钟主任"，便与艾光明一同告辞了。

10.

仍是十点例会，林泉九点就到办公室按"用报单"领了报。一拿到报，她着急看的不是自己的版，而是艾光明的。可从上至下都没找到自己那篇料登无疑的文章，心里好一阵失落后，才想起要看看他都登了些什么文章。

结果，每篇都确实比她写得生动、感人。尤其头条，作者白云的《忆恩师》，简直就是一篇现代少有的文言文。她心里不禁又欣慰起来。欣慰他并不因对她怀有好感，选发稿子就偏向于她。相反，她稿子不如别人，他却登了，她不仅不会高兴，还会鄙夷他。

就像有次他统计谁没有采访录音机，好报财务配备，本已有的她，为考验他是否秉公办事，便也举手。并不含糊的他，虽没恼，却笑道："你怎没有？我都看见你用过！"众目睽睽之下，如此戳穿，她虽本能地向下一蹲，试图躲到办公桌后面——别人看不见的地方，但最终还是只有自个儿明白地偷偷笑了……

这脾性，不知受为官多年刚正不阿父亲的影响，还是出生日乃凡事都要公平合理的天秤座缘故，总之，她欣赏的就是这种有原则的人，并认为，也只有这样的人才能胸怀天下，才能担当大任！

十点，除王伟，编辑部的人都到了，只等艾光明一声令下："开会！"他却道："钟主任已回来，他一会儿就到，我想请他给大家说几句……"门外，刚与人通完话的钟主任，一边合上翻盖手机，一边匆匆进来。在他身后不慌不忙走着的则是王伟。

看见钟主任，艾光明立马起身作个邀请姿势，钟主任便在他对面坐下。而王伟仍踩着不变的步伐，到自己桌上放了包，才拉把椅子在会议桌前坐下。

艾光明宣布开会后，就请钟主任说几句。钟主任便说："《教育信息》我刚接手不久。之前的报，因版面呆板、文章陈旧，没多少人看。现在，我想把报纸这一块，交给艾光明和下次例会会来的柳敏慧来管。我则主要负责经营，不会经常过来。在此，衷心希望每位编辑、记者都努力将我们的报纸办好！"

直到这时，林泉才明白，这脸黑瘦，嘴有点"地包天"，还一副公鸭嗓的男人，不仅仅是主任，还是《教育信息》的老板！这一惊，非同小可。她正在脑中努力搜索昨天对他有什么不恭，突然，就听他对艾光明直直道："艾光明，我没想到，《才俊》版你会找这样个人！"说着，不屑地扫她一眼。

今天着装并不出位的她，几乎出于一种本能，不等艾光明说什么，就手拍了下会议桌，昂头，一脸肃然地睥睨他，很是挑衅地问："那你要找什么样的人？！"姓钟的可能绝没料到她会这样问，一时哑口，不知说什么好，脸上混合着尴尬、吃惊又有点妥协的表情，转过头来，想仔细瞧瞧这个敢当众质问自己的小女子是谁。但迎面而来的，却是"嗖嗖"——两把刀子样寒光闪闪的双目。他忙低了头，一声不吭，别的人也不出声。

这一刻，空气都凝固了。

她大脑则飞速地运转，如果姓钟的回一句"就是不找你这样的人"，她一定起身驳斥："我还不要你这样的老板！"

不知是姓钟的讨了个没趣，先行告退，还是艾光明救了场，总之，待她回过神，姓钟的已不见。只听艾光明道："我给大家念一念我为下一期报写的《编辑部寄语》，请大家讨论讨论，看还有什么不同意见。"说着，目光向每个人脸上扫一下，就抑扬顿挫地念起来：

唯有在理想的指引下教育才能前行

没有经济的支撑，教育将不能扎根现实的土壤；但若失去对理想的追求，教育就会沦为实现各种现实目的的工具，从而不再神圣。在现实与理想之间如何选择，是一件很困难的事。虽然如此，我们依然相信：唯有在理想的指引下，教育才能前行。

我们深知，唯有立足于教育现实，我们的声音才不至于空洞，我们的努力才不至于无谓。我们不满足于"表面文章"，更不屑于"花边新闻"，因为在"真实"面前，一切都是那样苍白……

当听到这，用笔在本上佯装记录的她不禁抬头，讶异地向眼睛专注手中稿子，严肃的表情远远超过实际年龄的艾光明望去。因这之前，以为他的《编辑部寄语》，与《中学周刊》的无异，没什么新鲜词，多是些陈词滥调……听得她浑身长刺般坐不住，恨不能晕倒会场，马上被抢救出去。

随文字内容，表情越来越严肃、声音越来越高亢的他仍在念：

我们把"真实"奉为自己的最高原则，因为只有"真实"，才能让我们感动；也只有"真实"才能让我们心甘情愿地去辛苦、去流汗。我们相信，只有真正去关心你们，我们的声音才会有响应。只有我们关心你们，你们才会关注我们！……

至于最后几句，他如五四青年，为唤醒民众，演说般挥舞拳头，慷慨陈词："'立足教育现实，心系国运民生，倡导人文精神，关注社会发展'，是我们的理念！更是我们努力的方向！"她内心隐藏多年，自己都不知或遗忘了的火种，"腾"地一下被点燃，燃得周身的血液都在激荡、翻滚、沸腾……

眼前的艾光明不再是艾光明，而是国家民族危难关头，宁舍生取义，也不屑偷生，留下著名诗篇的夏明翰！

由于这突如其来又超乎寻常的感受，接下来的讨论、报选题、评报等怎结束的她一概不知，醉酒般晕晕乎乎回到小屋，身子一歪，倒在床上，双眸直直凝望窗外万里晴空……

好久，日影西斜，回过神的她，想起艾光明曾言："你怎么老心不在焉？不要胡思乱想。我现在只想将报办好，你要集中精力把版做好！"她从背包拿出采访本，在近期几个人选中，选了中戏戏文系宋教授。

在地安门采访完宋教授，林泉又回报社收了他补充采访的电邮，再等车到西苑，天已黑。因昨天例会前柳莎莎在编辑部高高举着一叠票说："这是为庆祝教师节，9月8日在中央音乐学院举行联谊会的门票，希望大家到时参加，也可带上你们的男女朋友……"不等她说完，编辑部同仁便争先恐后去拿票。尤其是虎头虎脑的石磊一边"哦，哦，哦"怪叫着，一边冲在最前面。待他们三三两两散去，林泉才从椅子上慢慢起身，虽没什么男女朋友，也拿两张，以备不时之需。

可，今天一采访，竟把这事给忘了。若从这儿再赶到中央音乐学院，只怕已晚，她索性不去了，过丁字路口和平日一样往南回，蓦地，一个疑问从心底生起：艾光明参加联谊会去了没有？

于是向东——他住的方向走去。院门恰好开着，她轻手轻脚进去，生怕惊动屋内夜读或工作的他。但，扑入眼帘的，却是茫茫一片黑暗。旋即，她因想象而生辉亮堂的心，也坠入一片黑暗……

仓皇逃出，好似黑暗中，也有人看见她脸上那无法掩藏的失望！

昏暗的胡同，慢慢走着的她，心情不知是难过还是怎么的，走到自己屋前，懒懒地开门。一进屋，还未落座，屋外就"砰砰砰"响起急促的敲门声。她蹑手蹑脚走过去，先开里面的木门，再透过防盗门铁栏一看，竟是艾光明！

两人目光骤然相遇，她很吃一惊，好似刚才去他住处，他都心知肚明。否则，她前脚进，他后脚怎么就跟了来？她神情颇紧张地等他取笑。可不等她完全打开防盗门，便侧身进来的他，看似调侃却认真地说："怎没带男朋友去参加联谊会？！"她很意外，一时竟不知说什么好，便自我解嘲："我哪儿有男朋友？也没心情光顾这样的会！"

他颇有同感地说："我也是。我刚从北大过来，看看你在不在。"原来，彼此，彼此！乌鸦莫笑猪鼻子黑……虚惊一场。只不过他更深谋远虑些，一句先声夺人的责问，既是投石问路，又为自己找好台阶，真可谓一石二鸟！

接下来说什么？除工作，他对她似不能再说别的，便问："今天去了哪？""采访中戏一位戏文系教授。"他忽一脸严肃紧张地问："是个什么样的人？有照片吗？"她打开包，从一个信封里倒出张彩照，不以为然地递给他。他一看，立马皱眉蹙额地说："这……什么啊，怎么采访这样个人？！"她诧异地说："怎么啦？"

其实，他手中的彩照——宋教授新书扉页上的照片（也许配合书的厚重而处理成黑白），她还清楚记得小萱第一次见这照片的话："他看上去真干净！"确实，他的脸，他的颈，甚至手都丝绸样光滑洁净。

而，每看照片上他睿智、冲淡、平和的眼神，她就会想起多年前一个卖字的聋哑人龙飞凤舞草书她姓名后，又用楷体所书"明月松间照，清泉石上流。宠辱不惊，看庭前花开花落；去留无意，望天上云卷云舒"的诗句来。

照片上的他，虽与文学院课堂激情万丈的他截然不同，但她似更喜欢照片上他这如水面下波动的深沉与蕴藉，有些沧桑，有些落寞，有些人到中年"欲说还休，欲说还休，天凉好个秋"的况味……

她想不明白，这样一张照片怎么就那么刺艾光明眼？若硬有什么不妥，也是大黑框眼镜、脑后几绺头发不服帖、一只手随意夹根香烟的宋教授，给人一种文艺工作者惯有的落拓与不羁！

见她不明已意，艾光明便转移话题："你电脑能看碟吗？"她既喜又忧。喜的是自住同一条胡同，他第一次与她涉及休闲话题；忧的是她电脑不能看碟。便如实道："不能。因买的是二手，买时光驱就坏了。"说完，局促地低下头，等他失望的一声叹息！

他却语气意外轻松："那去我那儿看，我们先去租碟……"不待他说完，她就一脸灿烂地说："不用租，我这有套《大明宫词》还没看。"实际上，《大明宫词》碟一出，她独自、同别人，不知看过多少遍了，可为了不让他拒绝，她便说了谎。

不知为什么，哪怕《大明宫词》故事情节已烂熟于心，她也极希望同他从头至尾再看一遍。她实在是太喜欢《大明宫词》——这部被港台许多媒体称为"最豪放的另类古装戏"：那些以鼓乐为主，用现代手法演绎，不是很规范很特别的音乐；那些文采飞扬色彩鲜明或层层逼近或酣畅淋漓的对话与道白；那些明黄、柔美的光影，油画般的构图；那些身着华美、飘逸衣裙，特别的、怪异的女人……

用爱情和权力这两个人性中最永恒最重要的矛盾来演绎历史，把它放在一个巍峨强大的帝国、华丽庄严的宫廷之上来描写：生杀予夺，上下其手，报复嫉恨、阴森恐怖、宿命乖戾……种种惊心动魄的争斗，都于不动声色中戴着白手套在做，冷酷在诗情画意中微笑，一个小公主在神圣的朝堂上摸着老臣的胡子撒尿，一个宠妃在太液池被凿沉坐船婉转凄切而死，以自缢为游戏，以剁指开玩笑，以利剑刺入情人的胸膛……

生命带着血腥味喷薄而来，呼啸而去，激情、艳丽、浪漫、极端！尽管这出戏中58个主要角色，57人在权力、情感、欲望的争斗中命丧九泉。但它留给人们的不只是伤感和悲观，更有生命的壮烈与飘逸……

她真觉得从没看过这么漂亮的电视剧，让一直喜欢电影的她恍然明白：原来电视剧还可以这样拍！相比之下，其他许多国产古装剧只不过是粗糙的、脏兮兮的瓦砾了。她喜欢剧中归亚蕾饰演的武则天，同样是从青年演到老年，归亚蕾在化妆上并没下太多功夫，而是全凭形体、语气、神情等方面的表演就勾勒出不同的风采。谁都不想把武则天简单化地演成一个女强人，但能像归亚蕾这样把武则天演得既铁腕又多情的却没有。她不喜欢潘迎紫演的武则天既艳又凶，也不喜欢刘晓庆演的武则天只一味狠叨叨。

在艾光明的小屋，《大明宫词》第一集还没开始，只是片头，他就回头对隔一段距离坐着的她道："我一看这片头，就知你是喜欢什么样的人！"

她怔了一下，本想说，"那你说说看"，转念一想，彼此交往不深，他未必说得准，到时，承认不好，不承认也不好。索性淡然一笑，不置一词。

11.

周日，收拾完小屋，林泉开门换换空气，却见对面有个人，一听她开门，便转过身来。原来是搬来西苑不久，就问她想不想与一北大女生合租的李校盛。当时，她本想答应，鬼使神差地又犹豫起来，还随口胡诌："我男朋友原说要搬过来的，这两天也没来，等问问他再说。"

她猜，李校盛还是在为北大女生找合租者，便礼貌地对他点点头后，回身进屋。未料，举步追来的他却道："林泉，等一等！"诧异的她，立住脚，温和地问："什么事？"未语，脸先红的他，低头，好半晌才面如春风，仍用比女子还细柔的声音喃喃道："我是来给你送书和澡票的，怕你出门早，八点多就来了。"说着就从肩挎的书包里拿出本《存在与自由——让-保尔·萨特传》和一沓北大学生用的澡票。

她接过书道："书我可以留下。澡票你自己用，这附近有澡堂。"他急道："你都留下吧。澡票我有的是，这附近澡堂都是私人开的，既不安全也不卫生！"

虽说附近有澡堂，实际上她从没去过。因为每次洗澡，都在小屋用自来水解决。不喜欢那种对谁都开放的公共澡堂，毫无隐私不说，还要忍受一些已婚女子相互粗俗无比的玩笑、打闹。

来西苑前，一直住有热水器楼房的她，洗澡自不是问题。可现在住在简陋平房，天热时，尚能用自来水对付；天凉了，尤其零下十几度寒冬，怎么办？还不是要去澡堂。但将那种对谁都开放的公共澡堂与只对学生开放的澡堂相比，她还是接受了澡票。他脸上即刻露出快乐而欣慰的笑……

看着手中的澡票与书，她不由想起艾光明来。第一次例会那天，她问："报社附近有房租吗？"艾光明慨叹说："住北大附近多好啊！可以听讲座、去未名湖散步。"又像幼儿园阿姨哄小朋友样说："我还可以给你澡票。"搬来西苑第一天，她问："你有哲学方面的书吗？借我一本。"他从一摞书中拿本《海德格尔哲学概论》递给她，并在送她回去的路上，忽说："今后，我买一套西蒙·波伏娃的书送给你。"但，两个星期过去，澡票与书，他一样没兑现。而此前什么也没说的李校盛，却兑现了。李校盛真是一个有心人！处子般羞赧，虽没表白过什么，她也明白：他对她，颇有好感。

可是，那天艾光明明知她在等王伟取旧报，不但对她笑盈盈，温和甚至有点请求地要她一起陪倪超雄去买呼机。而且，转身之际，还用一种笑意融融又意味无穷的目光，定定直视她一会儿才走。艾光明又让她放不下。

还是等下星期报纸一出，给他去信问个水落石出，再决定。

他真会人如其名——光明磊落、襟怀坦荡吗？真会像第二次例会竭力倡导的——人文精神，以人为本吗？

去信前，她从箱底的一沓信中，找出吴平、叶希声、吴荣写给她的第一封信，每看完一封，往事便堆积在眼前，久久不能消散，只让她生出许多感慨与惆怅……

尤其是，此刻第一次主动给一个异性——艾光明写信。真落笔，一时竟不知写什么。开好多次头，又立马删掉。一晃，就已是下午。明天又有明天的事，她便从抽屉里拿出日记本，先随意写，有时间再斟酌。

书桌前，林泉准备整理采访宋教授的录音，但因最初是在火锅城大厅，人声嘈杂，听不太清他都说了些什么，只从他表情与口型估计加大概地揣摩。直至午餐高峰，顾客盈门，她侧耳凝神也听不清他说什么，他才叫服务员将碗筷撤到包厢。

可明天就要排版，如何是好？她只得赶紧搜索大脑，凭记忆写出一篇文章《让心飞翔》……

但，艾光明一再叮嘱的教师节后重写的开版语，又该怎么写？她想了很久，想起李校盛给的书《存在与自由——让-保尔·萨特传》封底有段评论法国知识分子的文字，受了启发，便写道：

在这样一个崇尚物质文明的时代，在这样一个竞争激烈的社会，人如何才能自持自守，自强自信，是《才俊》版深远的宗旨。在太多太多"搞笑""快餐"的版式中，《才俊》只想营造一个光明温暖的精神家园。

《才俊》版将从这期开始，每期推出热切关注人的现实、关注人的命运与未来的大师或学者，因他们追求着并非"有用"却极崇高的东西。为着这"无用"又"无功利"的信仰，他们苦苦探索，历尽心灵的种种磨难，宁愿付出任何代价，而给人类文明留下最珍贵的精神财富。他们是光明、正义和真理的化身！

而一个光明的人，能够增加无数不幸者的生活勇气……

如果读者能从《才俊》版真正悟到人格之紧要、精神之伟力、生命之恒久，这便是我们最大的欣慰！

12.

又是例会的日子，林泉不早也不迟地到了编辑部。走到桌前要坐下时，才发现右边窗前立着个从未谋面的女子：20多岁，干脆利落的短发，白色棉布衬衫，脸庞饱满，下巴尖俏，眼角上扬的眸子看起来颇有意味……

林泉不动声色地打量她，她也不动声色地打量林泉。

林泉一时判断不出她的身份，因石磊亲切地叫她"柳姐"，孙为民与她讨论现行教育存在的问题时则称"你"。待到例会开始，林泉才知她就是上次例会钟主任所说的"下次例会会来的"执行主编——柳敏慧！

例会不久，钟主任不知是记恨上次例会林泉公然顶撞，还是恼火原寄予厚望的以有偿人物访谈稿来大力创收的《才俊》版不但被林泉用来营造什么光明温暖的精神家园，而且受访者是个与他年龄相仿又比他儒雅俊朗多了的同性，便阴霾着脸狠狠道："《才俊》版的文章，很死！没一点生气！"

粗看，与吴荣几分相似，个虽不高，但一副精明强干样子，已任广告部主任的杨勇马上附和道："是啊，是啊！"而郑老师嘴上虽没说什么，只抬起浮肿厚重的眼皮，颇有意味地深看她一眼，但也似质疑地问："你在写什么？"至于通常会主动跳出来为她排忧解难的艾光明，这次不仅不帮她说一句，还一副她罪有应得的样子。

自工作以来，一连遭几人批驳、质疑还是第一次，她心里很难受，就似当众被扒光衣服……

忽然，在其他人都被掐死般沉默时，一个清亮悦耳的女声响起："我发表一下我的看法——"只见一堆耷拉着的脑袋中，柳敏慧挺胸亮脖昂然道："林泉的文笔很好！《才俊》版的《让心飞翔》写得也很美！"奇怪的是，她说完后，先前批驳、质疑的人竟没一个提出异议。

甚觉无趣的林泉，便把目光从自己的文中移到《高山流水·一耽学堂》专栏——艾光明组的第一期稿《孔子的入世情怀》。看完，颇让她惊异的是，自己写稿前与艾光明组稿时，他俩都未沟通。但"光明"二字，出现在两篇文章中的次数却不相上下。纯属巧合，还是内藏什么玄机？不得而知。

例会快结束时，艾光明才宣布："今天没到的王伟已被报社开除。因他搞有偿新闻——收别人钱，但稿子终审时没通过，最后被那人举报了。希望大家引以为戒！"之前听过王伟发牢骚与讲述生财之道的林泉，仍有些震惊：他怎做出这种事？文章没发表，还心安理得拿别人的钱，为什么不及早退回去？若是她，别人为发稿死缠烂打，她会试试看，但绝不收别人钱。所以对他被开除，林泉并没觉得有什么好难过，倒是爱说爱笑的丁红比往日沉默了。

中午，因石磊生日，柳敏慧提议换家更好的餐馆聚餐。一进大厅，他们就在一张靠窗的桌前随意坐下。上主菜前，与林泉挨着坐的柳敏慧忽谈起电影《鸟人》来，她颇意外，因来报社这么久，还从没人主动跟她谈起过电影。于是很快回应，就《鸟人》的主题、画面、音乐等侃侃而谈……

她们谈得很愉快，也很契合，大有相见恨晚之感。

但是，当柳敏慧用流利的英语又说些别的外国电影时，听不懂的林泉，怔了一下，不知如何回答，既怕败了她的兴，又因初次见面，还同一单位，不好直言英语差听不懂，只得佯装明白地点点头，再含糊其词搪塞时，主菜刚好上齐，迫不及待的石磊便大声嚷嚷："开吃，开吃。不吃白不吃！"

柳敏慧便端起饮料向大家提议："我们先祝今天的寿星——石磊生日快乐！然后一起唱《生日歌》，好不好？"大家异口同声说："好！"

唱完歌，几位喝饮料不过瘾的男士便对服务员嚷嚷："上啤酒！上啤酒！上啤酒！"服务员旋即拿来，并一一满上。这时，倪超雄忽道："给我也满上！"几位男士马上叫好，然后开始车轮战术：一人敬她一杯。丝毫不悚的她，真不愧"超雄"二字，脖一仰，喝水般一干二净，眼都不眨，一杯接一杯……在座的同事不免都鼓起掌来，赞道："好酒量！好酒量！好酒量！"

一聚完餐，林泉便回西苑小屋，打开抽屉，拿出日记本，找到上次给艾光明随意写的信，不时增删些文字。然后，从头至尾看一遍，实在想不出要改的地方，才拿信笺誊写起来——

艾光明：

你好！

如果，你真像你的名字"爱"光明，是一个真正光明磊落、襟怀坦荡的人，就请看下面的信，如果不是，就当我什么也没写。

这是一封（对我来说）前所未有难写的信，因第一次主动给一个异性写信。多的不说，只想问一句："你对我，除同事之情，是否再无别的感情色彩？"请千万不要顾及我的颜面而说违心话。1. 挥慧剑斩情丝几乎是我特长；2. 我从来不缺被爱与被关怀。

至于，为什么如今还独自一人，是意中人太难寻！因真打动我并值得我爱的人，不是位尊万人之上或富可敌国者，当是光明、正义和真理的化身：有着高尚的情操和理想，不屈不挠的斗争意志，以及激越的情怀……

给你写此信，必强调如下：

第一，我绝无在《教育信息》为自己找一"保护伞"之意。因在这个竞争激烈的社会，自己才是自己最大的保护伞。也因此，一直崇尚个人奋斗，以己为荣的我，才远离家乡不论州县都有身居要职的家人、亲戚的荫庇，只身来这举目无亲的异乡。

第二，我也异常清楚，选择你就等于选择清苦，因你是个理想主义者。但只要你真是个贫贱不能移、威武不能屈、富贵不能淫顶天立地的伟男子，那么，自小受宠的我，即便飞蛾扑火也无所谓！

再一次说明，此信只给你一个选择题，不管答案如何，相信，你我都仍是很好的同事。怕只怕彼此如《花样年华》电影的片头字幕：那是一种难堪的相对/她一直羞低着头，给他一个接近的机会/他没有勇气接近/她掉转身，走了。

因为克制，因为误会，而一生错过……

《花样年华》按我理解，讲的是一对比邻而居的男女，都被另一半所伤，在孤独落寞中相遇，日久生情，想相互取暖，又想竭力证明给世人"我们，不会跟他们一样"，而终失之交臂。在花一样的年华逝去时，留一憾恨或唯美的故事。

就此搁笔！

祝一切好！

L草

2001年9月14日

（注：别人写给我的信，烦退）

13.

从小卖部玻璃窗望去，柜台前不知与谁通话的艾光明，正有说有笑。在胡同来回走着的林泉，则耐心等他通完话。时间一分一秒过去，十多分钟了，他还没挂的意思。腿都有些酸的她，几次想上前打断，又恐太唐突。

她仍来回走着，突然，一个声音——从地下深处蹿出，又自脚底蹿至头顶地慨叹："孩子,当年,你母亲为追求你父亲,真是千辛万苦啊!"她吓了一大跳,环顾四周,此刻,除了自己,再无旁人。

难道在做梦?她用指甲掐掐手背,清楚地感觉到痛。真有幽灵鬼魅?但不到晚上8点,又灯火通明,不应是它们出没的时候。再细琢磨那慨叹的声音——衰弱而垂危……不可能是现在的她,倒像老年的她。这真是太让人震惊,太不可思议了!

不记得是初一还是初二的一天,姐不在,她出于好奇,从其床头顺手拿了本《知音》杂志看起来。别的都忘了,唯独一篇关于中国某些城市出现"丁克"家庭的文章,不但印象深刻,而且动摇了小学六年级她就对人讲过的"今后,我独身,不结婚"的誓言。

1991年1月4日三毛自杀后,远在省城的美蓉寄来一本她的传记,18岁多的她方知世界上还有这样一位奇女子。而三毛"生得孩子的身,生不得孩子的心"之叹,更是深入她心。

她希望一生如张爱玲所言"除了发展我的天才,没有其他目的",认为女性只要没了生儿育女这些负累,可以说,与男性实现自我价值的时间、精力是相等的。故,为免婚后生儿育女,在"传宗接代、养儿防老、多子多福"等思想仍盛行的小城,春花锦簇年龄的她,别说与异性恋爱,就是与他们交往都很少很少。只至19岁,在大新厂,她才对一位大她11岁的同事杨宏产生过好感。虽说年长的他也很懂得怎关心、体贴她,但最最重要的是被前妻抛弃的他,已有一小孩。她因此天真地想:只要同他结婚,今后就可不生小孩,而她,也会视这小孩如己出。可这段感情,还未萌芽就以他主动逃离而告终。因他们同上一个班不久,便流言四起,说他"癞蛤蟆想吃天鹅肉"!

不久,重新分班,大专毕业、相貌英俊、肤色粉白,被誉"大新厂第一美男"的凌宇,最先提出与她分在一个班,理由是他们同住政府大院,上下班可结伴而行。但当着那么多同事,她想都不想,就一口拒绝了。尽管他父亲是分管工业的县长，与她父亲关系不错；尽管他母亲每次遇见她，不顾自己年长，老远就笑眯眯地先打招呼；尽管他曾走很远的路，给吃不惯食堂的她，从她家中捎过饭菜。只因替杨宏值班的那晚，视她如幼儿园小朋友的凌宇，在讲完小红帽与狼外婆的故事后，曾说："将来，我结婚，要生三个小孩！"

之后，离开大新厂的同事钟军终于鼓起勇气要追她，而吴平从他们共同的朋友口中得知后，抢先托人送来信及书法作品以表心迹。信中写道："说实话，也不知是从何时起心里对你产生那种感觉的。只隐约记得，在校时，看你对专横跋扈——其他女生不是谄媚就是避之不及的龙凯不卑不亢的态度，你的身影便深深地印在了我心中。"书法作品则是《爱莲说》："予独爱莲之出淤泥而不染，濯清涟而不妖，中通外直，不蔓不枝，香远益清，亭亭静植，可远观而不可亵玩焉。"看到这些文字的林泉，以为吴平是懂得并欣赏自己的男人，便试着与他慢慢交往。

可正式恋爱前，她必须弄清楚一件事。有一次闲聊，他慨叹："人活着太苦！今后成家我不想要小孩……"他是否发自内心？于是，林泉寄去一篇别人评论"丁克"的文章，问是否就是他说的那种。

回信中，整张信笺他用红笔只写了个"是"字。但，仅一个"是"，就让如等法院判决书的她，手舞足蹈。何况，婚后不要小孩的他，在小城也不一定被人戳脊梁骨骂，因为他还有两个哥哥可延续香火。

所以，那时还未学档案管理的她，就把这"是"当作真正的契约妥善保存好后，才开始与他正式恋爱。可随着交往的深入，她才发现彼此的思想、志趣相差太远：她每每说东，他偏偏讲西，就像鸡同鸭讲。但，有了他，她不必再向那些茶余饭后爱嚼舌头根子的人解释为什么还没男朋友。

就在他俩要订婚时，从省城大学毕业分来大新厂的叶希声，因工作上的偶然合作，闯进她的生活。可是当本已惧怕在情感边缘驻留的他，终于拆除堡垒，坦然表白时，她却拒绝了。因家中独根独苗的他，是唯一延续香火的人。

尽管后来有次她骑自行车去郊外，恰好，被正骑摩托兜风的他撞见，他激动地叫住她，下了摩托与她同行。行至太阳岛休息时，沉思默想很久，他终向她艰难妥协，愿意为她改变：今后不要小孩！

可，出神凝望"哗哗哗"流淌一心向前的河水的她，还是拒绝了。不是不信他的诺言，而是，将来他的父母、家族及小城的人会怎么看他？而怎么看他，实际就是给她压力。她承受不了这些压力。何况，他是个很孝顺的人，为父母，可放弃省城工作，回到一袋烟工夫就走完的小城。她不希望有一天，因小孩这问题而让他在她与他父母之间左右为难。

不知谁说过，中国文化是一种典型的义务文化。每个人从生下来，传统文化就给他规定了无数义务：对祖宗、对皇帝、对父母、对……而女性，除这些义务外，还附加一条天经地义任务——生孩子，尤其生男孩的义务，沉重得近乎殉道。

在小城，多少受过教育也经济独立的职业女性，只因生女孩而自觉低人一等。不是被公婆生生离间夫妻感情而成弃妇，就是装聋作哑容忍丈夫在外寻欢作乐或与别的女人继续"儿子工程"……

至于农村，那些没受过什么教育又无经济来源的妇女，因"肚子不争气"，一次次人流，一次次刮宫，乃家常便饭。管她什么生生撕裂的痛，鲜红鲜红的血……

一个年逾40，最大的女儿都已结婚的妇女，因第四个孩子即唯一的男孩患淋巴癌夭折，在外打工回来的丈夫不仅不安慰她，还撂下狠话："你不解扎再生儿子，我就与你离婚！"好像，女人的婚姻——别说幸不幸福，就是存不存在，都与生没生儿子有关！

当时的她便发愿，除了对国家、对父母，不会对别人再尽任何义务。

不久，叶希声便与一个平庸却为他断然放弃男友的女子结了婚。

在文学院，她为什么放弃诸多追求者，唯独答应吴荣？不单单被他像父兄般宠溺，更重要的是，他也接受了她"丁克"的思想，还主动白纸黑字写道："今后娶林泉为妻，我若要孩子，就是乌龟王八蛋！"

有次夜半，他忽说："我都无所谓。可我父母一定要我们生小孩，怎么办？"她想都不想，立马正色道："那我们现在就分手。"说着便起身下床。他忙拉住她，笑道："骗你的，我是想试试你不要小孩的心坚不坚定。"

艾光明终挂了电话，从小卖部出来，林泉忙掉头走远一点，待他进了院门，才慢慢跟上。面对面给一个异性自己所写的信，实在从未有过。他第一句就是："你找我有什么事？"这一问，直僵得她用报纸卷住信，不敢拿出来。

而他，不知是有所感，还是爱报成癖，径自来拿报纸。她忙躲开。本想丢下就走，他却让她坐下来谈谈。谈什么？不外乎工作上的事。正不知如何是好，他呼机响了，她忙找借口要走，并说："这儿有你一封信。"说着，扔烫手山芋样扔在桌上。"是你写的吗？"他问。已出门的她"嗯"了声，就像有人追般低头疾走。

一进自己小屋，便把门关好，窗帘拉好，甚至外面路人的说话声都让她心惊肉跳……这时，不管谁找她，哪怕艾光明，她都屏住呼吸，一声不出。

尔后，才想，他看了信，是出乎意料，还是在预料之中？会暗地里讥笑她吗？天啦，他若坦言，"对你除了同事之情，再无别的"，明天该怎么面对他？

艾光明拿起林泉扔在桌上的信，先匆匆浏览了一遍，然后从头到尾再细细看了一遍，既惊喜又惆怅……

惊喜的是，她会主动给自己写信。因在他看来，她就像都市雾霾很久的天空，突然从旷野吹来一阵清新的风。甚至觉得眼睛干净，笑容生动，一笑一嗔，都清纯明澈的她，才是饰演电影《那山那人那狗》中女主角侗族少女的最佳人选。陈好则都市味浓，加上一双桃花眼笑时眯成两道弯弯月牙，美艳妩媚——与电影中湘西初夏那一条弯弯曲曲的山路穿过、两旁绿色绵延不绝、青草在阳光下随风轻摇、碧水在波心里荡漾的清新明丽不符。

惆怅的是，就在几月前，别人已给他介绍了个女友。这女友虽姐姐样无微不至照顾他，分担了现实生活许多麻烦与琐碎，但在灵魂上他们很少沟通；再者，不论她的外貌还是才华，都普通，与林泉不能相提并论。要是早几个月认识林泉该多好！

所幸，现在工作的报社，还没同事知道他已有女友，就跟着感觉走，能瞒一天是一天。他怕坦诚告诉林泉后，清纯明澈的她，不能接受，马上掉转身走了，而错过一生！

14.

编辑部。林泉正低头改稿，坐在电脑前的丁红突然大声道："哇塞！艾光明——帅呆了！！"她这一惊呼，一慨叹，引得众人都举头向门口望去。只见上穿灰蓝格子衬衣，下着深黑笔挺西裤，脚蹬锃亮皮鞋，神情有些肃穆又有些怯弱害羞的艾光明，似有所料般快步走到自己桌前。

这不但是林泉第一次见他盛装的样子，而且也是编辑部其他同事第一次见他盛装的样子。虎头虎脑的石磊便忍不住从椅上起身，走到他近旁，侧头认真问："是不是报社让咱们去电视台录像的事，又不取消了？我也好好收拾收拾，像个样！"他有些不耐烦地说："什么话！"

这时，丁红便回头笑道："那你，是要去相亲吧？"他正色道："不，我要去看个人。"别的同事不是仍盯着他看，就是交头接耳笑说着什么……

唯独林泉既没再看他，也没与任何同事说什么，只沉浸在自己思绪中：今天的艾光明，让她第一次看到一个男子可以这么英武，又可以这么儒雅！以致英武儒雅得让她难过，难过自己相貌的平庸与才学的疏浅。他是昨天看了她的信后才第一次这么盛装，还是像他刚才所言要去看个人？

去信第三天，艾光明既没呼林泉，也没来小屋找她。她实在不能忍受心存疑问不能水落石出的折磨。便想，多半是工作狂的他忘了，就出门呼他，借口要他退还别人写给她的信。

他不说退或不退，只轻言细语道："你到我这儿来一下。"什么事？心中犯疑的她，犹豫了一会儿，还是勉强说："好吧。"

忐忑不安地走在胡同里，不知就要见到的他，对她仅同事之情，还是……终于走到他的院门前，她停下脚步，特意端详一会，生怕走错。就要进去时，为不让结果太意外，便以他窗前灯光为准：若是晕黄模糊的台灯，则表明对她不仅有同事之情；若是雪亮清冷的日光灯，则表明对她仅有同事之情。

但，也许太慌乱了，只顾低头捂着胸口"怦怦怦"狂跳的心，还没来得及看，她就到了洞开的门前。而第一眼看到的竟是挽着裤腿、卷着衣袖的他，坐在床沿，正搓洗衣服，红塑料桶边则溢满雪白的泡沫……她不由一怔：似革命仁人志士的他，也有这样日常的一面！

见她来了，他放下衣服，起身用搭在床头的毛巾擦了擦手，客气地将她请到靠窗的桌前坐下，又几步走到床前书桌拿了本《读书》给她，才坐回床沿，一边洗衣，一边似漫不经心地说："你的信我看了，作为我个人来说，我是很喜欢你的……"

局促坐着的她，一听，心就像他手中风筝，被高高放飞空中。从他的话中，似听出旧时男子终身大事还需征求父母大人意见的意味。她先前因局促而一直紧绷的脸，似也有了一丝温和舒缓的笑。

可紧接着他又说："但，你不知道——我有女朋友了！"她翱翔空中的心，又重重摔回地面，还来不及感到痛，他又说："她在山东，正准备考研。是别人介绍的，就几个月前。如果我们早认识，就好了……"她摔回地面的心，再次放飞空中。

只不过，不再是高空，而是不知是上还是下的半空。

对他所说的这一切，不知应表示痛苦还是什么的她，脑中只扑闪出一群乱鸟般的疑问：为什么有了女友，每次编辑部同事问他有没有女朋友，他不是避而不答，就是嘎儿巴脆地说"没有"？

为什么有了女友，明知她在等王伟取旧报的那天，陪倪超雄去买呼机的他，不但对她笑盈盈，温和甚至有点请求她一起去，而且转身之际，还用一种笑意融融又意味无穷的目光，定定直视她一会儿才走？

为什么有了女友，总社在中央音乐学院举行联谊会庆祝教师节的那晚，没参加的她前脚进屋，他后脚就跟来？

……

当她不能承受这一切，主动去信问个究竟，他才倒出实情，并装出一副既无辜又无奈的样子，什么账都算在他们不早认识这理由上！

突然，他以一种老大姐的口吻笑道："我给你介绍个男朋友，在读研究生。"她脸上露出一种比哭还难看的笑，真不知该说什么好。李校盛——北大在读博士生主动向她示好，她都懒得搭理，何况一个研究生！

他把她当什么人？一个嫁不出去，是男人就推销的老姑婆？真是岂有此理！也不想想她林泉是什么人！

她竭力压住心头怒火，假装认真看了一会儿《读书》。尔后，礼貌告退，诚如李碧华所言："人生，最幸运的一刻便是——适时离场！"

可就在转身之际，他又一连叠慨叹："真累！真累！真累……"他已停下搓洗，一脸疲惫，神情莫名沮丧、落寞。她迟疑地动了动嘴，想用一些熨帖或恰当的话安慰他，又恐他这慨叹实际就是逐客令，终究没说什么，向门外走去。

寂寥而悠长的胡同，公主头、雪色马甲、黑色长裙错落几朵雪色玫瑰的她，独自走着。一阵转弯抹角的秋风，呜呜咽咽吹来，吹在身上，有些凉……

进了小屋，她径直向穿衣镜走去——凝视自己。好像这样也还是看不清自己，便从书桌上拿起梳妆镜，再近距离地，久久凝视自己……

多年前有一位少年暗恋她，她退了他的表白信，并婉言给她介绍一位年岁相当，模样、家境皆好的女孩。他不仅不予理睬，还从彩云之南出差回来，送了一幅以她姓名作的画，上题："才华馥比仙，气质美如兰。"

岂料，如今竟落到这步田地——很不容易爱上一个人，他却有了女友，而且就在几个月前。老天真是有意同她过不去，存心为难她，捉弄她！

想到这，一滴泪，无声无息从眼角慢慢渗出……

突然，屋外有人敲门，并叫她，像是艾光明。她忙一手擦眼角，一手放下梳妆镜。来不及拾掇脸上悲伤的表情，就急急去开门。

果然是艾光明！一脸说不出什么的表情，有些对她的担忧、放心不下，又有些对自己此行的茫然与情不自禁。为掩饰刚才的情绪，她忙几步走到桌前，给他又是沏茶又是递瓜子。他诧异地问："干吗这样客气？"她一时不知说什么好，只得勉强笑笑，坐下来再给他削梨。

他径自坐在床沿，忽问起她有关自杀，有关过去，甚至有没有性经历等问题来。不明其意的她，便故作轻松随意地一一作答，不愿他以为她是个拿不起，放不下的人。

她说到过去在小城，因种种不得已和一个志趣迥异的人——吴平，举行过土家族婚礼，却没登记，后来协议分手只身来京，他忽声严色厉地问："你们置办酒席了没有？"她不解地说："办了。"

即刻，他以一种居高临下的目光俯瞰她，并有些讥嘲有些冷漠甚至刻薄地说："那也是结了婚！事实婚姻！"完全没想到他有如此反应和定论，她怔了一会儿，张了张嘴，想说什么，又终没说，只不置可否地惨然一笑，算作回答。

她想，今后若机缘巧合或情境相符，再将一切细细告之。至于此刻，断不能在他面前示弱，更不能让他以为她是想搏他一丝半点怜悯，才如此编造。

在她有意提高声音面带微笑说了这么多，自己都深信自己如此洒脱豪迈、桀骜不驯，双眸可完全直视他时，他忽拍拍床沿，低声恳求她："林泉，坐这儿来好吗？"他不敢迎接她的目光，眼睛局促不安地盯着地面。她颇不解，但又不忍拒绝，只得起身离椅，在隔他一尺远的床沿坐下。以为今夜的他只是个任性的小孩，要听她讲一个又一个故事，便双眸凝望窗外，比之先前严肃、认真得多地说起一些往事来……但说着说着，将目光从窗外收回，不经意地一瞥，忽见一双通红，似着火的眼睛，正偷窥自己雪色马甲的v字领。心里好一惊，本能地起身离开，他双臂却长藤样从背后缚住了她。

如此突然，这般意外！她木偶样直着身子，一时不知怎么办，既忘了挣扎，也没有迎合。这样持续了好一会儿，他俯下头，唇凑在她耳边，再次低声恳求："林泉，把窗帘拉上好吗？"

中了蛊、着了魔的她，大脑一片空白，不知窗帘拉上和不拉上有什么不同，只傀儡般遵从他的话，起身去拉窗帘。然后，走到书桌与床头之间那面墙边，手足无措，目光不知投向何处。

已起身的他，一边脱着套头衫，一边嘴里咕哝："我是第一次，与女孩这么近！"她一听，不知为什么，竟浑身一哆嗦，似有些怕或担当不起一个男子主动向自己进献童贞。不但男女之情，她向来被动甚至麻木，而且从未有要找个处男的想法。再说，处男用什么验证呢？

对她而言，是不是处男不重要，重要的是有没有爱。因此，她忽掉头对他严肃道："如果你只是为了安慰我的话，请你马上回去！"他惊讶道："怎么会呢？！"

面对雪一样白的墙，她又认真问："那你会不会认为——是我引诱你？！"他说："不是！是我自己愿意的……"

接下来该说什么？她不知道，仍直直伫立原地。

迫不及待的他便走近，将她身子扳过来欲拥吻时，她挣开了。她将夹在床头的灯换成粉色，并拧亮，再将枕边随身听一按，流出如梦如幻的音乐，才脸上看不出什么表情地走到门边，将日光灯关了。

霎时，一室粉色流光，将她与他都渲染成粉色，似幻境中的人儿。可她仍羞答答地走到书桌与床头之间那面墙边，不知怎么办。这时，他从后面试着褪去她的马甲。她没挣扎，接着，长裙也被顺利褪掉。

上下打量只剩文胸与底裤的她，他胸脯顿时如波涛起伏，呼吸也急促起来……他急不可待地去解她的文胸，再蛮暴地撕她的底裤。她却奋力躲开，姿态优雅地斜坐上床，打开被垛，轻轻躺下。不过，眼睛仍向里，不敢看床外的他。

他俯身看着既如迷途羔羊惶然无措，又似处子怯弱畏羞的她，更激起无边雄心与壮志，一把掀开被子……又羞又怕的她，一边伸手遮挡，一边心中犯疑：刚说第一次与女孩这么近，他怎又如此老道？也许书看得多，从书上学来的吧！正这般自己给自己解释。他忽说："你知道吗？我最喜欢你的眼睛，与这些都市女孩不同。她们都是圆的，像猫

80

眼。你不是，你眼梢比她们长，像'空山新雨后'一弯新月……"她听着，听着，不觉拉开双手距离，从中仰看——他此话，是真，还是假？

他却俯身，温情又有些大男孩般羞涩地对她一笑，便用唇，轻轻地，轻轻地，一边一下触她的双眸后，又来吻她菱形、微噘、很性感的唇。她犹豫了，因过往经验：唇不论被吻得多么久长或热烈，都毫无感觉。但，此刻面对28岁以来才动心动情的人，又有什么不能付出不能给予的？于是，迎上去，全身每一个毛孔都充满柔情充满蜜意地迎上去。当唇与唇相触的那一瞬，她浑身都抑制不住地战栗起来。有生以来，第一次从接吻中有了那种感觉——肉身都不复存在，与对方融成一体，像一只美丽的蝴蝶，向上翩飞，向上翩飞……

当他们从接吻的陶醉中醒来，相互柔情蜜意地打量对方时，她才忍不住打趣："你让我很意外。我以为，我走后，你不是像孔老夫子坐在桌前正经八百看书，就是领导样反剪双手踱着方步来给我做思想工作。"他不好意思笑道："谁叫你是'红粉骷髅'！"接着，又似陷入沉思中，眼睛瞅着别处，不知是对自己还是对她道："我又来找你，连我自己都觉得很意外，根本没想到……"

由他这话，联想自己刚才种种，她不免也发了怔，因她不是轻易跟人上床的人，即便情绪坏到极点，也很清醒！

去年，独自在京过完春节，心灵没任何依托精神近乎崩溃时，她长发飘拂不羁，一袭黑裙，外罩米色风衣，胸前再随意搭条酒红绸巾，以最真实最本色的自己，去见萧，期望他们平等如友，一诉衷肠……

在文学院的时候，由于萧年轻，又是师长，她不愿被同学以为有所图，曾很大程度伤害过他——一个不论在明在暗，给她诸多暗示，准备了很久很久的话，又每每被她单纯还有些稚气的笑脸弄得土崩瓦解了的人。

待到相见，他第一句话就是："只一年多，怎么就变成这模样？故作忧伤！"原准备了一肚子话的她，似受了当头一棒，连呻吟都不会。接着，他自信笑问："上学时，日记中记过我吗？"原本记过的她，却故意道："没有！"

他一脸尴尬，讪讪地自顾看完电视股票行情，又听电台股市分析。然后是沉默，窒息的沉默……她自觉过分，便无话找话，一次二次三次说要看他新近作品。而他的心事只聚焦如何捕获她，竟从未有过脸色难看地吼道："你没死！我没死！要看，也是今后顺便的事！"

再次猝不及防的她，忽机械而空洞地"咯咯咯"大笑。笑他，也笑自己。

他莫名，一再追问笑什么。

她潸然泪下……

他上前，似终有机会表现一回温情主义，按住她抽泣耸动的肩："过去的事，就过去了！不要再想。"他一定如许多同学以为的，她只身再来这座城市，定是下好大工夫才将她拐走的吴荣玩弄了她，又旧抹布般抛弃。

实则，吴荣太自私，处心积虑让她与世隔绝。怎奈，她非笼中之鸟，有着鹰隼般锐利的眼、鹏程万里的心……

见她从未如此默默乖觉驯服听自己劝慰，他越发情绪激昂，索性放开她，转身面对窗外的万丈阳光，慨叹道："没什么大不了的！每个人都有些经历，不要七想八想。许多美好的场景你都还没经历呢！"

她依然一言不发，让他说个痛快，直至他的同事如约而来。

她起身告辞，伴随他送她到门口咬牙切齿又满怀希冀怨嗔的余音："你这小野马！你这小野马！你这小野马……"她头也不回，在幽幽暗暗空空荡荡的走廊，如无所不在无形的风，来了又去……

他一样未能免俗：爱她阳光灿烂的笑容，朝气蓬勃的身姿，却无法进入她深邃的内心……

一个人，尤其是女人，难道非要除去外表所有的附丽，别人才能发现她的魂灵？

　　归途中，尽管止不住全身发冷、打战，她也昂首挺胸，不瑟缩，更不弯曲。她想，莽莽红尘，即便找不到一个可痛痛快快倾诉的知音，这郁积多年，无数次欲蹿出唇齿的块垒，也要被自己再次生吞活剥进心底……

　　15.

　　晚七点，艾光明呼林泉，她刚好上了车。虽不能及时回电话问他什么事，但凭心灵感应：他一定挂牵她！想起昨儿夜半，他稚子般沉静安睡于她身旁，连她起身一根根悉数他比女子还漆黑修长的睫毛也不知，内心真涌起无边温柔……

　　车开了，窗外街景一道一道向后退去，许多尘封往事，则如电影一幕一幕在她眼前闪回：小城家中客厅。挂了档案局电话的哥哥，很是高兴道："全县数十人参加档案管理专业自考，只有学历最低的你，14门课全部一次过关，可以拿到毕业证了！"一脸身为她兄长的荣耀与自豪。

　　她倒一脸平静，水波不兴，只将略有几分欣喜的目光，投向阳台上也听到这喜讯的吴平，希望身为男友的他，能与她一起分享这成功的快乐，说几句高兴的话。

　　但，看到的却是：他不仅双眼斜睨着她，还，嘴角轻蔑地一撇。好似对她考得比他优异，深感不满！

　　她的心，一下子掉到冰窟，眼中那几分欣喜也随即冻僵……

　　长沙火宫殿。二楼包厢雅座，吴荣郑重地为她接风洗尘。闲谈中，他说起前天在这宴请某电影制片厂编剧主任时，她不解地问："为什么不等我回来一起请？"因先与她联系的编剧主任曾说，哪天与学影视文学的她见见面，好让她有时间给他们写写剧本。她坦诚告诉了吴荣，他马上道："哪天，我做东，咱们一起好好聊聊！"

未料，他却有意趁她不在时请了编剧主任。她很生气，为他的再次食言与小心眼。

他没招，只得理屈词穷变脸道："这是男人的事！"她异常震惊：这是相恋之初，与她"青梅煮酒论英雄"并口口声声理解、支持她创作的他吗？怎么现在露出大男子主义马脚？

她气极，当即拍桌，拂袖而去……

北京南郊。漫天风雪，一辆越野车缓缓前行。副驾上的她，终于忍不住问一旁的木子："为什么不是将我安排在文摘版，就是做校对，难道我就没一点采写能力？"沉默良久，脸有些微红的他如实道："报社是铁打的营盘流水的兵！之所以不让你外出采访，是因你比其他记者文笔好，怕你结识更优秀的异性而离开。"

她怀疑自己听错。

为什么要这样对她？

好久，她才放声大笑……只是，这笑比哭还难听！

坐在车厢暗影里的她，一颗似噙了几十年的泪终于落下！从很久很久以前开始她就不会哭了。她已习惯将沧桑铭刻心底，而把阳光耀于外表。

下了车，她给艾光明回电话，艾光明温和地说："我还有很多事要处理，今晚不能来陪你，望你能理解。现在的我，主要是想将报办好……"他还要再说什么，毋庸多言便懂的她说："我怎么不理解！我自己也有好多事。你尽管忙去吧，不用管我！"

挂了电话，走到街边的绿化带，她终抑制不住地放声恸哭，似历尽心灵的长天大漠、崇山巨壑，才终于邂逅一位志同道合的战友！

从昨晚11点到今天上午11点，艾光明都一直厮守在林泉身旁。林泉的心，不仅毫无充实之感，反有一种被透支的虚空……以致，下午在北大未名湖采访"北大学术十杰"之一的一位法律系女博士时，竟问："有时，你会不会没安全感？"原以为外表文弱衣着素朴的她答"会"，却没想到她微笑而果决道："没有！"的确，研究生毕业分配到某司法单位，工作实践几年又来北大深造的她，前景不仅一眼望得见，还一片光明，怎么会没安全感！

真正没安全感的是林泉自己！为什么会被虚空越抓越紧？是断然辞掉辛苦多年才有的高薪清闲工作，一人背井离乡？是仅初中结业的先天不足，在人才济济的首都，虽踌躇满志却一时难以实现？还是没一个知情懂意的人，来理解来珍惜？这些都是，又像都不是。

想起杜甫《赠卫八处士》："人生不相见，动如参与商。今夕复何夕，共此灯烛光……明日隔山岳，世事两茫茫。"她不免忧思：自己，真会如艾光明所言，好像一只风筝，不知要飘到哪去？

一度，因疲累，她想随便嫁一个经济条件好的男子算了。但，看见柳敏慧与丈夫吕祖根——主报总编助理，月薪四五千，还有房——仍难掩心头脸上的幽怨、落寞，她又惶然了。

因为柳敏慧真正爱的人，至今还在北大攻读博士学位。由于他也是"北大学术十杰"之一，她曾采访过他。那天，离约定地点还有几米之远，就见一运动装、个头不高、身体却很结实的男子斜站着，双手环抱胸前，目光透过镜片炯炯有神地直视她。让本戴着宽边遮阳帽的她，仍不免局促地将头低一低，因这一刻，好像他是记者，她则是受访者。

问他为什么一直读法律专业，他说，很小的时候，他就是个手里拿着糖果，心里却想着当总统的人，因美国很多总统都是法律出身。就像一个小男孩想当警察，是因见到警察可维护社会治安。但，90年代以后，人们越来越务实，大都关心如何经商、怎样找份好工作，那种"治理国家，舍我其谁"的精英意识少了，在他看来有些庸俗。

他是个让自己很累的人，一件事，要么不做，要做就要做到最好！而这好，不是一般的好，要好很多！比如，同样试题的考卷，他考80分，就不能容忍别的同学考79分，如果别的同学考79分，他就一定要考99分，才令自己满意。

采访结束，她告辞，未说什么祝词或赞语，他却意气风发、踌躇满志道："希望今后你能将我当一位'大师'进行采访！"她欣然道："一言为定！"

所以，当她这篇采访稿一出，刚进编辑部还顾不上落座的柳敏慧从会议桌上拿起报纸就看，竟如见其人般不自觉地羞红了脸、会心地笑……

人，究竟要怎样对待感情才好？

全身心爱一个人，可以。怕只怕，所有付出，对方既不懂，更不惜。

如何才能邂逅一个彼此都懂得又珍惜的知己？

16.

《存在与自由——让-保尔·萨特传》，林泉没时间或沉下心来看，李校盛又送来《情侣双传》这本关于萨特和波伏娃相恋的传记。不好驳他面子，她对萨特与波伏娃之恋也心存好奇，便留下了。

她随意翻阅，看到这样一段文字："萨特和波伏娃的相识对于他们每一个人来说，都是一生最重大的事件。据说人原先是一个整体，无男女之分，后来一分为二，一男一女，散失在茫茫世界之中，但他们渴求再度合二为一，于是产生爱情，有了追求的痛苦和欢乐。有多少人找错了那一半，不是本来的他或她，于是乎就有数不清的如陆游与表妹'莫莫莫''错错错'之叹。所谓知音难觅，所谓举案齐眉，终成虚话。更有不少人，明明碰上了自己的那一半，却不自知，轻易错过，待到明白过来时，已是人去楼空，人生最难得的是恰巧遇到，又把握住这个契机不放，由此共度一生。萨特与波伏娃，找到了正是他们自己的那一半，适逢其时，在此之前，他们各自走着自己的路，谁也不知道谁，好像彼此毫无关系……"她想：艾光明与她，是否就如萨特与波伏娃，找到了正是他们自己的那一半，适逢其时？

晚饭后，她拿了一张《花样年华》的光碟，兴致极高地去他的住处。在院门口，正碰上出来回传呼的他，他说："有个同学来了。"她意外地怔了一下，才反应过来道："那我回去。"悻悻回到小屋，躺在床上看一些采访资料，忽听门外艾光明喊："林泉，睡了吗？"她忙起身开门。

一进门，他就解释："这几天，写报道很忙，同学又来……"还想与他一起看《花样年华》的她，便问："这同学，在你那儿住？"他似误解了她的话，忙分辩："不，他走了，是男同学。"

他回去赶稿子之前，她送他两双在西苑早市买的棉袜，原以为他会客套一番，没想，他不仅毫不客气，还抑制不住欣喜地笑问："你怎么知道我没袜子了呢？"她愣了一下，急中生智："秋天到，天气凉。"

实际上，这都是他在提醒她怎么做。周五聚餐，不知哪位同事多嘴，忽问柳敏慧是不是每天回家要做饭。对于这种较私人的问题，柳敏慧不想回答又恐影响自己与下属关系，只得没什么表情道："我回家只做自己的饭！"另一位不识相的同事惊讶道："为什么？"柳敏慧可能察觉自己情绪有些不对，这次，表情有些温和地说："因祖根喜欢面食，吃不惯米饭，他自己另做。"

回去之后，私下里，艾光明断言："由此可见，柳敏慧与吕祖根婚姻不幸福！"她不解地问："为什么？"他认真道："爱一个人，就会注意他、关心他，以致他穿什么都会留意、操心。"

起初，她认同柳敏慧与吕祖根因南北方饮食习惯不同而自己做自己的饭，但他却有些动气地质问："如果你母亲吃饭，会不管你父亲？哪怕吃得不一样呢！"她却无言以对。

所以，现在的她肩负着双重压力。既要工作上兢兢业业，力争与他比翼齐飞；又要生活中任劳任怨，给他无微不至的关怀。

而她，一直是个自己都照顾不好，还需别人照顾的大孩子。

星期五九点多，还有几位同事没到，林泉便从会议桌上拿份新出的报纸先看起来，看到文学院孙院长《父爱是强筋壮骨的阳光》一文："写'米字格'是个烦冗的过程，先背诵父亲书写的一些条幅，如摘自《国语》的'从善如登，从恶如崩'。接着研墨，这之后才能提笔。一旦写出违反'米字格'规范的字，父亲总是一脸怒气，话音也高了许多，指着'米字格'中央交叉点说：'失去这个中心和支点，哪有不东倒西歪的道理！记住，写字、做事和做人一个理。'父亲通过'米字格'教我练字时的所有严厉，似乎都是为了让我的人格方正再方正些……"她忽想：艾光明最初给她的印象便是"方正"二字，不仅相貌，连行走的姿势都是。"十一"黄金周，她打算哪都不去，好好写篇关于他的散文《我的爱，如花开——没有声音》。

例会结束，编辑部同仁照例去川菜馆聚餐。菜还没上来，倪超雄便提议："请在座的每一位都谈谈对恋爱、婚姻的看法。"几位同事争相表达看法后，她淡淡道："有的人，走得越近，越想走近；有的人，走得越近，反走得越远……"

前天下午，她出门试着打艾光明那部别人刚送的"大哥大"，正与人在餐馆吃饭的他，不仅不耐烦听，还说了些杂七杂八的理由，好像她在死缠烂打。实际上，她只是想让他看看已写完的采访稿。

昨晚，当一直对神秘学感兴趣的她，随意问他生日是阳历哪天，好确定他什么星座时，一秒钟前还风和日丽的他，马上变脸，厉声呵斥："今后，休得再提此类话题！"不知他是气愤她竟迷信西洋星相学，还是本能地排斥别人，尤其是她认识、了解自己，她忽觉得，他是那样陌生而不可知！

别的人也一一阐述了自己的看法。唯独艾光明，局外人般一言不发。后来在柳敏慧一再逼问下，才放下报纸道："与我交往的女孩都比我大，而我是理想主义者，我不想伤害她们。"说这些话时，他连眼角都未扫一下不远处的她，好似她根本不存在。

柳敏慧又问："'十一'黄金周你怎安排？"他不假思索地说："去山东采访！"全然忘了对她曾许下，一放假，就像《大明宫词》中张易之陪太平公主一样陪她三天三夜的承诺。

她的心，如坠冰窟，停止跳动。原以为他会留甚至赖在她身边，由她玩笑："怎么不去看女朋友？"谁知他自己就做了决定！这还不算，还一脸向往，认真问柳敏慧："石磊那么幸福，他女朋友比他小几岁？"

而比他大两岁的她，心更像蒙上了厚厚一层灰，抖都抖不掉……

命运，究竟和她开什么玩笑？在她已千疮百孔的心上，还要狠狠扎一刀！

一切随缘吧！"未来最好不由我们决定！"她只能用他给的北大校刊上的一句话暂慰自己。

17.

这是北京，那是纽约，中间隔着浩瀚的太平洋。那么遥远，那么漫长的路，却不知道从哪儿开始。面对着墙上的世界地图，我又失眠了。

也不知道已经有多少个夜晚，总是这样从支离破碎的梦中醒来，就辗转反侧再也无法入睡。自从做出这个决定以来，出国、留学这两个令许多人无比羡慕、赞叹不已的字眼，就成了我的心病，在胸中久久地牵缠着，叫人心绪难平。

其实多年以来，我一直是想过一种平凡而简单的生活。找一个宁静的地方安定下来，有一个属于自己的温暖的小家，这也是人生最真实最难得的一种幸福。可是自从来到北京，来到这所著名的重点大学，这个梦想就真的成了一个梦想，越来越不可企及，越来越难以把握，到如今已然是完全不可能了。我注定要走上一条充满竞争和风险的道路，独自去品尝这条漫漫孤旅上的艰辛和痛苦。这里的人，像平常所说的那样，都是来自全国各地的精英。然而这儿并不是他们最终的归宿，它只是一个驿站。一入学，班里就有同学抱起了"红宝书""蓝宝书"，开始啃GRE词汇，开始报紧张的周末班、强化班……出国留学是他们义无反顾的一种选择。看他们骑着自行车在燕园和新东方之间一日一日匆匆奔波的身影，我心中充满了敬意。他们一谈到考试、办证以及大洋彼岸的美好生活时，脸上那种兴奋和幸福的表情，也让我怦然心动。然而，这件事情，对于我却一直是一个禁区，充满了诱惑却不敢触及。我一直在徘徊在犹豫。我和LR是人们平常所说的青梅竹马的那种。从高中就在一起，一块儿玩，一块儿学习，彼此谈心。我们的快乐和悲哀，全部属于两个人。直到大学，她去了南方一所工科院校读书，我在北方，我们依然鸿雁传书、音信不断，相互诉说着绵绵的眷爱和思念。在许多人眼中我们已经是水到渠成的一对，再没有什么可以把我们分开，我们渴望的幸福似乎已经唾手可得了。

可大三那年，当我决定要考研，也许就播下了不安定的种子。我对她诉说了我的理想、我的梦，为了我自己也为了她，我必须继续奋斗，报考中国第一流的大学，我不能被无端地抛出校园，被抛入一毕业就失业的大军中去。她写信鼓励我，给我买资料，还寄来了亲手织的围脖、手套。正是她的爱和温暖给了我莫大的安慰和鼓励，使我度过了艰辛而痛苦的漫漫长冬。我以为，她是完全了解我、支持我的，当时并没有意识到事情的复杂性，没有意识到她的不安、焦虑和犹豫。

毕业了，我接到了令人惊喜万分的通知书。她却去南方找了一份工作。那个夏天，我们又在一起。我兴奋地拿出通知书给她看，她笑了，眼中却闪过一丝凄然。我害怕的事情终于发生了。而我想也不敢想。我只是鼓励她，也要继续奋斗、考研，一起出国，寻求美好的未来。她却说："再说吧，我一定要考的，但现在不能。"我无语。我知道，她是在挂念家中日益年迈的父母和继续在读大学的弟弟。

就这样带着满腔的不安和眷恋，我们南北分飞。未来真的交给了命运。多少个清晨、夜晚，我都在虔诚地祈祷，愿上天保佑我们，给这段姻缘安排一个美好的结局吧。我开始疯狂地给她写信，打电话。而她不是不在就是已经睡了。电话接通的时候，她说她参加了工作，被狠抓着干活，很忙也很累，没有时间写信，也没有时间打电话，对不起。要我好好学习，不要为她分心，影响了自己。她说的话越来越少，我嗅出了相反的味道。我快疯了。我说，不行，我要去南方找你。她说，你别来。我说那你来，或者我们去美国。她不说话了。在一段久久的沉默之后，电话挂了。那嘟嘟的电话声，持续良久，叫人心碎。

将近一年的时候，我收到她的一封信，很短，只有一页纸。她说"我想了很久，还是决定，我们分手吧。你应该有自己更美好的未来，应该继续出国深造。而我也应该有一个适合自己的归宿。你要好好珍惜自己。"读罢这封信，直如五雷轰顶，令我目眩心痛，眼泪夺眶而出。为什么我多年以来为之千辛万苦、悉心呵护的这段情缘竟会是这样的结局？那年暑假，我踏上了南下的旅途。我要去告诉她，为了她，我可以舍弃一切。我可以不读研，可以不去留学，但我不能没有她。下了火车，一直到了她们单位附近，我才给她拨通电话。我说，我来了，我在楼下等你。她"啊"的一声，说不出话来。几分钟之后，她走下来，满脸通红，仍惊讶得说不出话来。那一天，我们说了很多。说了我的痛苦、我的悲哀。我把我全部的心情都告诉她，我请求她不要做出那个决定。她含泪微笑着说，她不能，她不能承受这么多东西，不能承受一份不确定的感情。她不想因为自己阻碍我美好的未来。我拥抱着她，她依然啜泣着，泪水打湿了我的肩膀。彻底结束了。因为我爱她，就不愿意伤害她。我无法改变这一切，就只好等待时间来给出一个回答。我病了整整两个星期，此后的几个月中，我一直处于心思恍惚之中，不知道自己何去何从。

开学了，又是紧张而纷乱的学习生活。有的同学已经考过了托福、GRE，剩下的只有做论文，然后就是紧张地联系学校、申请奖学金，准备毕业出去。我呢？还要犹豫下去吗？过去是因为"她"，现在我的心还有什么牵挂呢？

同室好友看出我的心事，也劝我，别再犹豫了，快报吧，再拖下去谁也对不起谁。我的心又被戳痛了。想起父母，这二十多年以来，我从未使他们失望过。我不愿意这一次使他们伤心。好友把他用过的资料送给我，拍拍我的肩膀，会心地一笑，说："一切都过去了，明天我和你一起去报班。"我点点头，好吧。

我不知道，我是不是走上一条永远都无法回头的路，但我的心是那样地不愿意。我的心依然在向梦魂中的南方翘首期盼，我的爱，只要你的一句话，我就会永远留下来。然而，在加入了从燕园到新东方匆匆奔波的行列之中后，我的心却彻底生病了，它所期盼的声音一直沉默着，自己也不敢打电话。它害怕，听到那种沉静的声音之时的那种悸痛。它其实一直想告诉你，今天的一切都是为了你，它一定要成功，它一定要回来。它要告诉你，当初在飞跃茫茫太平洋的时候，它曾秘密地珍藏着你的一滴眼泪……

一字不漏看完上面的《伤心太平洋》——这篇以艾光明和前女友刘珊感情为蓝本的文章，林泉早已泣不成声，泪流满面。因文中的"我和LR"，就似她与叶希声。

很久，她都独自啜泣着。《伤心太平洋》中的"我"，至少已把自己全部的心情告诉过"LR"。而她，由于自尊，从来没有。以至于叶希声至今还认为她根本就没爱过他……

她想，自己与艾光明同样犯了执着于未来，却失去了眼前人的错误！

18.

今天是国庆节，刚好又是中秋佳节，因此，大街小巷，人们欢庆的气氛要比往年更热烈、更浓郁……

没出门，也不知今天农历多少号的林泉，只知是国庆节，便如往日一样，在小屋里，一个人平平常常、冷冷清清就把这双节过了。

艾光明自9月29日离开，至今未传呼她一下。

10月2日凌晨了，坐在书桌前的林泉还是毫无睡意。今天是她的生日，到现在艾光明也没来个传呼。丁红生日时，他不但双手捧出一套她念叨过多次的《张爱玲文集》躬身郑重献给她，而且一脸诚挚、学生气地祝她生日快乐！人真是怪，越难把握的，越想把握；越能把握的，越要逃离！

像今天上午，她搭木子的顺风车，给王伟送新出的《教育信息》，又变戏法般从黑塑料袋里拎出一条大鲤鱼。王伟愣了一会儿，看透她欲将上次自己款待她的情谊从此两清，便左躲右闪，死活不接。

她急了，嚷道："你是不是嫌我买的不好？"王伟一言不发，一副什么都能承受的样子。

这样僵持了好一会儿，终拗不过她，他还是莫可奈何地接过鱼，望着她几乎奔逃般急急下楼的身影，兀自出神……

10月3日，独自听窗外潇潇秋雨，林泉真有种说不出的惆怅、落寞，就像苏轼《卜算子·黄州定慧院寓居作》中缥缈的孤鸿影……

今天是艾光明不告而别的第五天。只要窗外响起每一个脚步声、说话声、自行车声……她都以为是他来了，起身开门去看。结果，每次看到的都是失望。

在这不用工作又没有他的日子里，她哪儿都不想去。但待在小屋，因整天精神恍惚坐立不安，又什么都干不下去。

命运让她邂逅他，是福，是祸？她想，多半是祸，因为从没一个异性像他如此漠视甚至无视于她！而她，能怎样？她不仅生性与世无争，也从无爱一个人的经验。

记得一次"五四"青年节聚会，桌上摆着许多时令水果。"水果狂"的她很想吃，但因组织者还未到，许多人都按捺不住自己动了手，只有她仍端坐着。

其实，从小父母并未给她灌输过什么待人接物方面的常识，反而因排行最小，父母又是年届40才生她，对她极其纵容。比如，有长辈来家里走动，因不熟，没什么感情，她不肯礼貌招呼。长辈们都有些生气地说她"哑巴女儿"，父母也是宽宥一笑，舍不得说一句。

大概天生自重或自律吧，她不愿在区区美食诱惑前，就把看得很重的尊严放下。最后，还是美蓉拿起水果一再往她手里塞，她推脱不掉，才勉强接下。真是骨头架子摆得十足！

所以，每次见艾光明，生性活泼的她，都要尽量表情淡漠地隐忍住一种痛……

10月5日，黄金周第五天，艾光明还是没一个传呼。

他一去就是一星期。7个日日夜夜，168小时，10080分钟，一个传呼一封信都没有。

10月6日晚，林泉已睡下，艾光明终于回来，叩门。

开门与他照一面后，她什么也没说，仍躺回原处。

艾光明进来，俨然从未离开过，什么事都没发生过，理所当然地贴近她的身体。

她向里一躲，认真地说："我是胡椒，还是味精？！"

他无言以对，静躺一旁，半晌才道："是我不好，既对不住山东的女友，也对不住你！"

10月7日，一早，艾光明就带着几分无奈几分惆怅对刚醒来的林泉道："我们成不了夫妻！成了夫妻只会日日争吵。因彼此都沉溺于思想，谁去维护家庭？并且，我是个父母与妻子、事业与家庭都要照顾到的人……"

他突然这般坦言，连日肩负双重压力的她，不仅没有惊讶，还有些抑制不住地欣喜："我真如释重负！"

她深知，要成为工作狂的他的妻子，不仅要善于料理家务，还要具足温良恭俭让的美德。可她不但不善于料理家务，而且性子又刚又硬。有时倔脾气一发，真真九头牛都拉不回！

15岁那年，因嫂子给哥的定情信物——一支金芯钢笔丢失，她与哥几乎反目成仇。其实，哥只问她看见没有，她就觉极大地伤害了自尊。她以为是爸的就拿了，并在街上与同学闲逛时弄丢了，可她什么也不说，就往阳台走去。尽管客厅电视正播《绿荫》——她每晚必看的中学生电视剧，她也不看了。

嫂子随即出来劝她，并帮她拭干眼泪后拖她进屋，她都无动于衷，生根般站定在阳台。阳台上裹挟着雪花的寒风吹在脸上像刀割，只穿了一件薄毛衣的她，一会儿就开始抖筛糠。一个多小时，便手脚冻木，脊梁骨直冒冷汗。

不久，嫂子又来劝，还说了事情原委并责骂了哥。她仍不让步，见哥来，还竭力咬唇止住泪，傲慢地昂起头。嫂子沉默会，恳切地说："别伤心了，你看你哥都要哭啦……"这时，在她身后不远处，哥真声音发颤艰涩地说："林泉，你别哭了，别为一件小事影响我们兄妹之间的感情……"

他不说还好，一说她更伤心，竟嘶哑着嗓子道："不要你说……"接着，还说了些骇人的无礼话。哥快快地走了。她又似把全部气恨、委屈都倾泻出来般号哭……

嫂子也无奈地走了，但也只一会儿，怕她冻感冒，又拿来棉衣披在她身上。她固执地左躲右闪。嫂子便像朋友般说了许多知心话："只有在家里，父母、哥姐心疼你，才如此劝你、哄你。若走上社会，别人是不会这样的，关别人什么事呢……"她仍一言不发，岿然不动，眼睛火烧火燎地痛，像泪尽要淌出血来。膝关节处也说不出地酸痛，好似稍用力便离她而去。

凌晨一点，别人都睡了，只有她家的灯还亮着。她全身没任何感觉地仍呆呆站着，自己也不知究竟要站到什么时候去。这时，爸出来了，按着她的肩笑说了许多有趣并耐人深思的话，还伸出手指刮她鼻子："都中学生了，还像三岁小孩哭鼻子、发脾气。"

她仍呆望一边不理他，脑中一片空白。爸见软的不行，便来硬的，用力拖她。有次快拖进客厅了，她却使出自己都吃惊的力气，不仅挣脱他铁钳样的手站回原地，还站得更远，索性站到洗手间冰冷的地砖上去。

不久，母亲也来了，可母亲永远是那些无足轻重不得要领的"碎碎念"，她从来就听不进去或不耐烦听。

无计可施的爸只得无奈道："怎么这么犟？！太犟了！"她仍不买账，心里道："哼，你们都睡了，我就去睡。我才不让你们看到我走进客厅，我要有尊严地结束！你越哄，我越不进去……"

但，嘴里蹦出的却是硬邦邦的话："我不到房里睡！"（潜台词：等你们都进房睡了，看不见我时，我到客厅沙发上睡。）爸想了想，忽严肃道："你再不睡，你嫂子会很难过！以为你是冲着她。为了你哥，她一个人从千里之外来这异乡，你对得住吗？"

她的心轰然一震。隔窗望去，客厅里，嫂子大半个身子前倾，冷得像要扑进火盆，两肘支在腿上，双手捧着头，不知想着什么。背影，那么孤单，那么无助，一下就击碎了她心中的坚冰……她便犹犹豫豫羞羞答答经过客厅进了卧室。但到卧室，因母亲在，她仍站着不睡。

直至突然停电，她才勉强上床。因为这时，谁也看不清谁的面目，更别说什么表情了。

因此，她与艾光明做朋友最合适。既不必为他改变什么，又能无拘无束与他进行思想交流。不过，又因他这么快就判决彼此的感情，不像追求刘珊时那般狂热、执着甚至失魂落魄而怅然……她不知是自己魅力不够，还是他已成熟。择妻，不再以外表为重，而以现实为目的。就像他所言，当初刘珊之所以选择他，不是最爱，却是一件穿起来舒适温暖的棉衣。

总之，她喜忧参半。只祈望彼此能像萨特与波伏娃，不论现实怎样，在思想上，却谁也离不开谁。足矣！

薄暮时分，她提笔给他写第二封信——

艾光明：

　　我的人生充满悖论！十岁左右，无人指引，在小城新华书店偶然买了本少儿版《秋瑾传》，我就想做个秋瑾样"巾帼不让须眉"的女子。故，花季就将一般女孩奉为至上的爱情踩在脚下。没想，多年来，一事无成，却收获一堆情感碎片。

　　总之，为了理想，一路走来，千辛万苦，几乎耗尽一生热血与激情！就在我准备放弃，或自绝人世，或过一种像大多数女子过着的平庸无奇生活时，命运让我邂逅了你……

　　许多人爱你俊帅的容颜，只有我，爱你朝圣的心灵（因你是男性，容我改下叶芝的诗），爱你宣扬理想时照亮每一黑暗的激情。谁说过："永恒的女性，引领我们心灵飞升。"邂逅你，我则想说："永恒的男性，也引领我们心灵飞升。"从你的心灵，从你的激情，我似终找到那——"据说人原先是一个整体，无男女之分，后来一分为二，一男一女，散失在茫茫世界之中"的另一半，不再孤单，不再惶惑！

　　虽，确如你所言，我既不能完全媚俗又不能彻底理想，是个矛盾的综合体：既希望走向上向善的道路，又喜华美舒适的生活。加之自小温室长大，成年后，所遇异性也大多善意或有目的地呵护、宠溺。但，邂逅了你，我将不再是个矛盾的综合体，而要坚定地走向上向善的道路……

　　现在，我最紧要的就是开始在自由方面的学习。波伏娃说过："艺术、文学和哲学是试图以人的自由，以创造者个人的自由，去重建这个世界；一个人要有这种抱负，就必须从一开始就毫不含糊地接受他是一个有自由的人的这种地位。教育和习俗强加给女人的种种束缚，正在限制着她们对世界的把握，当在这个世界找到自己位置的斗争过于艰巨时，无疑她们会脱离这种斗争。目前，如果有谁想去尝试重新把握这一斗争，谁就必须首先从这一斗争进入一种主权者的孤独状态：女人首先要痛苦地、骄傲地开始她在自我放逐和超越方面——即在自由方面的学习。"

这也是今天你一早坦言"我们无法成夫妻……"我为什么如释重负，几乎雀跃的原因。

因此，你若真正懂得我，在我开始自由方面的学习时，对我当如一位吸毒（吸温情、关爱之毒）至深的朋友，在戒毒中承受一切非人的折磨与苦痛时，你应平静得冷酷，冷酷得炉火纯青，甚至，比看守还狠地鞭策与棒喝！

如果，有一天我终能实现我的梦想，我得感谢你给我翅膀，成全了我走自己的路……

祝一切好！

写信人：阳光

10月7日晚

19.

"十一"黄金周一过，许多外地学生就返京了，李校盛也不例外。到学校刚刚报完到，他便来林泉小屋了，说这次假期回山东老家，特意给她带了点土特产，也是女性最宜吃的阿胶蜜枣。

一听他老家是山东的，她愣了下，便没接他的话茬，泛泛扯到别的上面去了。

见她没什么谈兴，他小坐了一会儿，便礼貌告辞。

因问她想不想与人合租房子那天，他走了一米多远，她才想起问："你读什么系？"他有些难为情地说："哲学。"她一边睁大眼似不信地重复他刚说的两个字："哲——学？！"一边情不自禁走下台阶，走近他身旁，一脸灿烂，孩子般雀跃："我也很喜欢哲学！"所以，紧张的学习之余，他才一有空便来找她聊一聊。但，不知为什么，她每次都无意与他久坐长聊。是不是以为他与寻找合租者的女同学关系不一般，所以时时警戒、提防着？

走之前，他忽认真道："我女同学老公，怕她往返辛苦，还是让她住校了。"

未料，只机械应了声"哦"的林泉，竟没再说一字。有所期待的他，也只好怅然离去……

实际，她从来就没疑心过他与女同学的关系。

照排室。林泉坐在实习美编小芳身旁看她排版，忽听见广告部主管发行的江河老师从外面兴冲冲回来，一再对众人道："艾光明好样的！艾光明好样的！艾光明好样的！将北大人文精神也带了过来。他'救救中医吧'的系列报道，获得社会各界好评！"

回想半月前问他为什么要写"救救中医吧"系列报道，他没正面回答，只说了些他办报的思想与观点。当时，颇觉理想化的她，未予置评，很快转移话题；加之，每周《才俊》版要采访、整理录音、编辑，自顾不暇，听到江河老师一连叠的夸赞，她忙找来报纸看……

在这个系列报道中，中国中医药学会、中国中医研究院、崔月犁传统医学研究中心、北京中医药大学、山东中医药大学、广州中医药大学、湖北中医药大学、香港浸会大学的一些老中医、教授，一些老师、学生，怀着对中国传统医学的热爱和关注，提出了中医学校教育中的"教材越来越乱""在中医的基础医学在教学中被虚化之后，学生所学的中医临床以及方药知识，则成为无源之水""中医的师资队伍"等一系列问题。

一个非中医界人士，又年仅26岁，因对中医药学的失落痛心疾首，历时3个月，行程数千里，采访了众多老中青三代中医人，她真觉江河老师说得没错："艾光明好样的！将北大人文精神也带了过来。"同时，内心不禁又有些怅然：如此好样的人，却不属于自己。

近段时间，他对她，虽远不如当初热烈、体贴，甚至有些无情，她也无所怨尤，就当他替叶希声向她索赔所欠的情。

世间最难看透、最难把握的是情，此一时，彼一时。别说一情相悦的情，就是两情相悦的情，也要用心并睿智经营。

仅凭相恋之初那一点点激情，是远远不够的。因为，世上本无一劳永逸的情！

晚上九点，艾光明给林泉一个选题后，忽说："我对你的感情很复杂！"怔了一下的她，隐隐觉得：可能神思恍惚中，他将红衣的她当作刘姗了！

因第二次拿《花样年华》的影碟去他住处，还没进屋，就听见一阵歌声："像一阵细雨，洒落我心底，那感觉如此神秘……"这首歌在照排室排版时，主管小青不知放了多少遍，极细腻温婉又款款深情，像细雨无声无息洒落并洇湿人心底。她非常喜欢，却一直不知道歌名，便急急问："什么歌？"他答："《你的眼神》！"

之后，他便向她讲起刘姗来。说刘姗眼睛非常漂亮，就像《还珠格格》中"小燕子"的眼睛！她本想说，"小燕子"的眼睛除了大而空洞外，无一可琢磨推敲之处，忍了忍，还是没说。一来不想坏他的兴致，二来更不想让他以为她是因嫉妒才这样说。实际上，她确实是喜欢那种内涵丰富、耐人寻味的眼睛。

再后来的叙述中，他便说刘姗很喜欢红色，经常穿红衣。那时的他，也很喜欢红色，别说衣服，连鞋袜都是红色。

于是，自小没穿过红衣的她，便有意无意穿起红衣来。

可现在，她却故意不懂地问："很复杂？"

他则立时清醒地肃然起脸，害怕被窥破心事般转移了话题。

爱情的确自私，无法与人分享！这是一个上至帝王将相，下至贩夫走卒都必承认或面对的事实。

虽说与他成不了夫妻，她如释重负，但内心深处独占他的欲望，不仅没熄灭，反而越来越强烈。因他们之间感情的付出，终究是不平等的。而她，则"一叶障目"，除他，再看不到别的异性！不管别的异性比他更有才、更有情，还是更有钱……总之，统统看不到。

所以，彼此一番缠绻后，她仍不放过他，直至累得他像一摊泥，扶都扶不起来。实际上，她并非为性，而是爱一个人——可亲近，却不能完全拥有的一种心理失衡。

如果她是他的唯一，断不会让他如此疲累。反正跑到哪，他都是她的。正因她不是他的唯一，她就蓄意折腾他。让别人，别说完全——就是部分占有，也难！

其实，她应清醒认识自己：在感情付出方面，由于男性生理上先天的主动性，以及心理上父权社会所处的优越地位，她是个希望男性不但平等付出，而且付出更多，才感觉到爱的女子。

20.

早上八点，醒来后的艾光明正要起床，却被林泉一把按住。接着，从枕下拿出叶希声曾写给她的信，不管他怎么想，便选取些段落念起来。

第二封：……我承认，性格太相似的彼此有时难相处，但你不能否认，两人在一起要能幸福开心，必须基于有共同语言。如果性格相似，就一定不能相处，也未免太偏颇。如果按性格互补的原则，那么，没有共同语言、志趣和爱好，以致无法沟通的彼此也能安然幸福地在一起？我想不太可能。

其实，笼统地总结两人相处的原则都似太形而上学，是不是？关键不在性格上的异同，而在于是否具备一种感情——爱。只要有爱，其他什么都无足重轻，不是么？

第五封：……我不解的是，你我本缘于高山流水般的知音，却为什么不能是现实中真正可携手而行的伴侣。这是否太不公平。真的，爱与恨全由你操纵。你知道的，现在，My love is only you。然而爱你是那么不自由，莫非，爱情真的只有付出而没有要求？（也许，这便是我的自私。）

或许，你根本就不爱我。但，你应知道，我终有一颗与你相同契合的心。

直到现在，才觉得自己的时间和精力是多么有限。也想天天去找你，但我不能，（绝不是因为日子一天天过去，我将会有我的妻），你知道的……

第六封：……无论一个人的意志如何坚强，"能提得起放得下的感情绝不是爱情"！爱情这东西，终究也是一杯隔夜茶。我，本无法说"再见"，只是你，终于还是桎梏于世俗的眼光。而我，也只能用"没有焦灼与渴望，没有绝望与痴情"来解释你曾愤然写下"足不可信"的字眼，而我也无法在乎你的信与不信。因为最终我只有孤独地行走。而你，也只能伴我走过一程，随时间的流逝，终归成为我生命中的一个过客，不是么？

到八十岁时回忆现在，是游戏也罢，是故事也罢，你我都是凡人，无法预料。只是现在的你我所需的是坦诚、信任与谅解。于是，所有的傲慢与偏见是不是都应放下？

在她念信的过程中，艾光明曾几次认真打量她，不知她究竟何意。已察觉的她，仍佯装不知地继续念……

实际上，她在借当年叶希声的心情与感受，来提醒他，应好好理解并珍惜彼此这份情，而不要重蹈过去她与叶希声的覆辙。

因父母与妻子、事业与家庭绝非尖锐对立。就像叶希声所言：笼统地总结两人相处的原则都似太形而上学。关键不在性格上的异同，而在是否具备一种感情——爱。只要有爱，其他什么都无足重轻！

只是，她不愿明说，相信有缘的人自会明白！

午夜，她提笔给艾光明写第三封信。

由于你我都太忙，一些不好启齿的问题没时间转弯抹角，只得直截了当。你也是经历过感情的人，应懂得感情如同真理，来不得半点虚假！

如果，彼此不能成人生携手而行的伴侣，绝非你已有山东女友，而是10月7日一早，你就对我说："我们成不了夫妻！成了夫妻只会日日争吵。彼此都沉溺于思想，谁去维护家庭？并且，我是个父母与妻子、事业与家庭都要照顾到的人……"

我则想说，还记得我刚搬来西苑时，有次在你住所，不知什么缘起，你忽自信满满道："今生，有一个人会改变你！"当时既茫然又置疑的我，未敢苟同。但现在知道，也相信了：这个人——不是别人，就是你。因爱你，你的话对我才产生作用与影响。

其实，在我心中，你绝非与人嬉笑打趣时的你。而是代表了理想中的我——向上向善，热衷于人类文明的发展甚于关心个人发展；也契合我现在的心境：淡泊以明志，宁静而致远。

说实话，人生中不乏邂逅性格相同的人（如我七年前放弃的叶希声，一年前离开你的刘珊），但很难邂逅性格相同又心境相同的人。

所以，在你不顾一切追求自己人生理想时，实则，也代表了我——在追求、在坚守！诚如你在《编辑部寄语》中所言：理想总是要扎根于现实的土壤！因此，为了你，我愿将自己变成你退守的家园、休憩的港湾。哪怕你现在放弃北京的工作，去一个乡村当教师，我也会毫不犹豫随你而去……

后来又觉得彼此交往不久，这样写有点太直白，她又全部删掉，写成这样——

艾光明：

在这不是诗歌辉煌的盛唐，也非抛头颅洒热血的革命年代，除了倡导人文、善待爱情，我们还有什么可供追求——金钱，还是性？

狄德罗说过："正是内战猖獗狂热的情绪使人们拿起刀枪，血流遍野的时候，阿波罗诗神的月桂树才复活而发青，它需要以血滋润。在和平时期，在安闲时期，它就要萎谢了。"

不知为什么，你总一而再，再而三地以为，我爱上你，是因你的外貌。

其实，一颗丑陋的灵魂，匹配一张俊美的脸，是比外表丑陋的人更丑的！若你见过吴平（我们家族中所谓最英俊的女婿），开着豪车，在小城大街小巷横冲直撞，卑怯的灵魂只敢对比自己更弱小者咆哮怒吼时，你就会明白。

不知你自己是否意识到（或我再一次看错）：你身上没有流行的浮光，有的只是朴素！你不可能成为暴发户，用所谓挥金如土的潇洒，让女孩的闺密艳羡，以满足女孩虚荣心；你也不会八面玲珑、投机取巧地直上仕途，给女孩荣华富贵，过一回"官太太"瘾。但，你会用自己的真才实学，实实在在干一番事业，让人敬重。

朴素是真的高贵！朴拙而不灭的美，世界上也许会有什么力量暂时动摇这种美，但从长久的观点来看，一切都将被这种美所摧毁。因它的力量君临一切！

至于我，你是很难读懂的。平日，行走在人潮中，被喧闹的市声所覆盖，也许很难看出什么特别。可每当安静下来，一个人独处，抖尽尘埃，平常的微笑从脸上消失，就会有种特异、高不可攀的气质。而这气质，实际来自大地、来自山川。因，从小在自然母亲怀抱中生长的我，直接从大地、从山川汲取灵感与力量！

所以，我的感情就像《大明宫词》太平公主出生后，天竺国送来的贺礼——红莲花三十年、雪莲花四十年才开放的种子。花匠说，只有虔诚的心夜夜祈祷，高贵的手日日浇灌，才能使之开放，普通人的低微与轻贱根本无法使之开放。

若一定要解释你我之间的缘，便是命运安排我助你在教育或文化界成就一番关心人类文明发展甚于关心个人发展，平凡却伟大的事业！

2001年10月24日

21.

昨晚，艾光明忽然对林泉说："如果你能得'尽职奖'，我愿花几百元请你去旅游！"不知是从报社全局着想激励她，还是对她近来工作的反讽……总之，她没接他的话茬。他忘了，在她获"尽职奖"之前，他最好先给她一份确定的感情：爱，还是不爱。如此，她才能毫无挂碍地投入工作。

中午，稿子还未定稿，路一鸣便邀他俩去一家附近的餐馆吃快餐。快餐还未上来，路一鸣忽问他："你平日吃饭怎么办？""去北大学生食堂。""那还不如去我家！""你爱人在。""她经常不在家！"

沉默一会儿，不知是怕路一鸣误会还是什么，他忽说："我女朋友有时间会过来。""是——吗？！"起初颇意外的路一鸣，随即又欣慰地笑了，就似一直发愁没人照顾的弟兄，现在终于有了人照顾。

不知为什么，猛听他这突兀又不像敷衍的话，本来笑容灿烂的她，即刻像霜打的茄子，脸上是说不出意味的表情，木木的。"我的家乡在日喀则，那里有条美丽的河。阿妈拉说牛羊满山坡，那是因为菩萨保佑

106

的。蓝蓝的天上白云朵朵，美丽河水泛清波。雄鹰在这里展翅飞过，留下那段动人的歌。哦嘛呢嘛呢叭咪吽，哦嘛呢嘛呢叭咪吽，哦嘛呢嘛呢叭咪吽……"韩红声情并茂的《家乡》，此时蓦地响起，直听得她满眼热泪，极想远离这人潮汹涌却情感如沙漠的都市，回到家乡，回到自然母亲怀抱……

餐毕，一回编辑部，趁艾光明不在，路一鸣便像哥伦布发现新大陆，迫不及待当众大声宣布："艾光明原来不是单身，他的女朋友也浮出了水面！"其他同事听了，不是又惊又喜地慨叹，就是好奇地揣测议论……

只有她，似被当众掴了一耳光！无地自容，脸不知往哪放。既然艾光明已明确告诉同事他有女朋友，而这女朋友又没指明是她，那她与他什么关系？她，又是他什么人？

一下午，她情绪都不好，不好到极点。以致去北大澡堂的路上，骑车走神，差一点便被迎面而来的轿车撞倒；在检票口，她仍精神恍惚，因检票人一催促，竟将已拿的小锁忽换成大锁，而当场被驱逐出去（因小锁女浴室用，大锁男浴室用。此前，没人告诉过她。她见女生拿小锁，她便也拿小锁）。不仅去外面窗口买很贵的票，还在窄小的职工澡堂洗非常不舒服的澡。

入夜，在她小屋，他比往常来得早些，说："你的信，写得很好！"她不语，只问："你是否已界定，我不能走近你？"他忙道："中午我对路一鸣说的'我女朋友'，是指今年'五一'已结婚的刘珊。"

既然刘珊早在"五一"就已结婚，怎么可能还是他的女朋友？对于他这最起码的常识或逻辑错误，她没深究。

没力气深究，还是没勇气深究，她自己也不知道。只希望未来不是由理智而是由彼此的心来决定！

在编辑部，林泉接到通州区A中学副校长江女士打来的电话。说校长用打击报复手段将担任副校长的她停止校内外一切教育教学活动长达9个多月。希望记者就此进行采访并报道。

此类新闻线索虽不属她《才俊》版，但接了这电话，就当履行一个记者的职责。处理完手头急事，下午2点，她便去通州区找到该副校长。

听完副校长口述，她马上去找相关人员了解情况，他们的说法与副校长的口述基本一致。

紧接着，她又到该区教育局了解情况，结果局长不在。她就找到教育局党办，党办主任说，他不是主管领导，他也没法回答。

一时再找不到其他采访对象，她只得将此次采访告一段落。

因文学院同学高轩就在通州，她便给他打电话，说顺路看看他。他很高兴，告诉她具体地址后，就到小区门口等。

一见面，不管他爱不爱听，她就忍不住跟他倾诉：她怎样爱上了一个人，编辑部同仁在他的带领下，以振兴教育作为自己的神圣事业。他们喜欢这份事业。他们中的不少人常常坐硬座火车去采访那些贫困的县城或村庄，那些执着的老师和学生。大家回来从不说自己有多辛苦，只说自己有多感动……一个个不亚于五四革命青年！

一路上，他一直宽宥耐心地笑着听她诉说，还衷心祝贺她因爱上一个人而变得可爱！

到了他借住朋友的别墅，她又将这份感情的担忧与苦闷一股脑儿倒给他。他说，不知猜得对否，她与艾光明走进婚姻比较困难，只能随缘。并告诫她：不要太主动！要若即若离，让对方清醒理智地取舍。

饭后，她本想跟艾光明汇报今天采访情况。他却说，刚才去她小屋找她看碟，她竟然不在。听他这样说，她虽有点遗憾，心里还是有些美的。因不管将来怎样，至少，现在他是念着想着她的……

晚七点，坐在回程的车上，凝望窗外绵密的秋雨，忽生诸多感慨。

多年不再写诗的她，竟有几分冲动，忙拿出纸笔，随意写下：雨天是个好天/让空气变得润湿/让树木变得新绿/让街道变得光亮/让漂泊的人想到归家/让坚强的人忽然柔软/让相思的人更相思……

因高轩说过"男人最容易被细致入微的事所感动"，一下车，她就去报社附近超市给艾光明买了袋奶粉，上面有一家三口其乐融融的图片。尔后，到编辑部，趁同事们都不在，悄悄塞进他的抽屉。

其实，这样做，她也不知道会有什么用，只想对他表示一下关心。昨天中午和路一鸣吃完饭回到编辑部，她无意听到路一鸣对柳敏慧感慨："唉，艾光明过得真艰苦！小小的一间房，白天也要开灯！"

22.

上帝真是太公平了！

当年，叶希声给林泉的第三封信写道："……每次见面也只是些客套的对白，可你知不知道，回避于真实的言行举止的背后的那颗心，是多么疼惜的一种感觉！我祈望的是开诚布公面对面的对话，心与心地交换。想跟你一道去看夕阳，聆听第一片秋叶翩然落地的声响，感受彼此收起翅膀，目光交错的心跳，想象'就算世界末日真的有审判整个人类也剩我们两个'的那份永恒，可以么？"

思虑太多的她，不知怎回答，便回信："暂说无所谓可，无所谓不可吧！遗憾的是，四处肆虐足以封锁人思维的白毛风已过早来临，只有待明年的秋天共望夕阳。只是不知，明年的秋天，人是否依旧。"

如今，已答应一道去香山看红叶的艾光明，不知为什么又变了卦。

"那——下午，下午去吧。"她妥协。未料，他竟斩钉截铁拒绝。第一次遭逢此境，她又羞又恼，半天回不过神。一气之下，便给木子打电话，几乎命令地说："你马上到西苑接我，我要去香山！"

过了一会儿，木子就开了辆新越野车过来。

但，真到了香山门口，她又不进去了，即刻让木子掉头，去人烟稀少又有秋景可赏的地方转转。

一路上，他们并没什么话。

木子是那种将心事埋得很深的人，如果你不找他说话，他可能一天都不说话。望着近旁一人多高，叶子或黄或褐的防护林，远处收割后空无一人的田野，她不免有些怅惘。怅惘自己的心，就如这防护林衰老、这田野荒凉……

不记得她是怎么对木子谈起艾光明的，她说："如果他现在放弃北京工作，去一个乡村当教师，我也毫不犹豫随他而去……"一直沉默的木子，忽然掉头，好像她真随艾光明去了乡村一样满脸急色道："你别犯傻了！"

确实，像他这样不论文字功底还是经济实力都响当当者，对她主动示好，她却无动于衷，不是犯傻，是什么！

他有些生气，又有些傲骄地说："其实，我的实力娶100个老婆都不成问题。现在，沈阳还有一个才20岁的女孩不断写信、打电话给我，寻死觅活，说非我不嫁……"

可她，仍只清清淡淡一笑，不置一词。

前年，也是在这条路上（不同的是，当时是归程），他默默开着车。眼望窗外一闪即逝的美景，她一首接一首唱起歌来。当她唱到三毛作词的《橄榄树》："不要问我从哪里来，我的故乡在远方，为什么流浪，流浪远方，流浪。为了天空飞翔的小鸟，为了山间轻流的小溪，为了宽阔的草原，流浪远方，流浪……"他忽说："你教教我这歌。"她讶异地问："你要学这歌？""嗯，学会了，我好跟着林泉去流浪……"他笑着解释，希腊雕像般俊美的脸微微泛起红来。

她嗤之以鼻。心想，这人也太不懂幽默了！开个玩笑，至于脸红吗？便随口胡诌："这歌——挺难学的！""有什么难的，你先听我唱唱。"说着，便清了清嗓子，正经八百唱起来……

结果跑了调，听起来不伦不类。

见她竭力忍住笑，不服气的他，马上停车，要她一同去路边音像店买这歌带。

看他"奔四"的人了，不仅当了真，还这样闹，顿觉好没意思。她便执意不下车，勉强敷衍道："以后吧，以后再买不迟！"

23.

在找到通州区某中学校长办公室电话后，林泉告一段落的采访又开始了。起初，打电话到校长办公室，接电话的人说校长不在。她没问校长去了哪或什么时候回来，却机智地说，找校长是想急于核实副校长所反映的情况是否属实。

果然，接电话的人开了金口，说：一，未撤销副校长职务；二，校长有权力安排副校长工作。

她无法判定该校长与副校长孰是孰非，毕竟她不是当事人。只得将两人的口述只字不改地实录下来，相信读者从中自会判断。写完这篇《权力在这里被滥用》的报道后，她便洋洋洒洒给艾光明写起第四封信来。

光明：

自你答应一道去香山，之后，又变卦，我的心就生了病。病因并非分不清感情与事业孰轻孰重，而是，如果我是你现任女友，你还会不会说"不去"！

其实，在你多次感慨柳敏慧假面、不能正视自己的感情、自欺欺人、不敢爱自己所爱时，你何尝又不是？！前些天，路一鸣、你、我一块去午餐，可能怕路误会你与我，你第一次当着（除我之外）编辑部的人，说起女友之事。所以一回编辑部，趁你不在，路就像哥伦布发现新

111

大陆，当众宣布："艾光明原来不是单身，他的女友也浮出了水面！"

而我，虽比他们知道得早些，也是主动去信问你之后的第三天。我想，一个人若真正有了中意的心上人，他（她）是乐于甚至急于向全世界公开他（她）这幸福的。如国庆节后第一次聚餐，满面春风眉眼都是笑的杨勇，向大家郑重宣布他有了女朋友！

许多事都是始料不及的！在经过无数次心灵挣扎与现实打击，仍不愿为大众报刊胡编乱造《丈夫有花心》《老公不浪漫》《今夜老公不在家》等家事，或《苦苦等待的前世恋人》《我是你的红颜知己》《下辈子还做你的情人》等故事时，我没想到，临近黄昏又值《教育信息》招聘结束之际，自己不抱多大希望的一个电话竟使我来到《教育信息》——这人际关系简单，人文气息浓厚，极契合我性格与心境的报社。

但，当一向疏懒的我，准备以前所未有的热情，不计得失地在这报社好好干一番时，未料与你又产生了一份极不确定的感情。尔后，我的心，就随这不确定的感情起起落落……

写到这，忽想到，某一天的某一刻，自己会不会终因没资格没权利爱你，而不得不离开内心确实喜欢的《教育信息》报及《教育信息》编辑部这个如大学社团的集体？

人生其实就是一个不断选择、不断放弃的过程，关键是能不能从心所欲！因上帝实在太公平，在你选择鱼的同时，你也必失去熊掌！

见信，望你独自冷静一段时间（除工作，不要来找我），每天打坐自问：内心最真实的情感是什么？

一，我不想因彼此住得近也走得近你才选择我，这既对你远在山东的女友不公平，也怕日后你终有一份怨尤，说我诱惑你。不然，别人眼中一直清澈如泉的我，在你眼中何以变成"小妖"？我百思不得其解。恕我直言，你这是"男权视角下的女性形象"，就像历史上很多男人为

112

什么要将褒姒、杨贵妃、潘金莲等视为红颜祸水、妖精、坏女人！我绝非什么"小妖"，而是你自己无法控制内心深处对我最真实的情感！这是你一直不愿或不敢面对的事实，为避自责，你便归罪于我……

二，我不怕直面最不愿直面的现实，却怕一份摇摇摆摆不知最终走向的极不确定的感情。因为，它让你无法预知结局的同时，也就无法预设心灵的防护。而人，最不能面对的便是"突然而至"！

在给你这封信后，虽不能预知你会选择我还是放弃我，但我也愿像《花样年华》里的周幕云，去新加坡之前与苏丽珍预演一场分离。如此，待到真正分离时，才不致太难过。

天渐渐变冷，你自己记得添衣。如果骑车太冷，还是坐公交车吧。前几天吃完饭回报社的路上，听路对柳感慨你一个人过日子很苦时，我心里很难受，极想为你分担，又怕你笑我自作多情、胡思乱想。所以每每只能强硬起心面对你（望能理解我这种不得不克制、隐忍的心情）。

在你彻底想明白弄清楚自己感情之前，请千万不要走近我。我怕自己因爱你而不能拒绝。你独自看碟《茶馆》《我的兄弟姐妹》吧，看完，放在我办公桌抽屉，因为碟是别人的。至于我的《花样年华》，就留给你作纪念吧。

其实，我的要求一直不高：只想与一个温柔敦厚的人，过暖老温贫的日子，然后踏踏实实做事……诚如《大学》所言："知止而后有定，定而后能静，静而后能安，安而后能虑，虑而后能得。"

祝一切好！

2001年10月29日

24.

西苑的早市，像个魔窟，尤其对单身的林泉来说，简直是灾难。因这里所有的菜，只批发，不零售。比如，买一条鱼办不到，但买10条可以，且只要5元。问题是买了之后，租住简陋平房的她哪有冰箱冷藏？又哪有人一起及时吃完？于是，只得赶紧开膛破肚洗净切块油炸，花上大半天时间。因此，她发誓：今后再也不去西苑早市买菜。当然，那些既便宜又零售的生活用品，还是可以买的。

她这是怎么了？

16岁就工作的她，工资父母从没要过一分，她不是用来买书买磁带，就是买衣服买护肤品……想怎么花就怎么花，很少掐脚脚痛，掐手手痛（即心疼）。有次出差郑州，去当时享誉全国、引来京津沪穗等商界老板取经的"亚细亚"购物。在某化妆品柜看中一个设计精巧又款式大方的化妆盒，因标价好几百，同行的人都建议，买那个稍小、价格却便宜一半的。她左耳进，右耳出，根本不听，我行我素！

其实，自信满满也最怕麻烦的她，一向素面朝天，极少化妆。她只是喜欢那面镶嵌在化妆盒里极清晰又极自然映出自己容颜的镜子。

后来，在文学院，因同班女生好奇化妆盒中上下几层的那些她从未动过的五颜六色的眼影、腮红、粉底等，她们互相传看时，不知谁一不小心掉在地上，镜子摔碎，她也没怨一句，碎了就碎了。

至于与吴荣相处的那段日子，更助长了她随心所欲花钱的恶习。因吴荣不让她与北京所有同学、朋友正常联系，不让她出去上班，不让她发表诗歌、写影视剧本，甚至酷暑回来见她打开一扇窗，他都大惊失色立马关上并郑重告诫……总之，处心积虑要成为她的"监护人""衣食父母"，好让她永永远远长不大依赖他，离开他半步都不行！为报复他这连自己都觉得因自私而过于苛刻的爱，她便将他每周给的数目不小的钱故意花得分文不剩，一出门就大包小包买些根本用不着的东西。而每每看到他生气又不好意思或不敢出口的样子，她心里就美滋滋的……

如今，她买些生活必需品都会锱铢必较，皆因邂逅安贫乐道的艾光明。而她，这判若两人的巨变，他却未必知，更未必懂！

　　不知因什么挨了总编大训特训的艾光明，一进编辑部就见林泉与石磊有说有笑，便径直走到她的桌前，当着路一鸣、石磊的面，双目冒火，反剪着手，立正般极其严肃地厉声质问："你都干了些什么！版面越来越差！"

　　正向石磊预约下期稿的她，一时丈二和尚摸不着头脑。不过，幸好是他——她所爱的人！否则，真不知怎么收场。他该不会这么快就忘了第二次例会，一边直直道"艾光明，我没想到，《才俊》版你会找这样一个人"，一边不屑地扫她一眼的钟主任，是如何讨了个没趣吧？

　　在人前，尤其下属前，她给足了他面子，没有与他争执抗辩一句，也没被他这突如其来毫无征兆的质问，气得面红耳赤或乱了阵脚。她还是该干什么仍干什么，充耳未闻般继续打她的电话，连眼角都不扫他一下。

　　一旁的路一鸣、石磊倒是替她难堪……

　　她想，就算她的版面真的越来越差，个中原因，深究起来，他也脱不了干系。他倒好意思质问她，怎不先问问他自己？

　　更可笑的是，白天在编辑部痛斥了她，夜晚在住所，他又歉意地给她赔不是。这还不算，他还学究般拿本佛教书，给她读一个什么小沙弥拯救一堕落女子的故事，说是要教化教化她。

　　那种认真劲、执着劲，真是感天地泣鬼神！他端坐桌前，声情并茂一字不漏地念着……她却一句都没听进去，只在心里一个劲地犯嘀咕：他怎不挑个别的来读读？单单读什么小沙弥拯救堕落女子的故事。他什么意思？难道文学院老师、同学美誉为"阳光女孩""民族之花""世纪末最后一个白雪公主"的她，在他眼中，竟是个堕落女子？

　　这，从何说起？

25.

艾光明的山东女友忽来，不知是因他生日临近，还是别的事，总之，一开始他没直言，只嘱咐林泉："这两天别给我打电话。"他以为她会生气，会叫嚣？可她很平静，最多不过一丝凄然的笑。

其实，她早做好了最坏的打算，只是不知昨晚当她说走时才给他第四封信时，他说"你别胡来"的话究竟何意。大惊失色的他，立马急问："去哪？不是说，好好干吗？你要离开我们报社？！"她随口胡诌："云游四方……"

还有，今早他过来关心地问："两床被子还冷吗？"她淡漠地说："不冷，等我搬了家就把被子还你。"似晴天霹雳，愣了好一会，他才紧抓她的双臂，既认真恳求又万分委屈地说："你不搬，不行吗？！你要抛弃我！"

时至今日，彼此感情的缘起与症结，究竟谁是主导者，谁是责任人都还没弄清的他，竟有资格有脸斥责她！真是气不打一处来！她厉声道："怎么是我要抛弃你？！我怎么是'小妖'了？！真正该质问该谴责的是你自己！"尔后，便把第四封信中许多话预先抖了出来……

见他目光呆滞地傻傻听着，像极了《红楼梦》里与林黛玉怄气的贾宝玉，灵魂出了窍。她又于心不忍地忙道："对不起！"

半晌，他才回过神来道："你先别搬，等星期一，我好好跟你谈谈。"

谈什么？

他的心，海底针……

第二天，她打电话给高轩，忍不住向他又说了自己与艾光明的感情。听完她感性、零碎的叙述，他认真道："艾光明生日临近，我预感他将有一个重要决定。结局有三种：一，他与女友分手；二，他向你道歉不能相伴永远；三，他什么也不说，仍维持原状。最复杂最麻烦的就是第三种。你是个好孩子，我不该把你教坏，但你应有竞争意识。不要轻易放弃自己所爱，不要以为放弃就是一种大度、一种骄傲。你一定要忍耐些时日，客观冷静地找出到底什么原因阻碍了彼此感情。"

她虽乖乖点头，心里却非常没底。

躲在周日无人的编辑部，她不敢见艾光明，也不敢呼他。实在怕他向她道歉不能相伴永远后，彼此再见的尴尬。

李校盛送的书《情侣双传》，在小屋及办公桌找遍了都没找到，她只得打电话问王伟看见了没有，因为给他送《教育信息》报纸的那天，她还看过这书。

他却答非所问："今天，是我生日……" 她很意外，竟一时哑然，不知说什么好？她将他在丁红面前的玩笑话"我是处女座"当了真，加之他确实有那么一点洁癖，不免感慨：虽然他比艾光明总抢先一步，过生日也是。但，他还是抓不住她。

天渐渐黑了，实在不能再躲下去，她才翻过已关的铁门出来。

到西苑，她没直接回住处，而是走进艾光明住的院子，假装路过他屋前，用眼角迅疾扫一眼——门窗竟然紧闭，里面还黑着灯。

她心里七上八下地回到自己住处，刚架锅准备热菜，就听有人敲门，便问："谁？""我！"艾光明朗声道。她心中不免涌出一丝惊喜：他没去陪女友，反而来找她。顾不得好不好意思，就去开门，并语无伦次颠三倒四地说些诸如吃饭了没有等客套寒暄的话。

一进屋，他便捧起她的脑袋，用唇温柔地触一触她的额头。这一切都似不必再问，不必再说。她心里即刻溢满喜悦之情。让他一起吃炸鱼煮饭。尝了一块鱼后，他吃惊地说："想不到，你竟能做这样好吃的鱼！"说着像个长者爱怜地摸了摸她的脑袋，赞道："小姑娘真行！"

其实，她哪行。那年夏天，因不得不去外地，吴荣安排好楼下餐馆每天中午12点、晚上6点给不会做饭菜的她送餐，就走了。每天夜半才睡，早晨从中午开始的她，有天起得早，一洗漱完就要吃东西的她，过了一会儿便头晕看不下去书了。可离餐馆送餐时间又还早，她只得打开紧闭的厨房门，想做一碗母亲常给她做的水煮荷包蛋。

她将洗好的锅置于液化气灶，先打开液化气罐角阀，接着将灶上开关向下压后再顺时针一拧，也没着火。液化气罐是不是有问题？可为了不再头晕，她还是眯缝着眼伸手战战兢兢重来一遍。

"噗！"一串黄中带蓝的火焰终于腾起，越燃越大，待锅中水汽一干，她便倒植物油。为除油的生涩味，便任它在锅中"哧哧哧"煎着，直至满屋油烟。该倒水了，一时又找不到瓢，油都快煎没了，才从橱中拿个碗装水远远泼进锅中。

"哗"一声爆响，一尺多高的火焰不知从锅底还是锅中扑蹿到墙壁，吓得她抱头鼠窜。待没大声响了，方抬头偷看：只有滚开的白浪花在锅中翻腾跳跃笑闹……便取出塑料袋中的鸡蛋，左瞧右瞧半晌，才找了个突破点，"叭"的一声磕下去，还好蛋壳未掉进锅中。

奇怪的是，鸡蛋怎么一下变成白白黄黄漂浮水上的蛋块了？便磕第二个，不等看看蛋黄是否变质，就稀里哗啦全掉进锅中。她傻傻地还想瞧瞧此蛋与彼蛋有什么不同，一会儿就与原来的蛋块混在一起了。她不信煮不成荷包蛋，又磕第三个，哪知壳还没来得及扔，蛋清就已溢出，一掉进锅中便不见了踪影……最后，当然又是蛋块，而非荷包蛋了。

现在的她，还不是因他这安贫乐道之人，不可能再过衣来伸手饭来张口的生活，才买套简易炊具，再照着菜谱慢慢学做一些。

当他问："昨晚冷吗？我不在。""不冷。反正你有人当被子！"他竟正色道："胡说！昨晚她住到通州去了。"她愣了一下，同时，又因他对山东女友感情如此断然，不知是高兴，还是担忧。

他却打趣道："暗自得意，还装蒜！"然后，便如释重负般要租碟与她一块看片。可租了碟，他又不急于看，而是将脖子上用红丝线系着的玉观音小心翼翼取下，郑重地戴到她颈上。

这还不算，又从贴身口袋里拿出他的父亲上普陀山专程为他求的开光佛像递给她，并嘱道："平日随身带着。不过，在我回家前一定给我，因怕父亲检查。"

接二连三的意外，她心里说不出的感动与甜蜜。因这是彼此相识以来，他对她第一次明确示爱！

26.

今天，艾光明生日。

上午九点半，林泉在北师大采访完顾老后，走出英东楼，阳光虽灿烂，但使无数叶子"哗哗"作响像九天瀑布的寒风，仍不由让人瑟缩、畏惧。

此时此刻，她最先想到的是：天气越来越冷又还有些时日才能供暖，从早到晚一心扑在工作上的艾光明将如何御寒？于是，强顶凛冽、呼啸的寒风，骑一两小时车到西苑市场，给他买了棉鞋、手套、热水袋……

傍晚，在新疆风味餐馆，她请他吃了最喜欢的手抓羊肉。从餐馆出来，他没急着回去的意思，说走一走，便带她进了北大西门。

走到一处花坛旁，看着那高出路面许多，仅容一只脚放下的坛边，向来喜欢特立独行的她，脚便有些痒。不管近旁不仅相貌，连行走姿势都"方正"的艾光明如何看，也不管远处来来往往的学生、老师怎么看，她一只脚就已踏上坛边。

起初，在仅容得下一只脚的坛边前行，就如走平衡木，想不摔下来，左右脚必须及时前后交替，步子便有些凌乱，身子也有些稳不住地摇晃。之后，她便"一"字形伸开双臂，再忽左忽右倾斜，像鸟儿的双翅，在飞行中随时调整身体平衡。当她脚步轻快，身子平稳前行，感觉真像只鸟一样优美自由飞翔时，她孩子般"咯咯咯"开心笑起来。

一会儿就到了尽头。她没即刻下来，而是漂亮地一转身，舞台亮相般双脚一前一后牢牢立住。待他慢慢走近，才纵身跳下来，双脚稳稳着地。

不知是因为今天生日，还是受她情绪感染，艾光明不仅没一字责怪，还似长者对她充满宽宥、怜爱地微笑。她不由向他讲起自己与父亲的故事来。

五六岁时，常年在外工作的父亲，春节前回来向她要钥匙。她质疑道："我不认识你。"左邻右舍都说："他是你爸！"不确信的她，趁他们一不注意，撒腿便跑，一溜烟就跑到好几里路远的外婆家。任父亲在门外等啊等，一直等到天黑母亲收工回来。

春节那天，父亲拿了一沓崭新的钞票，还有一堆火红火红极诱人的柑橘，对她道："你喊我一声'爸爸'，就全给你。"她都不肯喊。

到了上学年龄，她离开母亲，来到父亲身边。她还是不肯喊他一声"爸爸"。不论在家还是在外面，都以一个"喂"字来替代。尽管，有次无意听到出门上晚自习的姐对同学道："要是我妹肯喊我爸爸一声就好了！不知他会有多高兴！"她虽有些愧疚，但还是喊不出口。直至与父亲朝夕相处好几年，从陌生到熟悉，从熟悉到亲密，她才不知不觉脱口而出一声："爸爸！"

父亲年已40才有她这"小鬼"，在普遍重男轻女的小城，对她，父亲倒是很看重。比如：每每新闻播报某某国家女总统、女首相、女总理如何如何时，他就有意提高声音大加赞扬、激赏，好像暗示近旁的她，她们，才是她的人生榜样！

平日，一看完新闻不是出门会友就是工作的他，很少坐下来看电视剧。但播《武则天》时，他却从头至尾看完，又是大加赞赏。常惹得思想应更开明的哥，不是嗤之以鼻，就是不屑一看。父亲不一定觉得《武则天》有多好看，只不过是用心良苦地陪她或督促她看罢了。

有时，父亲甚至把她就当成儿子。比如一个人去理发，他会邀她："走，咱爷俩'砍脑壳'去！"结果，女式男发的她就变成了假小子；比如一个人抽烟喝酒无趣，他会给她一支烟、一杯酒，她总是断然拒绝！

一天，她得了重感冒，必须打针。对疼痛极敏感的她，死活不打，在被几个护士按住不能动时，已十四岁的她竟小孩般对父亲哭嚷："如果打针，你要背我回去！" 父亲只望她感冒快点好，忙一口答应。打完针，年过半百已生华发的父亲，就真的将她从医院背回家，背了好几里路。

有次回家，在楼梯口碰到一个一起玩大的男孩主动与她招呼。她还在想该不该答应，已在二楼窥见的母亲，便唠叨起来：什么姑娘家要学好，不要乱跑，不要跟后生家说话、打闹、走路等等……

实际上，随着年龄增长，她自知与异性不同而板着脸避之不及，冷漠、严肃得似修女，最讨厌听这些条条框框。就像一个已非常贞洁的女子，每天还要被告诫："不要不贞洁！"不仅多余，还极大地侮辱了她本就纯洁的品性。

加之，湘西土话"姑娘家"的"家"（与"嘎"同音），在语感颇强的她听来，异常刺耳。可这样的字眼，母亲却频频用于她。她实在听不下去，便顶撞了一句。哪知，在乡下有"骂人大王"美名的母亲便气急败坏地骂开了……骂词多是令人难以启齿，更不容人细想的村野字眼。

未出阁又自尊心极强的她怎么受得了，便牛脾气一发，不知竹子上节下节地推搡了母亲一下。父亲获悉后她满以为自己不是脚踮，就是手断，因她曾见父亲不知因什么事拿起扁担就向姐砍去。意外的是，几天后，父亲在厨房与她围炉就餐，见她情绪颇好，才温和而慈祥地道："你妈，毕竟是生你养你的母亲……"她羞惭地低下了头，明白自己有多骇人有多愚蠢！从此，不再顶撞母亲，更不会推搡母亲……

不知不觉中，林泉与艾光明走到了未名湖畔。想起给他征文《我最难忘的老师》那天，她要他带她去未名湖散步，他却生气地让她一个人去散步的情景，她不免重提。

他无言以对，低头不好意思地笑了。

快到北大南门了，因室内不久将供暖，房租涨至700，而试用期满月薪也不过1500的她，便觉得一人住既不合算，也没必要。何况，昨晚他已明确示爱，未来不再是"一人吃饱，全家不饿"的单身。想到前天早晨她跟他说要搬家，似晴天霹雳，他紧抓她的双臂，既认真恳求又万分委屈地说："你不搬，不行吗？你要抛弃我！"她便竭力表情平静、语气随意地说："过几天，我搬到倪超雄那儿去。"果然，他不禁回头看一眼她，一脸惊异，但也只一瞬，就恢复了平静。因自尊，还是什么？他既没问她为什么，也没说一句自己所想。

她，则笑了。这笑，既有意料之中的胜利，又有谜底未揭之前的神秘……

27.

因倪超雄三番五次问她什么时候搬，林泉不能再拖下去。但想到昨晚她说要搬到倪超雄那儿去时艾光明一脸惊异的表情，便不得不认真问他："愿意我搬，还是不搬就近照顾你？"

如果他不愿意，她还是不会搬的。她爱他，也就在乎他哪怕最细微的情绪变化呢！他却说："彼此走得太近，如果将来……分……怕对不住你……因毕竟才开始……"这话，听来的确在理，常言也道："人无远虑，必有近忧！"可她脸上还是有些挂不住：一，他情绪转换得太快，她跟不上；二，他误解了她一心为他着想的本意；三，第一次，一个异性尚未与她真正开始恋爱，就担心将来如何分手？

对彼此的感情走向才有些信心的她，再次陷入茫然……

下午，艾光明的一位朋友——北大在读研究生龙斌，与她一同采访完红学大师周老回来，却对怎么走，坐什么车，不仅毫无主见，还要她一个女子时时处处照顾，甚至让她冒雨送了一段（其实，他们下车的地方离他宿舍也就两站地）。

她真是不懂，是不是这些人天天读书都读傻了？当她气急败坏地向艾光明痛诉时，他并未与她同仇敌忾，而是轻描淡写地说："北大的人，都这德行！"他是忘了自己也是北大毕业的人，还是觉得她说的这些都是小节，可以不拘，更不足为怪？

晚上，想早点关门休息的林泉给艾光明打电话："今天你不过来吧？"他却道："过来，你先到我这儿来吧。"她以为他有什么紧要事，只好急急赶过去。原来，是要她一起看《孔子》，可她忙了一天很累，又从中间看，没头绪，便立在原地没落座。见她无意看，他便瓮声瓮气道："我今天太累，不过去了。你走吧……"

好像她多待一分钟就要怎么着他似的！其实，一开始她就没要他过去的意思，之所以打电话确认，也是怕神经衰弱的自己好不容易睡着，又被想起一出是一出的他随心所欲敲门吵醒。

他未免太自我为中心、太自以为是了！就这样被招之即来，挥之即去？好像不符合她的性格，便故意找茬："我借你的那些碟呢？"

他脸一沉，不耐烦地说："借给别人了！"

她明明叮嘱过，那些碟都是她珍藏宝爱的，不要随便借给别人！他不仅借了，问了他一句，他还挺不高兴。

临走时，心里有气的她，便要他送，给他一个小小惩罚。他竟说："还早，不送了！"

她还能说什么？总不能命令或乞求他送吧，只得愤愤离去！

28.

午餐时，艾光明忽然当众说："我很奇怪——我就愿独身，不愿结婚，不管家里人如何如何催，比如我弟弟，已有女友几年，我父亲也要等我成了家，才能让他完婚。我自己也不明白为什么，现在的女孩谁会安贫乐道呀？！"这话就像一颗颗子弹"嗖嗖嗖"直穿林泉的心。

她左瞧瞧，右瞅瞅，真不知自己的脸往哪放！如果不是怕同事以为她想依傍他、仗势他，她会与他保持目前这种不清不楚的关系？

况且，他是真独身，真独善其身了吗？那，他找她又算什么？

还有，难道她没说过愿同他一起安贫乐道吗？她的话，他认真听过一句吗？

明明她是他千辛万苦要找的沉香，却偏偏视之木炭！是不自知，还是正因拥有才不珍惜？

他的家境虽不至贫寒却也极普通，他被现代"物质女孩"视为木炭而毅然决然抛弃。她一直视他为落难书生。她一次次放下矜冷、孤高，主动关心他、照顾他。甚至，将他的冷漠与无情，也当成身处困境之人对自尊的最后一丝防守，天真地以为自己在温暖一颗孤独而受伤的心！而他，竟能面不改色、心不跳，甚至直视她眼眸，将以上字眼，一个个毫无顾忌并非常顺溜地吐出来……真真是对她无情到了极点！

看来，她真是太自作多情、太自我感觉良好了！自诩"阅尽人间春色"的兰蕙曾说："一个人对你无情，并非他真无情。而是——他只对你'这一个'无情而已！"

男人不懂女人，就像歌曲《白天不懂夜的黑》唱的："你永远不懂我伤悲，像白天不懂夜的黑；像永恒燃烧的太阳，不懂那月亮的盈缺。你永远不懂我伤悲，像白天不懂夜的黑，不懂那星星为何会坠跌……"

而他对她的不懂，则过之而犹恐不及。也许临终前，她也要像萧红般慨叹："我一生最大的痛苦与不幸，都是因为我是个女人！"

夜幕降临，全然忘了午餐时自己当众说过什么的他，又来到她的小屋。她劈头就问："'一样东西，没找到'与'一样东西，没人要'听起来有什么不同？"习惯使然，抑或与她在一起才时时警觉、戒备的他，即刻疑虑丛生，不肯轻易作答。

其实，她是指俗世中人们习以为常的话："那男的还未结婚，因还没找到女朋友"与"那女的还未结婚，因还没人要"之间的区别。

"那男的还未结婚，因还没找到女朋友"——通常指过了婚龄而未婚的男性，错，不在他，而是与之匹配相当的女性还没出现。在这语境中，男性有思想有行动能力，有主体性，可自由选择。

而，"那女的还未结婚，因还没人要"——通常指过了婚龄还未婚的女性，错，在于她，是她太次，还没一个男人看得上。在这语境中，女性是市场摆放的商品，没思想没行动能力，没主体性，只能被动地等待商品市场"顾客就是上帝"的男性来选择。

实际，职业生涯，女性又何尝不被动？有一年夏天，文学院开学前，林泉在一家文化公司上班。自诩文化人也出版过一本小说的老总贾某，忽道："只要你坐在我对面，我这一天工作心里就舒服极了。我就不信身边有这样一位漂亮美女，我的事业不发达。你答应我，一个月亲一次！"她摇头。"两个月一次。"她仍摇头。"半年、一年、五年？"她还是摇头。"那好，你明天就给我走人，我喜欢又得不到，天天瞅着太难受！"

她止住眼中就要淌下的泪，心想：来这不到三天，就被骚扰，真是倒了血霉！

结婚前，吴平开口闭口对她恭称"林老板"，以致旁人打趣："如李莲英对慈禧太后！"婚后他的态度却一百八十度大转弯，常埋怨她不如别人妻子贤惠——丈夫一回来就热洗脸水、热饭菜伺候着。她则斥责他不再像同学时热爱写作、书法，一天到晚不是与同事在餐馆"酒里困，肉里眠"，就是在去餐馆的路上……

两人争执了好久，没有结果，又僵持冷战起来。她独坐沙发上看电视，他则躺在床上。起初，他还弄出些声响，以示不满。之后，半晌没一点声音，她有些担心，跑近床边一看，大惊失色：他早用猩红色的领带在颈上一个又一个打着一时半会解不开的死结。此时，他瞳孔已放大，嘴大张着，只有出的气，没有进的气……

她头皮炸开般发麻，十万火急找寻剪刀，但早被他收了。也许是天助她，不让她成"间接杀人犯"，她在床头找到一块削铅笔用的刀片（因那时她喜欢用铅笔写诗，便于修改）。可他不仅不配合，还头与脖颈乱摇乱动，以使领带死结越陷越深。

没时间思考与选择，她顺手向一侧深勒他脖颈的领带切去……领带断了，万幸——没切到他的动脉血管。见他终于平安顺畅呼吸后，她才从极度紧张极度恐惧中虚脱般跌坐地上，一身冷汗。就在那一刻，她突下决心：无论如何也要尽快离开这将使她精神崩溃的"疯人院"……

她辞去了年年被评为"先进工作者"的高薪清闲工作。在某小站，天色将暮未暮，又飘起零星小雨时，列车驶来，她向表妹挥手告别，却逃瘟般避开前来欲拉她到一边说什么的吴平（他们已协议分手，再无任何关系。起初他不肯签字，当她直言："我可能一去多年，难道你不再找了吗？"不能确定的他，想了想，还是签了）。之后，她便头也不回地上了车，只身来到这举目无亲的异乡。

可来京四个月，辗转几家公司，都没定下来。而文学院开学又还有两个月，回又回不去。这些情况，悄悄拿办公桌抽屉备用钥匙偷看她日记的贾某，实际都清楚。未料，贾某不仅没伸援助之手，还落井下石！

第四天上午，贾某不再转弯抹角，而是直截了当："我不是个好男人！所以，你不答应我，我就得赶你走。因为得不到你，我瞅着你就难受，恨不得半夜摸进来上你的床，或给你下蒙汗药……"

怎么办？整天埋头工作无一语的她，下班时终于有了主意：文学院开学之前，索性不坐办公室当什么白领了。去给写过七八本畅销书现自己当书商正缺人手的木子的书摊卖书吧！

翌日，她继续认真做着一切分内的事，竭力不露声色地"站好最后一班岗"。贾某好像因她拒绝而特意盛装而来，暖色格子衬衣、深蓝西裤。因为待会儿将上演一场好戏，她忍不住对他颇有意味地一笑。

他低头上下认真看看，不知自己的着装哪里不对。她忍住没说。直到时间越来越逼近中午，东西还未收拾，她才尽量压低声音漫不经心道："我要走了，中午就走。"他傻眼了，眼珠不动地瞅着她。她不紧不慢地重申了一遍，他才悻悻地"哦"了声。接着，便一再追问是否是真的，又一再解释：他不是真心撵她走，实在是想逼她就范。

这时，她才冷笑傲骄地说："那是不可能的！"

他不好意思地马上附和："是！"

可就在她要转身的当儿，他突然上前死命抓住她的双手："我真想哭，可以吻吻我吗？"看着眼前这比自己大20来岁又因瘦而满脸褶的男人，她恶心得想吐，但，又可怜他如意算盘一下全打错的委顿，于是象征性地用唇触了下他前额，便毅然决然离开。

木子对贾某的言行，曾愤慨道："怎有这样无耻男人！"在文学院将开学，她最后一次帮他卖书时，他忽向她展露大皮包里一捆捆的百元大钞，还说要资助她读文学院。她虽有些糊涂，但还是坦言，她不用他资助，她早就备好了这笔钱。只因老家实在待不下去，才等不及文学院开学就来北京。他一脸讪讪的，不好意思再说什么。

别说工作中的上下级关系，就是平级关系，女性也难免遭遇尴尬。像去年四月，她与文学院几位师兄一起给某剧组写剧本。因他们都想与她关系亲密，饭桌上，她便明确告之，只希望他们将她当一男子或一哥们看待！可一位已有女友又是知名小说家、编剧的师兄，偏不信。深夜，以担心她开水不够送壶热水为名，敲门套近乎，她婉言谢之。未料，第二天一早出门，迎面碰到他，她没事样照常招呼，他不但没答应，而且扭头就走，比陌生人还不如，更别说什么同窗之谊了。她心里虽着实难受，因这点小事，彼此反目成仇，但是又觉自己确实没有错。

常言道：有付出就有回报！可这话放在职业女性身上似不灵验。比如，一个男人事业成功后，一个幸福美满的家往往也随之而来。女性则不同，事业成功后仍踽踽独行的大有人在，像《万事俱备只欠丈夫》的作者赵赵所言："我相信万事俱备的男人，但那样的男人什么也不缺，甭说个把老婆了，这是什么社会啊？男的万事俱备那叫栋梁，女的自己挣点吃的喝的，当然岁数就得稍稍熬大点，于是成了怪胎，越呆越没有人理，越没人理就越没人理了……"

因上述种种，自小不信"女子不如男"的她，便慢慢有些动摇了。（一次在一座年久失修颤颤悠悠说不定什么时候就轰然倒塌的木楼，因左邻右舍两个同龄男孩在耳边聒噪："女孩天生就胆小，就比男孩差！"不服气的她，便让他们在下面平地好好瞧着，她则高高地站在楼梯顶端，从第七级凌空拼尽全力往下一跳。还好，因地面松软，没有伤筋动骨；一次在新建的政府办公大楼，因周日没人上班，他们先后爬到二楼窗台，两个男孩在她耳边又聒噪："女孩天生就胆小，就比男孩差！"她仍不服气，他们就手指下面："你敢往下跳吗？如果你敢，我们就承认女孩不比男孩差！"她一句话也不说，急急跳下去。由于双脚直直落到硬化的水泥地，穿的又是硬板鞋，硬碰硬，结果从脚底到大腿都木木的，没一丝感觉，但她还是面不改色心不跳地咬牙回家。所幸，向来封建的母亲没顾上骂，赶紧用一瓶白酒给她双脚好一阵搓揉，才慢慢恢复知觉。）

视儿女都结婚才算完成人生重任的母亲，在她刚满16岁时就发愁："你从不穿花衣裳，一年四季一身黑，以后怎么办？难道要我背在背篓给人送去？！"她充耳未闻，仍我行我素。别说花衣裳，就是稍有点颜色的衣服她都不穿。母亲真急得不知如何是好，甚至不惜以最难听的话激将她："以后，你肯定没人要！"她不吃这一套，花季也从没想过婚嫁问题的她，负气道："没人要更好！"隔三岔五就见她有信的嫂子，便对母亲笑道："还怕没人要，追她的都够一个排了！"

去年，当她疲于在都市的高速路奔驰，也看够情感的潮起潮落，于七月流火的苦夏，在满目古玩字画的琉璃厂，寻寻觅觅终寻到一个莲花宝座香炉、几盒"日日新"檀香，十万火急回到水墨国画湘西，欲闭门苦修时，她再次成了母亲的心病。

只要母亲一出现，她就像一名逃犯，被母亲从这个房间追到那个房间声严色厉地质问："好好的头发，你剪了做什么？！多少好看的衣服你不穿，偏偏穿又肥又暗的衣服……"

其实，天秤座的她，比谁都清楚什么发型、什么服装最适合自己。不参照任何发型书，也不听理发师建议，她将一头蓄了十年，浓密得似海藻，黑亮得如丝绸的长发，随随便便剪成短发，难看得像顶帽子扣在头上（其实，她是恨不得剪个与男子无异的寸头，又怕年事已高的父母伤心，以为她出阁没一个月便离异会想不开，最终放弃）。

断发之念虽起于常用的木梳不知所踪，主因则是——在逐梦的这条路上，十年未变的长发飘飘，不仅没帮什么忙，反似狂蜂浪蝶追逐的祸根，索性咔嚓剪掉！就像漂泊流浪的侠女，必无情，不然只身闯荡江湖，要是多起情来怎还得了！

可她懒得解释，也解释不清，因母亲没受过什么教育（非家贫，由于8岁就与父亲定了亲，不堪唯一的村小同学取笑而早早辍学）。在母亲看来，女人唯一的出路便是：嫁人——生儿育女——相夫教子。

她很清楚母亲为什么如此怒火冲天。母亲是担心转眼便28，又有过一次事实婚姻的她，还不好好打扮，以后的日子不好办。有一次，母亲当着她和父亲的面很是感慨："楼上人家的女儿，真有本事……"说到这，故意停顿了下，见她和父亲都从报中抬起头望着她，才清了清嗓子道："离婚后，又找了个外地男人结婚。"她讪讪地笑，父亲则不屑地说："我以为有什么本事，这档子事……"

有一天，在书房看书，她无意听到平日很少过问家事、一直要求她男孩一样以事业为重的父亲在隔壁对母亲认真道："你还是劝林泉找个朋友吧！"她很是震惊！简直不敢相信自己的耳朵……

这次来京，哥单位司机将他们送到火车站停车场就停下了。哥虽是领导，也不好意思让司机给她拎行李箱，于是，一咬牙，就将偌大的行李箱直往自己肩上扛，几百石级下来，平日缺少锻炼的他，便满头大汗、气喘吁吁……这时，她心中忽生愧疚，如果现在身边有个男友或丈夫，就不会如此劳烦哥了。一个成年人，还让家人操劳，于她是一件很耻辱的事！何况，生性要强的她，不愿欠别人的情，哪怕是家人的情！

试想，今年又长了一岁的她，春节回家还孤身一人，她真无法想象，怎么面对现在就在电话中喋喋不休的母亲。除非，她不回去。可去年春节一人在京的那滋味，她再也不想尝了。

亲情——这与生俱来的羁绊，她没想过，也不知如何挣脱，尤其是给了自己生命的父母。

所以，一直模仿男人雄壮将自我价值实现放在首位的她，才把所有希望都寄予既有性别优势，又理想主义的艾光明身上，并以前所未有的倾心倾情对他。未料，他却当众宣称："我奇怪——我就愿独身，不愿结婚，不管家里人如何如何催……"

从明天起，还是冷下来，把时间、精力都投入到《才俊》版吧！别说不辜负吕祖根对她的厚望——做到杨澜一样成功的人物访谈，至少，让读者认可。

她常常为自己设想这样一种场景——身披高领黑斗篷，跨上雪色骏马，双目如电，长发飘起如云，自天边滚滚黄沙中呼啸而来，心中则澎湃着蔡琴的《出塞曲》：请为我唱一首出塞曲/用那遗忘了的古老言语/请用美丽的颤音轻轻呼唤/我心中的大好河山/那只有长城外才有的清香/谁说出塞歌的调子太悲凉/如果你不爱听/那是因为歌中没有你的渴望/而我们总是要一唱再唱/想着草原千里闪着金光/想着风沙呼啸过大漠/想着黄河岸啊阴山旁/英雄骑马壮/骑马荣归故乡……

29.

林泉今天以最真实最本色的自己面对艾光明：长发飘拂不羁，一袭黑裙，外罩米色风衣，胸前再随意搭条酒红绸巾。她要让他看见她的与众不同！

果然，她一出现在报社，不仅震住广告部平日稍具姿色便眼睛朝天的女子，个个心底悄悄压住一声惊叹；也完全慑住昨日中午还那么矫情作秀的艾光明，他即刻低下头，像霜打的茄子不敢逼视她。

但当她走到自己办公桌旁，从背包里拿出采访机、工作本，忽觉得有些不对，便将背包翻个底朝天，也没见棕色皮夹，惊呼钱包被偷，别的同事不是衷心宽慰，就是关心地问她要不要钱急用。只有艾光明，似终于找到她的软肋，来了精神，振奋地呵斥："260！"肺都要气炸的她，不好当众回击，只得沉下脸不语。不识相的他，竟质问："丧着脸干什么？"她仍不语，只在心里问："上辈子作了什么孽，今生遇上他这魔鬼！"

不论外表武装得多么铜墙铁壁、坚盔利甲，她的心，还是不由自主游向他!素来身上不多带钱的她，早上已出门，若不是担心一向拮据的他今天做东捉襟见肘，又怎会折回小屋多带几百?

何况，钱包里装的不仅仅是钱，还有身份证。

离开西苑前，她得弄清楚，前些天，她跟他说要搬到倪超雄那儿去时，他为什么说"彼此走得太近，如果将来……分……怕对不住你"这样的话。

希望他明明白白坦坦荡荡说出来，不要再含含糊糊遮遮掩掩。她没精力也没时间与人捉迷藏玩游戏。于是，提笔给他写第五封信。

艾光明：

我之所以又犹豫与倪超雄合住，一是搬过去不久，性情不定的你又会希望我搬回来，这样，短短几个月，我得第五次搬家，我实在害怕再折腾。二是到报社不久便希望与我合住的倪超雄，在终于等到我与她合住后，因你，我又突然离她而去，我实在开不了口，我不愿像一般女子"重色轻友"。三是在南方的我看来，特别漫长而寒冷的冬季，留下你一人在西苑，我于心不忍。四是上周与众同事午餐时，你说："我奇怪——我就愿独身，不愿结婚，不管家里人如何如何催……"坦白来讲，我举双手赞同，同时也嫉妒你的性别。因小学六年级时，我就不仅发誓，今后我不结婚! 还妄想变成男子。但，迫于世俗对大龄未婚女子各种稀奇古怪的猜疑、非议及卑鄙下流男人对单身女子的窥视、骚扰，还有年近七十的母亲无休止唠叨、担忧，我想，不多久我也会像一般女子不得不走进围城。

你为什么怕彼此走得太近? 一，怕我以此逼你：非娶我不可。这未免太好笑，何况，强扭的瓜不甜! 之所以愿与你走近一段时间，而不是长久，只想真心无悔地爱一回，不在乎结果。二，怕我成你的经济负担，我说过"只想分担你忧愁"，又怎么会增加你的负担？老实说，长这么大，我为钱发愁的日子不多，被人骗去的钱倒不少。三，怕报社领导、同事知你我非一般关系。我想，只要上班时彼此仍保持正常工作关系，或我比过去更出色的工作甚至离开报社，他们还能说什么？四，怕彼此走得太近，我影响你学习工作、朋友交往。我说过，你的理想就是我的理想，只望你早日实现，又怎么会拖你后腿？何况，我非寂寞空虚女子，也有一大堆书要看，许多东西要写。

但若是以下原因——我比你年龄大、我不够漂亮、我有过一次事实婚姻——我没法改变也不屑否认更无怨尤！只衷心祝你：邂逅一个比我年轻、漂亮、纯白像纸没任何情感经历的女孩。

对了，不管你愿不愿我搬，你都看看下面划了着重线的租房信息，既可同别的人合住也可找一个价格合适的一居独住。再送你几句话：在有条件过得好一些时，不必无谓苛刻自己！在不伤害别人的时候，也要学会善待自己！会工作的人，也会休息！

见此信，望慎重考虑，不要有一丝勉强。最迟明晚答复我。因房租11月26日到期，当初租住时，房东就再三叮嘱：若搬走，要提前一星期说。

祝一切好！

2001年11月18日

一写完，她便去艾光明住处。门开着，她礼貌叩几下，不见其人，却闻其声："请进！"好奇地上前探究，见他正如修行的禅者——闭目，手心向上搁在膝盖上盘腿在床上打坐！

她正想说什么，忽然，一种似故乡涧溪潺潺流动的水声从天而降，真是久违了！欣喜地循声望去，原来是电脑上播放的，便不禁打趣："真会享受！"他含糊地说句什么，继续盘腿打坐。她则接着看那本他摊在桌上未看完的有关佛陀的书。

过了一会儿，他跳下床，第一次拿起零食——大白兔奶糖给她（尽

133

管从小不爱吃糖，她也没好拒绝），严肃道："我这一段时间很忙。"

她的心"咯噔"一下，以为他在找借口慢慢疏远自己。可他紧接着说："你去看房子，1000元左右。"又像不是。

她抑制住内心欣喜，对他道："比1000元租金低的房子还有好多。"说着拿出信和刊登房屋出租信息的报纸给他，并嘱咐道："先看信，不要说得太早，以免后悔。你可以和别的人合住或独自住。"他问："为什么后悔？"她答："看了信再说！"

接着，他又要她一起看《孔子》。

她不假思索："昨晚没睡好，头昏脑涨！"

为了明天工作，他只得放她走。

30.

林泉没想到，自己那篇在例会上曾几次受到吕祖根好评，说是写得最机智最巧妙不给人以口实的新闻稿《权力在这里被滥用》，今天竟被他在电话中大为光火地训斥："太片面！A中学校长已煽动好几位老师拿着刊载这篇新闻稿的报纸来总社闹事，把总编围困在办公室出不来。女教师B还要以跳楼自杀相威胁！"她正想辩驳，吕祖根却让她叫艾光明接电话。不知他说了些什么，艾光明一直默默听着，未发一言。

从照排室排完版回来，她一进编辑部，见艾光明正跟陈国华说着什么。艾光明见她来了，忙打住，只问她正副校长、区教育局党办主任电话及A中学怎么走后，也未向她透露吕祖根对他说的一个字。直到他拨114查询通州区纪检电话，见她仍一脸困惑迷茫，才道："没什么事！不要担心，就说你不是撰写《权力在这里被滥用》新闻稿的记者，让他们找我好了！"

身为编辑部主任的他，在下属捅了马蜂窝，惹上大麻烦时，让其推卸责任脱清干系，自己站出来承担，固然令人钦佩，可她也未必如他想象中那般怯懦！

坚持新闻的真实性，忠于事实，不搞虚假报道，正是一个记者的职责。自干记者这行起，对于报道的事件得不到当事人理解支持，甚至打击报复，她早有心理准备。

她真正困惑迷茫的是，身为总编助理的吕祖根，为何变脸变得如此之快？仅因校长煽动好几位老师拿着刊载《权力在这里被滥用》新闻稿的报纸来总社闹事，把总编围困在办公室出不来，女教师B要以跳楼自杀相威胁？还是由于报刊市场的竞争越来越激烈，传统的发行渠道不再畅通无阻，他们害怕A中学甚至上级部门以此为由有意抵制、阻碍本报社所有报刊的出版发行？

想到这，她忽记起艾光明曾在编辑部大肆宣扬传颂的一件事——身为报社最高领导的社长，为报刊发行身先士卒，竟拿一叠宣传海报亲自去学校张贴。

别的同事听了不是深受感动，就是啧啧赞叹，只她觉得社长在其位，不谋其政！一个处在最高层的领导，面对报刊市场竞争越来越激烈，刊物的促销手段越来越多样，读者的消费期待越来越高，不高瞻远瞩洞见症结——教育类报刊欲生存，要么开源节流，等待时机，等市场回归理性，坚持以质量取胜；要么穷则思变，利用现有的资本条件和人力条件，加快改革步伐，迅速融入到市场化运作的氛围中，利用广告收入弥补发行收入不足——仅仅身先士卒张贴几张海报，岂能解决问题之根本！

而更可笑的是：她忠于事实报道的新闻稿《权力在这里被滥用》所激起的风波，终以执行主编柳敏慧亲自出马，去A中学正面采访报道女教师B《每天表扬一个学生》才平息。

下班路上，艾光明忽说："你只适合做二手，像柳敏慧上下左右都不得罪，圆滚滚谁都说她好……"他的这番定论，她虽不苟同，但也懒得辩解。

之后，他又说彼此不同："一个注重真实，一个偏于唯美。一个屠户砍下人的脑袋，我们都觉不美，受不了；但一个武艺高强的人弹指间，如东方不败用兰花指轻轻一弹就置人于死地，我会觉得很残忍，而你则欣赏东方不败的从容与优美。"她也没作任何辩解，只惊异：看片时，他也能置身片外，不忘探究揣测她，真是不轻松！而她，却傻乎乎地全情投入，浑然忘记身边的人及身边的人如何对她。

就像有次在编辑部，柳敏慧给大家出一道心理测试题："夏日炎炎，在沙漠行走很久，忽见一片绿洲，你会怎样？"全然忘了自己不会游泳的她，竟傻乎乎道："纵身一跃！"

丁字路口她与他道别，刚走到自己小屋前拿钥匙开门，呼机响了，原来是A中学江副校长呼她，不知又有什么事。她忙去附近小卖部回电话，才知道，江副校长怕她压力大，而她新闻稿《权力在这里被滥用》所报道的事件是经得起调查的，她说可以带她去找纪检说明情况，因为校长怂恿指使老师上总社闹事是违反纪律的。末了，还说艾光明特别有魄力！

艾光明特别有魄力这她是承认的，但魄力必用在刀刃上。像上次例会，不是什么非原则的事，他对孙为民忽大发雷霆，当时所有人都傻了眼，好一会，才被反应过来的柳敏慧拍桌大声呵斥住。

这之后，他恐怕再难让人敬服！

而看了她的第五封信，他并未明明白白坦坦荡荡答复她为什么怕彼此走得太近，只说："你别搬，与我同住。"

别搬，就近照顾他，可以。但，他不仅思想传统，还生活挑剔，与他同住，她是我行我素惯了又男子般大大咧咧，颇有顾虑。因有次忙着赶稿，不小心弄脏的书桌没来得及擦，他看见了，马上皱眉蹙额道："脏死了！"就像有句歌词说的：相爱容易，相处太难！再者，她是否会从吴荣曾经的玩偶又变成他现在的仆佣？只是角色转换，她依然没有自我……

这世间，没有不可能的事，只有想不到的事！但，不能为将来可能发生，也可能不发生的事，现在就退却，就裹足不前。最怕没经历就错误地决定。她真心祈愿上天赐予他们一份最美好的情缘——琴瑟和鸣，比翼双飞！

31.

林泉没想到，转瞬间问题就变成这样！此前的一切皆付之东流，被艾光明一下全盘否定。起因是，在她的小屋，夜半时分，她又犯了年少时就有的神经衰弱症，辗转反侧不能入眠。一旁的他，不仅不关心，还断定是两人在一起的缘故。难道今晚他们才第一次在一起？如此武断不算，还倒出内心一直隐而未说的大实话：与她同住一室，他怎么还好与"女友"联系？

真是晴天一霹雳！明明是他央求她不要搬走，明明是他忙于工作没有时间看房，她才不顾白天采访晚上赶稿的忙碌、疲累，独自找寻多家房屋中介公司，经反复比较，方选择一家坐落于黄金地段，看上去颇具实力的公司，交了几百元信息费，认认真真抄了几页房屋出租信息。他竟还在她与山东女友之间犹豫不决。

眼泪第一次当他面迸出来……她气极道："你这样出尔反尔！我偏要与你同住！哪怕一月两月，你也要依了我！"听她斩钉截铁的话，看她梨花带雨的脸，他讷讷地一字也说不出。

说到做到的她，工作稍闲便打房屋出租信息上的电话……怎奈，许多信息都是中介公司瞎编或找的托，一气打了十几个，不是占线打不通，便是说早已租出。

没辙，不轻易认输的她，只得跨上车，顶着刀割般的寒风，独自在西苑附近楼群，扫地毯般一层一层搜……最后，终于在燕园搜到一套一居的房子。

兴高采烈地带他来看，俨然主人一样指着房间格局、室内陈设热情讲解，他都表情淡漠地没一丝反应。看完出门，也不说什么，一任有些负气的她在前将车骑得飞快，他只不紧不慢在后尾随。

到了他的小屋，她问他怎么想，他说："不但远，而且贵。"她即刻反驳道："贵什么？！按季交也才几千。你就说租，还是不租！"他死人般不出声。气疯了的她，忽地一拍书桌，暴怒道："他妈的！我怎么就遇不上一个像样的男人！"

似当头棒喝惊醒，他才有气无力地说："我手头现在不宽裕，给去凤阳中学采访的孙为民借了几千。"她不假思索地说："全由我付好了！"他却婆婆妈妈道："林泉，你先不要冲动，冷静些。我这房子没到期，有的是时间慢慢找……"为保全他脸面或男人最后的自尊，她勉强妥协。

几天后，因她房租到期，新的住处又没定下，她只得先去他的小屋暂住。哪知，才住两晚，第三晚，在上铺正静静看一些采访资料的她，忽听平素不爱闲聊或不爱与她闲聊的他，用手机不知与谁聊着。

起初，她没在意。后来，当他用一种少有的亲昵语气逗对方："是不是今天逛街很高兴？"她才注意听起来，虽不很清楚，但仍能辨出是一个女子，好像挺开心地说："是啊！"他继续逗着："逛街有什么好？是不是既饱眼福又锻炼身体，一举两得？"女子笑道："就算是吧！"……

听他们如此对话，就似熟稔得不能再熟稔！她顿觉无地自容，也霎时明白，他与山东女友仍在联系。

她能说什么？说了又有什么意义？

过去，她那样毫不设防极其坦诚地对他，只因将他当一感情上没任何印迹的白纸。但她错了，他不仅是个有着许多感情印迹的人，还是个感情很不清不楚的人。为自尊，也为那女子不平，刚把自己杂七杂八东西费老劲安放好的她，不顾他力阻，当即收拾，只待天一亮就搬到上下班很不方便的远郊，与倪超雄同住。

可笑的是，多日后，在编辑部因注意听丁红给老公打电话，他才恍然大悟般自言自语："原来谁给谁打电话，从语气中是听得出来的啊！"

之前，他百思不得其解，她曾放言："你这样出尔反尔！我偏要与你同住！哪怕一月两月，你也要依了我！"为什么只住了三晚就搬走了，拦也拦不住！他原以为，只要自己不说，给山东女友打电话，就算她在一旁，她也断不知他打给谁。

一早，在艾光明的小屋，林泉望了望墙角连夜打包好的东西，趁艾光明不在，赶紧出门找出租车，好像不能再待一分钟。

刚走到胡同口，就碰到李校盛。他一直希望彼此住得近些，有空的时候，不但可以聊一聊，而且方便照顾她。不等她说什么，他极热心地带她去看一处他早看好并先搬了去的出租屋。

实际上，在艾光明第一次对她明确示爱前，他就带她看过一次出租屋：虽在二楼，高出平房许多，但因不是砖砌，好像是铁皮搭建的，冬冷夏热，她便没贸然答应。

这次看的出租屋是四合院结构，正面是住房，不仅有暖气，两边厢房还有独立洗手间、厨房。同院住的还有几位就读清华大学的青年才俊，一听陌生女子的声音，都出门好奇而友善地笑看她。

如果李校盛哪怕提前一天，赶在她无意中听到艾光明与山东女友的通话之前让她看这出租屋，她或许就搬过来了。偏偏是这时——她脆弱的神经大受刺激，心被艾光明伤透，再无余力给任何人一点热情，一点希望的时候！

听了羞赧又满怀期望的李校盛耐心、细致的介绍，她还是没什么强烈反应地说："等我回去想想！"实际上，她很清楚自己不会搬这儿来，永远都不会！如此敷衍，只是给他一个台阶下。她真的很为因敏感已明显露出一脸沮丧的他难过，也为那几位盼她搬来打破这四合院清一色男性沉闷的清华学子难过。

她不仅仅是一叶障目、一条道走到黑的人，还是——叶子落了、道路断了，都不知旁顾、回头的人。不可救药！

32.

12月7日，自下午两点，雪便飘飘洒洒地落下来。到下班时，地上已积了厚厚一层。从人大采访完出来，满眼黑压压的车顿时让林泉倒抽一口凉气，后来才知道不幸遭遇了新世纪最严重的大堵车。

因艾光明一阵狂拨她呼机，又是编辑部电话，不知是负责的版出了什么问题，还是上面派了什么火烧眉毛的采访任务，她从艾光明住处搬走，已N天不搭理他了，只得去编辑部一探究竟。

她在站牌边翘首盼望了好久，车都没来。艾光明还在狂呼，她不得不冒着越来越大的风雪，踉踉跄跄走了好几站地才走到编辑部。

一见她，没问这么大风雪怎么来的，也没说工作上有什么紧要事，他只说："没想到，一本医药杂志转发了我的'救救中医吧'的系列报道，竟给我1000多元稿费！"意外得不行，孩子般高兴地要请她好好吃一顿。

她不以为然："这有什么，你写了那么多才1000。《知音》还千字千元呢！"他似有些不高兴，皱了下眉，也没说什么。

为了不扫他的兴，她还是领他情收拾好桌面，准备和他去吃饭。他却变卦道："我今天应去一朋友白云家吃饭，她妹妹也来了。我还是明天与你联系吧。"

　　她真是气不打一处来！脸一下肃然冰冷地倒水不流，声音发颤，甚至泪落道："你这人性情怎么这么阴晴不定！什么都以你意志为转移，我……我明天有事！""好了，别生气，你一生气我就害怕，是我错了，好吗？"他忙走过来，双手作揖求饶。

　　真新鲜，平日动辄发火的他，竟然怕她生气。她倒真想知道自己生气时什么样。因有次不知何故，她大发雷霆，吴荣曾说："连你生气时都很好看！"起初，她以为他是息事宁人，可见他一本正经的样子，她又不知是真还是假了。

　　走出编辑部不远，艾光明与她谈起钟主任曾许诺，柳敏慧回来后，有另一份报让他负责，可是至今也没兑现。她直言："钟主任就一纯粹商人，两眼只盯着利益！"他忙对四周看看，即刻变色道："你小点声，要是谁路过……"不等他说完，她更大声地说："本来就是，难道我说瞎话？"他更怕了，却又拿她没办法，只得缄默。

　　出了小区，来到大街，因寒风肆虐，落雪成冰，根本没法走。"咱们打车？"他问，不等她说什么，又道："不！打车这几十元，都可供一贫困孩子读一年书了。"她仍不出一声，任他自说自话。她知道，自从爱上他，就再也不会有好日子过了，所以也从不期望他什么。

　　路面真滑，稍不小心就会结结实实摔一跟头。他在前面自顾自走着，她则在后面一步一步小心试探着走，如临深渊，如履薄冰！真想叫他等等，哪怕不拉她一把，只与她并肩同行，也不会这么孤单害怕！

　　可她很清楚，选择了他，就选择了承担！选择了勇敢！

　　甚至，终于走到车站，上了车，她也丝毫没有依赖他的意思。很自觉也很生分地，独自往个个生猛、剽悍、粗犷的男人中使劲挤，就像虽手无缚鸡之力，也要于他们这铜墙铁壁中，杀开一条血路……

　　这时，还在车门外的他，才隔着好长一串人，大声地、透着一丝焦虑与惊慌地喊："林泉——别进去了！"她很听话，不再向前挤。同时，心里又有一种说不出的感动。至少，他还是关心她的。

这一段时间，林泉想要远离艾光明，让他好好想想：他是否真的爱她？爱她多深？能否像电影《苏州河》中的马达寻找牡丹一样一直寻找她？

她真是累了！不仅自己说谎觉得累，听别人说谎更觉得累。因一个人无论他怎么会说谎，上帝都会在他意想不到的细枝末节处让他暴露无遗。

一个人对感情的尊重、坦诚，与出身贵贱与年龄大小与地位高下无关。

一夜梦醒，她忽然明白了：三毛最后为何步入绝境？因她跋山涉水万里迢迢来到年近八十岁的王洛宾身边，王洛宾仍每天出去赶场子拍5集纪录片《洛宾交响曲》，没时间陪她；又由于王洛宾顾虑重重不肯接纳她，便一直劝她，劝到有一天她终于发火，然后找了个借口收拾行李搬去宾馆住。最后终于不顾年迈双亲，弃绝红尘，去另外一个地方开始新的旅程……因在她心中，滚滚红尘只是一个很小的寄居地，无边无际的宇宙才是最大的住所。"踏遍红尘，何处是吾乡？"这是她最深最无奈的感慨！

33.

公交车上，想到第一次给艾光明写信至今，已几个月了，他仍不能在山东女友与她之间做出选择，林泉便心绪不佳。尽管倪超雄温和宽宥地笑望她，期待她像平日一样说些奇思妙想，她也不言一声。

记得倪超雄曾说："一个人喜不喜欢你，其实，一眼就可知道。他会不自觉地往你身边靠，找一些看起来毫无关系的话题和你聊，他甚至希望自己可以一直陪在你的身边。看起来很傻很笨，甚至还会支支吾吾说不出话来，脸看起来红红的，不敢看着你的眼睛，其实，这些都是喜欢一个人的表现。因喜欢一个人，就会害怕自己不够好，尽力想展现给对方最好的一面……"

回想自己与艾光明第一次见面（即她第一次去编辑部面试），身为招聘者的他，面试她时一副不能大大方方说话的窘迫样子，也许，这就是人们津津乐道却少有人幸遇，艾光明自己都不能相信也不肯承认的一见钟情吧！

神思恍惚中，林泉一任车上的人对她推来挤去。直到下车，一女孩说："你的包开了！"她将双肩背包放下一看，才知新买的钱夹连同几百元钱，又被小偷偷了。尽管幼稚的她在背包上加了把"只防君子，不防小人"的锁，拉链还是被什么东西挑开了。

其实，她隐隐觉得墨绿色、金丝绒面的眼镜盒也不见了，但她没勇气再看或心存侥幸，便一句不说地将背包背好，脸上尽量平静地前行。可是当她走到过街天桥，举步迈那一级一级似看不到尽头的台阶时，她特意将眼睛睁得大大的，不让眼泪落下，一滴泪还是根本不受控制地从眼角淌了出来……

一直静默的倪超雄终于忍不住道："还好，只几百元，下次注意点就是了。"素不把钱物看得很重的她，岂会为区区几百元泪落！真正让她泪落的是，艾光明对待感情的摇摆不定，对她，一直不能做一个爱或不爱的决断，而让她的心时时悬着、提着、吊着，未曾有过一丝一毫的轻松与快乐。想到这里，她心如刀绞。

可这能向同事倪超雄说吗？她只有隐忍着。

后来，从清华大学采访完出门，因时间已不早了，地点又偏，没什么灯光，几乎伸手不见五指，她才想起从背包里拿眼镜盒，可翻遍了背包也找不到。

没辙，她只得打电话给离这里最近的艾光明："因为你，我眼镜也丢了。我现在在清华大学最里面，什么都看不清楚，你快骑车来接我或借我一下眼镜。不然，我怎回去？"他竟说："我在'风入松'书店，很远。如果借给你眼镜，我怎么办？！"好一句"借给你眼镜，我怎么办"！还能再说什么？她只得盲人样一步一步摸索着走，费半天劲才走出清华西门。

回到住处，她还是不信地倒提背包，将所有东西一股脑儿倒在床上，一一清点，还是没找到。真是既滑稽又讽刺！滑稽的是：小偷不仅将钱偷了，还将她近视眼镜也偷了。讽刺的是：曾希望艾光明像他的名字一样带她走一条光明的路，如今，现实中真能给她光明的近视眼镜却不见了……

34.

冬夜，林泉去艾光明新搬的住处。进门方知，他第一次带她与友人共餐时的秦德超也在。这秦德超个子中等，温文尔雅，因酷爱自己的专业——语言文学，毕业后不愿去外交部当外交官，而选择继续深造。所以，那次晚餐，当他得知她来自湘西，还是土家族，甭提多兴奋，眼睛放着光道："你们土家族语言是否还保存完好？能不能给我说几句？"

由于祖父辈日常生活中还讲些土家族语言的老人健在的已不多，从小所受的语言教育又是汉语，所以，除略知土家族语言"阿巴"（音译）是奶奶，"帕普"（音译）是爷爷的称谓外，她根本没法说出一句完整的土家族语言。逢人就以自己是土家族人为骄傲为自豪的她，竟说不出一句完整的本民族语言，她还是个真正的土家族人吗？她当时便面有难色，窘得不知如何是好。还是对土家族语言不感冒，也一向自我的艾光明岔开话题，才将她从无以言说的窘境中解救出来。

她还未落座，不知什么急事，艾光明就出去了。秦德超忙反客为主，用暖壶的水给她沏了杯热热的茶，又拉把椅子到炉前让她坐下。他真是个心思细密的人。因艾光明这新租的屋没暖气，寒冬腊月若无热茶、暖炉根本待不住。

前段时间，因临时受命报道一位知名老师的葬礼，由于一路只记着赶时间，生怕错过最重要的一幕，在跟着人群自觉排队进灵堂前，她却忘了一个非常重要的细节：将头上的红帽子、颈上的红围巾取下。

秦德超从人群中竟一眼发现了她，便离队走到她面前，什么也没说，只表情温和双手轻轻地替她取下红帽子、红围巾，接过来忙塞进采访包的她，虽什么也没说，但对他不好意思又感激地一笑，算是说了一切。若换作是艾光明，定当众反剪着手狠狠训斥她一顿不可！

小屋里除了窗前一张书桌，中间一条过道，靠墙一张床，再无余地，只剩她与秦德超围炉而坐。因距离近，又第一次单独与她相对，他不免有些局促。她倒自然得很，一点没觉艾光明在与不在有什么不同，只泛泛地与他说些不痛不痒的话。

秦德超忽对她认真道："一位台湾教授曾说，真正的爱情，是将爱情当作真理来追求的！"

才第三次见面，又非亲非故更非恋人的他，为什么突然说这样的话？她不知，也没问。只是，他这话，并没让她疑惑：艾光明对她的感情是不是真正的爱情——即当作真理来追求？反而使她顿悟：一直不乏追求者的自己为何独对艾光明动心动情？

真理往往象征或代表光明。如古希腊神话中象征光明和真理的太阳神阿波罗，又名福波斯(Phoebus)，意思是"光明"或"光辉灿烂"。阿波罗是光明之神，他从不说谎，光明磊落，所以他也被称为真理之神。赫尔岑曾言："因为真理是灿烂的，只要有一个罅隙，就能照亮整个田野。"而巴金则说："为着追求光和热，人宁愿舍弃自己的生命。生命是可爱的。但寒冷的、寂寞的生，却不如轰轰烈烈的死。"

"真正的爱情，是将爱情当作真理来追求的！"她觉得那位台湾教授说得真好，正切中她的要害，一语道明她对艾光明感情的所有困惑。也真的好后悔那晚拒绝艾光明罕有的邀约：一起去北京语言学院听这位台湾教授的讲座。

不久，艾光明回来。李德超走后，她忽郑重道："如果，我视为红尘中最后一丝光明的你，也捉弄、欺骗我，我只有两条路：一，弃绝红尘去青城山当道姑；二，完全随俗变一堕落女子。"

他听后，竟一脸不解，不明白她为什么忽然这样说。

35.

晚上6点，编辑部同事都走了，林泉才拿起电话拨远在武汉的艾光明手机，直截了当问："你那张孔子墓前拍的照片在哪？"他没接话茬，只语气冷漠、生硬地敷衍几句便挂了。听上去，不仅彼此身距1000多公里，心距也1000多公里。她一时蒙了，再一次无从适应他情绪太快的转换。

何况，这是他们多次分别唯一的一个电话，别说应有的情侣间亲密、热切的话，就是普通朋友的客套、寒暄都没有。若说，因不是他对外公开的女友，又因身为女性，在传统观点影响下，她不得不保留些距离、矜持，尚能理解。可他语气的骤然冷漠、生硬及对话的敷衍，又是因为什么？11月他在自己负责的头版推出两篇有关武汉某家民办学校倒闭内幕的报道，在教育界引起巨大震动。许多新闻单位纷纷来电来函要求采访此事，他决定对民办学校倒闭一事追踪报道，便只身前往武汉深入调查。为核实相关情况，他多次与民办学校工作专班联系采访，均被婉拒。莫不是因为这个原因？

下周二就是元旦，柳执行主编发话："元旦这期报，《文化茶坊》版可刊登大家性情文字、青春靓照。"因他一人远在外地，既没文字也没照片；更因上次他在孔子墓前拍的照片，配发他撰写的文章《孔子的人生智慧》，终审时被总编撤了下来，他拿着这照片，完全忘了周遭同事，自言自语："这么帅的小伙子，竟然不让上！"若不是他当时一脸怅然，她才不会这样自讨没趣问他要照片呢！

为增加他对自己的认识、了解，在给《文化茶坊》版编辑稿子时，她没拿最新或最好的文章，而是拿了一篇写于几年前的旧文《我·列车·秋雨》：

高山，是你。愿意永远固守一地，执意小小却真实不再有飘零失落的空间。

流水，是我。为了呼应更辽阔的海洋的呼唤，流动是唯一的宿命。

大江南北走遍，夕阳西风中最惦念的是曾为"吉他王子"的你，黑吉他束之高阁，是疏懒，还是再无知音？

你怎会知道，多少次我梦回家乡芦苇岸，月光碎银闪烁的夜，你边弹边唱《同桌的你》："谁娶了多愁善感的你，谁看了你写的日记……"

你怎会知道，独在异乡为异客的我，多少客店不眠的雨夜，几欲提笔给你诉说偷偷抹泪的孤寂，却又害怕惊扰了你。

你怎会想到，我虽仍牢记当年的约定，但又知三生三世也不能再实现，尽管是在一袋烟工夫就走完的小城，我们也如生死相隔！

你怎会想到，我虽仍熟诵当年"彼此要不曾启口地爱恋一生一世"的誓词，但每当花好月圆时，那誓言又绞痛了我的心。

我仍是一个不告而别的人，毁了你少年多情又辜负了你一生相知的人。当那女子毅然挣脱另一人的情枷爱锁走入你的屋檐，你的少年空城便归还给了我。

离开故乡的那夜，我是空了的人。漓漓秋雨，三两声鸟鸣，更添秋夜凄静，仿佛我与列车、秋雨都是亘古的醒者，靠了站，又离了站。

如果，子夜想歌，能有什么比叹息更能畅怀？如果，子夜想醉，能题记引用简媜的话："的确，隐隐有一种存在，远远超过爱情所能掩盖的现实，如果不是基于对永恒生命衷心寻觅而结缔的爱，它不比一粒微尘骄傲。"她希望他一看便懂。

谁知，后来确实看了的他，却认真问："简媜说的是什么意思？"北大毕业，又口口声声安贫乐道之人，竟然不懂？她真是很意外！便认真打量他：真不明白，还是装不明白？

可皱眉蹙额的他，确实一脸困惑。阅历不多？慧根少？还是……不得而知。总之，她也只笑笑，没说什么。她知道：任何道理，自己未经历，未参透，哪怕旁人说得再多、再清，也枉然。

36.

过几天就新年了，新的一年，新的开始！

林泉决定买一件火红的上衣迎接新生——30岁的到来。因30岁之后，她是她自己的女儿：不再无谓消耗时间、精力，已积累一定人生经验与经济基础，会体贴呵护自己如初生婴儿。只不过这婴儿——一生下来，就具足智慧！

别人一生活一次，她则活两次，30年前一次，30年后如道教"反胎"，再活一次。因一般的人，尤其女性，30岁后大都结婚生子，经过岁月打磨、众人同化，早已忘记原来的我，只将一切希望、梦想寄托于子女。

她不！

人生相同的是生死，不同的是过程！为了这不同，不管经历什么，她都无所畏惧。正像离开小城前她给叶希声的诗《拒绝平庸》：生而为人——万物之灵/不能没活过就死去/从古至今巍然屹立的事业才是我们顶天立地的支点/若终其一生未以一种禀赋一种技能立足社会/再甜美的爱情天长也会腐烂发霉/再富足的物质日久也因精神虚空而贫穷/那年少便信奉平平淡淡者不过燕雀怯懦的借口/尽管生命的过程注定——由激越到安详由绚烂到平淡/但，没有展翅感知——天空的广大云雾的自由山川的壮丽平原的辽阔/没有盘旋历经——风刀的刈割霜剑的相逼雪粒的猛击雨鞭的抽打/又有什么理由什么资格说平平淡淡才是真。

所以，一想到即将30岁，她的心便有一种抑制不住的欣喜，就像一个一直贪恋沿路风景，爱嬉戏的孩子，终于看够、玩够，而认真学习。她甚至想跑到一个无人的旷野，大声呼喊："我终于长大，终于可以做与我年龄相称的事了！"

这欣喜是不能传达给别人的，他们循规蹈矩的思想不仅不理解，还觉得你矫情：明明恐慌青春小鸟一去不回来，却偏偏装出高兴的样子。又何必自讨没趣！不如独享……

关于人的年龄究竟怎样算？她与倪超雄各执一词。在倪超雄家乡，人的年龄，是出生年龄再虚加一岁，因未出生便在娘肚子里待了10个月。而她家乡，就按出生年龄算，并一定以农历出生那天为准。大概与湘西对一个人的生辰八字看得非常重要有关，不论婚丧嫁娶还是风水算命都要求准确无误，错一时辰都不行。

可倪超雄还是坚持29不到的自己已30，远未满30的她已31。她很讨厌这种说法，倒不是将彼此又增大一岁，而是不喜欢她这心态，未老便说老！

那真老——却不服老的人怎么办？如曹操53岁抒发老当益壮、积极进取的豪壮之情，"……老骥伏枥，志在千里；烈士暮年，壮心不已"，不该称道，反要谴责吗？

2001年的最后一天，当人们忙着聚会，忙着狂欢时，独自在编辑部的林泉却忙着写稿。写完之后，又一遍一遍力求完美地修改……可毫不矫情地说，有生以来，她第一次感到工作着是美丽的、快乐的！虽然工作的报社薪酬不高，办公条件也不好，但只要有一块既可倡导人文精神又能表达自己思想观点的阵地，足矣！

相比之前，她工作态度发生了很大转变，可能与采访北大杜教授有关，那次采访偶然知道了西蒙娜·薇依——一位出身富裕之家，受过良好教育，在智力、精神上出类拔萃，却为信仰抛弃一切"腾达"机会，甘愿过一种俭朴、利他、受苦、自食其力生活的女子。

因采访杜教授前既没精心策划，也没好好准备，只从北大新闻网看到"法国思想家、解构主义大师德里达在理科楼117室作演讲，哲学系杜教授作翻译"这条消息时，忽萌生采访她的念头。

第一次打电话，杜教授说没时间；第二次打电话，杜教授仍说没时间；第三次打电话，杜教授正急着去外地出差；第四次、第五次……记不清第几次了，杜教授才答应。见到杜教授时，她仍是那句在电话中重复了很多次的话："我有什么好采访的？"

之后的采访，确实，杜教授谈自己很少，谈法国作家、哲学家、政治学学者、基督教思想家薇依却很多。听杜教授声情并茂讲述薇依时，她内心真有种前所未有的震动。原以为只能在虚构的小说或戏剧中看到的那种虽出生于钟鸣鼎食之家但怜贫恤苦之人的美德，在薇依身上竟得到了最真实的彰显。

一个出身富裕之家，又受过良好教育，还容貌秀美的女子，不只表面的怜贫恤苦，而是身体力行地将自己放至真正受苦人——工人、农民的位置，与他们一起劳动，忍受艰辛……这要何等的勇气和毅力！

少有人处富贵却放得下，少有知识分子不恃才傲物，更少有女子不恃美而骄，可这些，薇依都做到了。久久注视《期待上帝》一书的封面——薇依仰望星空天使一样圣洁、安详、幽远的目光，让人真有种将生命都消融于此的愿望。

过去，她一直不愿吃苦，一是觉得自己既然有条件不吃苦，干吗自找苦吃；二是在熟人面前，得保持住原有的一切（包括生活水准），否则没有脸面。但，现在听杜教授讲述薇依后，她很难还保持之前的状况。因有了薇依这个榜样，那么任何人的不解、讥嘲她都能找出根据来。

37.

今天周五例会，林泉才知艾光明已出差回来。颇让她反感的是，他既已回来，为什么也不告诉她一声？而让她一直白白提着心、吊着胆。她倒要看看一向性情不定的他，能扛多久。

晚十点，自觉回来好几天，也不打声招呼有点说不过去，他还是呼了她。但当她回电话，他却又冷冰冰的语气，还说一大堆很忙的理由……好像他突然变得日理万机，与她多说一句话的时间都没有，更别说见一面。

她当烦了鸡肋，干脆不等他说什么，静下来给他写了第六封信：

我宁愿你冷酷到底，让我只伤心一次，不要伤心永远。我宁愿你绝情到底，让我死心塌地彻底放弃你。我不得不承认爱一个人太累，我还是愿如大多数聪明女子，接受一个爱我的人告别单身！有多少爱可以重来？有多少人愿意等待？当爱历经沧海桑田，是否还有勇气爱？（顶头用红笔写）

不论语言，还是文字，都难以表达我胸中郁积太多的块垒。尤其在对我一知半解甚至误解的你面前，我常常处于失语状态。

多年来，没有人知道我走了一条什么路。一条特立独行，放弃世俗轨道，要花更多时间、更多精力为自己领航，且不再有回头可能的路。

至于我究竟是怎样的人，我没时间或没必要详述。只想说一说西蒙娜·薇依。她出生于巴黎文化教养很高的中产阶级富裕家庭，并受到良好的教育，她从小学、中学到巴黎高师，始终成绩优异。在哲学、历史、政治、艺术、文学各方面都具有独特的天赋和悟性。

她很早就预感到人最重要的东西是精神，即认识与爱。她在柏拉图的书中看到了对社会道德与抚慰宗教的怀疑。因而她要通过读书认识宗教与社会规律，追求真理。特别是在她经历过与工厂工人一起做工的艰辛之后，她从心里感受到自己就是受苦人之中的一个，基督教就是受苦人的宗教。

虽然她一直拒绝受洗，拒绝参与宗教圣事，置身于教会、基督教团体之外，但她从对基督教精神的最深刻的领会与理解出发而生的对上帝、基督、天主教信仰的深切之爱，并带着这种爱在漂泊生活中甘愿受苦、殉难的精神，与工人、农民一起劳动，忍受艰辛，参加二战法国抵抗纳粹活动以致最后因坚持与平民们同甘共苦拒绝照顾而饥饿、劳累病死于伦敦郊区的疗养院……

这一切证明：她是一位真正意义上的基督徒，以自己的生命和思想践行基督信仰。

不知从上述我所景仰的薇依来看，你是否稍明白我是个什么样的人？明白后，你才能理解一直不缺少爱、缺少关怀的我，为什么只对你动心动情。其实，你既无潘安之貌、石崇之富，也无纳兰性德之情……只因第二次例会你念《编辑部寄语》最后几句，如五四青年为唤醒民众，演说般挥舞拳头，慷慨陈词："'立足教育现实，心系国运民生，倡导人文精神，关注社会发展'，是我们的理念！更是我们努力的方向！"点燃了隐藏于我内心多年、自己都不知或遗忘了的火种，让我这个被柳莎莎称为"五四青年"的人，真像回到铁肩担道义、敢为天下先，无数青年为革命抛头颅、洒热血的"五四"革命年代……

在十八女子一朵花的年龄，别的女孩都紧跟潮流，烫娇俏妩媚卷发，穿桃红柳绿衣裙，唯我，一年四季飘拂不羁直发、黑衣黑裙，遗世独立般穿过缤纷人潮……因那时心境就如一首不知谁写的词："笑十八春秋，空负少年头，对铜驼巷陌，吟情渺渺，心事悠悠。酒冷诗残梦断，南国正清秋，把剑凄然望，无处招归舟……"

对人与人之间的爱，尤其男女之爱，我虽不像薇依所言"'他人'成为消费品，当'他人'不再有用时，当他不可食用时，他就被抛弃，我们像食人者一般爱人"，让人感到有一股骨骸味，但年少时，我就知道，我们人是不能被当作追求对象的。诚如薇依在《伦敦论文集》中所言："……对我个人来说，生命归根结底除却对真理的期待之外，从没有任何其他意义。"

也许，你并非执着真理的人，但还是允许我先自说自话——其实，真理才是我们共同的爱人，才是将我们联系在一起，并使我们之间距离日渐缩小，直至最后融为一体的爱人！你我则是追求真理的路上，漫漫风雨中彼此鞭策、激励共同成长成就的伴侣。

直观些，可用一个手绘的金字塔表示：塔尖是巍然屹立的真理，塔底一端是你，另一端是我。愈往上，你我之间愈短的连线，则是彼此的距离。而这距离，当你我都上到最高处，与真理会合时，也就不再存在！

唯此，才可解释萨特与波伏娃历经半个世纪（其间也发生过许多逸事新闻），最后仍站在一起并葬在一起的情缘。茫茫人海芸芸众生中，只有他们的思想点结合得最紧密最贴切。在可无限延伸、扩展的思想面前，苍白的情欲、空洞的美色又算得了什么？！

思想——才是人类最壮丽最足以骄傲的花朵！

以上，是我一厢情愿的设想。至于你怎么看我，又怎要求我，我一无所知。这是你一贯沉默并小心翼翼回避的，也是我一直不愿主动探听问询的。因我与当年的叶希声一样，相信"命中有时终须有，命中无时莫强求"！

今夜寒风呼啸，一声紧似一声敲打门窗，所有人都安睡，唯我的灵魂清醒，无处逃逸，必须正视你不动声色甚至刻意冷漠的情，让我无地自容更无自尊！

而我向来又视自尊如生命。故，再不及早提出分手，给自己留一点点尊严，真怕过了容忍的极限而出现过激行为。

当然，这过激行为不至像你责编的头版头条新闻《鲜血留给我们的思考》——因分手而杀人终致自杀。你那似价值连城，总藏着掖着不肯露一丝半缕的爱情织锦，不但让我找得好苦，而且每一次找时，都排斥不了一种羞耻感。我已失去耐心！

故，恳请你大发慈悲高抬贵手，及早放我一马。相信彼此仍是很好的同事、朋友。真的，如果你对我并无多少情意又能尽快放弃我，我实在实在太感谢！最怕将我当"鸡肋"，食之无味，弃之可惜地耗……我实在没时间也不愿在儿女情长上耗。薇依34岁便离开人世！而至今一事无成的我，不知能否活到稍有成就的那一天！

不管怎样，都衷心感谢：在我精神最困顿之时，你让我负责《才俊》版，而使我每次出去采访，都像一个游走江湖的侠客，去拜访一位位高人，让他们面授机宜！

1月6日凌晨

38.

一桌的菜，几乎未动。艾光明与林泉，面对面坐着，彼此的目光都逃避着，不敢触及对方。谁也不敢启口，说出那既伤害自己又伤害对方的话！

良久，因为女性的自尊，她还是抢先一步，把早准备好的第六封信递给他。

蓦然看见顶头个个鲜红如血的字，他来不及掩藏，便露出心被针扎、被刀割的表情。沉默了一会，终于开口："这次，一个人在外地采访，我冷静地想了想，我们的确太相似……"好像预感到他就要说出自己最害怕的话，她便低头抢道："相似，不好吗？"他很认真地望着她："没有。可以做很好的——朋友啊！"接着，似背地里已演习无数遍，此刻终说了出来，如释重负般举起杯道："为友谊长存干杯！"

自他嘴里进出"朋友"二字，她的心就开始紧缩，尔后，便如冰寒山巅玉一样温润光洁无瑕的雪莲花，一瓣，一瓣，向万丈深渊慢慢——慢慢坠落，坠落之后又似银瓶乍破，在空谷久久——久久回荡……

但她还是从容举杯，与他碰了下。尽管举杯的手，像截木头般没任何知觉；脸上的笑，也分不清由衷，还是勉强。

多少个日日夜夜啊，她的心，就一直被他提着、吊着，处于波兰女诗人《别问我》所描述的情境之中——

别问我现在波兰是什么时间，

我不知道。

波兰的时间是不同的，

是没准的，

是黑暗的时间，

因为电断了。黑暗中，你看不清楚谁在身边。

是锤子和铁砧之间的时间。

是希望和绝望之间的时间。

是疲乏和紧张之间的时间……

现在，突然被他一句"可以做很好的朋友啊"，就轻松了结了。尽管这在意料之中，但，从意料之中真转成现实的那一刹，仍像晴天霹雳，震得她从头到脚冰凉，只有像木偶呆呆发怔的份。

四周不是杯盘碰撞声，就是笑语喧哗的声音。只有他们这张位于大厅正中的餐桌，既没杯盘声，也没笑语声。不知还要这样沉默多久，他大概受不了了，对她喃喃道："我们，走吧……"我们——还有我们吗？她双眸直直望着一个虚无的地方，看都不看他一眼道："你先走吧，我再坐会……"

这时节，最不愿彼此勉强结伴出门，尔后，各自东西。尤其是让他看她独自离去那孤孤单单一无所依的背影。因她一直固执地认为：伤痛，从来只给最懂最疼自己的人看！

望了望她木然的没一丝表情的脸，他动了动嘴，想说什么，又未出口，黯然神伤地起身，走了……

突然，她就想起洁尘那篇有感于李碧华《印度菜》的短文《相忘于江湖》：

最怕就是夜宴这种事情，人生经得起几回这样的提醒？它说，变卦了，没什么道理，就是变卦了。也没什么道理，就想起了夜奔的林冲来，江湖落魄，英雄末路，那种没根没底空落落的狼狈，可以发生在月黑风高的野猪林，也可以发生在吃饱了肚子后眼睛与霓虹灯对视的香港街头……

很久，很久，她都坐在那张桌前，不能动弹。好像一动弹，全身的血肉就要崩塌，浑身的骨头就要散架。因那颗护了29年的心，一刹全碎了……

之后，不记得怎么出了餐厅，又怎么上了车，总之，一被淹没在笑语喧哗的人群之中，她的泪，就似决堤的水——"哗"一下，湿了满脸……

真想立马找到——那年元旦，因她默允了吴荣的追求，而言行失常的张青松，在文学院附近的东北菜馆叫了几箱啤酒，她一边给张青松说现在的心情，一边与他抱瓶对饮。并且，喝完一瓶，就往地上一掼，直喝得东倒西歪，一地玻璃碴……

不同的是，他因她心伤，她因艾心伤。

一回住处，她就将这一段时间的委屈、郁闷一股脑儿全倒给倪超雄，并说自己如何如何不在乎男友穷困窘迫、理想至上，心甘情愿与他患难与共、风雨同舟……

倪超雄不仅不安慰、支持她一句，还毫不留情地说："林泉，你清楚自己是个什么人吗？你是那种拿张纸都给人感觉拿不起，要费半天劲的人。男人一见你，就会心生保护你的欲望。为什么要跟自己的命过不去？找个经济条件好的男人爱你、宠你，过着不为生计发愁的优雅生活，有什么不好？"

听惯了别人赞美的她，第一次听人这样说，不免有些吃惊有些迷惘，但也只一瞬。

晚上10点，艾光明终于来了电话。她避开倪超雄，去阳台上接。满心期待认真看了信的他，终明白她是个怎样的人，又怎样爱上他，会郑重道："对彼此的情感，我再考虑考虑……"未料，他却道："你的信，我看了。虽然你比山东女友优秀，但与你在一起，我没安全感。与山东女友在一起，我则心里踏实。我们都是这样大的人了，我不想再有什么变故。我只想做点事，我是个理想主义者，不愿面对衣食住行。如今，我才终于明白刘珊与我分手时，为什么说与我在一起没有安全感的话了……"

突然听到这些做梦都没梦到的话，其真正的含意都未明白，她怎会马上给之相应的回击或辩解。可又不能没一点反应，她便半玩笑半认真地说："那么，我想崇高一把，都没机会了啰？"

他沉默……

过去是他让刘珊没安全感，现在则是她让他没安全感，所以，今后他一定要找个能给自己安全感的妻子。

而他理想中的妻子，应是甘愿为家庭付出，持家有道，家务事样样行；又温柔体贴，不计较，懂得包容和谅解丈夫；还听话，易掌控，丈夫说往东，不会往西……

她只得道声："再见！"

原以为他在情感上不会勉强自己，没想，终也未能免俗。尽管他曾多次慨叹柳敏慧怎么扛不住母亲一遍遍现实的劝说，勉强嫁给比她自己逊色得多的吕祖根；曾多次讥笑路一鸣可悲，不敢爱自己所爱，如今还在梦中泪湿枕巾，与妻同床异梦；曾多次一脸困惑、不解地质问：两个没什么感情的人，如何朝夕相处？

许许多多精彩动人的故事，还未进展到令人向往的情节，就在现实面前乖乖落幕……

39.

凌晨两点，林泉辗转反侧无法入眠，回想艾光明的话，不明白他何出此言。

自从邂逅他，她脑中、眼里、心底除了他，再无别的异性。并因为他，创造了许多第一：第一次因异性去住平房；第一次给异性主动写信；第一次与异性交往，"丁克"不是首要条件……

去年中秋节后，从外地出差一回京，他就急呼她，并在新疆餐馆共进晚餐时，忽拿出两个在超市特意买的那种小巧月饼，郑重给她一个，道："为我们的团团圆圆干杯！"说着便用手中月饼与她月饼碰杯般认认真真碰一下。但此刻中秋节都过完了，他才来为他们的团团圆圆干杯，他可知，在小屋，她一个人是如何平平常常、冷冷清清就把这"十九年一遇"的双节过了？自9月29日离开，他从未联系过她一次。他这番时过境迁的举动未免迂腐可笑，她并不认真，只当玩儿或敷衍地与他碰了下。

去年12月初，他一搬到新住处，就急急邀她去看看。原本她是不想去的。可他一再说是"一耽学堂"创始人逄飞曾住过的地方！

一进屋，她还未落座，他便小心又有些忐忑地问："春节期间，你可不可以去我们老家一趟？"他虽未明说，她心里已有几分明白。曾向往三毛笔下撒哈拉沙漠的她，只知他家在西部，可有没有沙漠也不管，便答非所问地说："那里有沙漠吗？有沙漠我就去！"

他当然心生不快，想斥责她，但望着她那头一扬，脖子一梗，不肯多看他一眼的样子，便忍了忍，没说出来。

她，则胜利般得意地笑了……

那天加班太晚没公交车，又因身体不适而搭路一鸣车回去。其实，由于他一直未公开彼此感情，她又怕别人误会自己对他的感情；还有，他向来怕麻烦、情绪无常，即便说搭他的车，他也未必答应。她才有意不搭他的车。

尽管他曾不止一次说"路一鸣老在我面前说'林泉文笔真的很好'"，她也麻木得没一点反应，就像他在说一个与她毫不相干的人。

而路一鸣主动要求与她一起采访的那期稿，因排版和文字处理问题两人产生分歧。平日温文尔雅的她，在工作上，若自己是对的，则寸步不让，两人便在编辑部你一言，我一语争执起来……

当时，排完版的艾光明正好撞见（奇怪，别说他大小是个领导，仅凭他为人一向热心，也该劝阻），他却充耳未闻般任他俩争得面红耳赤。

自此，路一鸣便很少与她说话。她呢，本来就与他很少说话。

有次下了班，同事都走了，编辑部只剩艾光明与她。他忽半玩笑半认真地说："为什么会有那么多人都喜欢你？连与你同性的倪超雄也不例外！"她只当他说着玩，一边假装得意，一边并不严肃笑道："是呀，我也不知道！"

话是这么说，实际上，对她产生好感的异性虽多，但除了他，她根本无心搭理。别人不说，就说他朋友——老实巴交的曾浩，因采访他恩师，彼此见过。之后，他来编辑部补送恩师相关资料，定完稿，与她一同走出报社时，忽问："在北京一个人？"她本想答："不，还有艾光明。"可艾光明从未公开承认过，她怎好自说？只得答："一个人。"

　　不久，他便托艾光明转交给她一本用厚纸严严实实包好的书。但，自送书之日起，她没给曾浩打过一个电话，没说过一声"谢谢"，更别说回赠什么了！

　　即便现租住的三居室中另一合租者——清华大学毕业、计算机公司工作、湖南老乡李某，曾几次借故到她门口搭话（有次竟蹩脚说，他一人在房间睡，晚上好像听到了狼叫，挺害怕），她也懒得搭理。一是她心房只有容纳艾光明的空间；二是这李某，个虽不高，人也不壮，但眼活心活擅用世俗眼光、标准衡量一切的样子，她本能排斥！

　　至于她偶尔与男同事多说些话，无非也因他不在乎她。

　　而他，常常与别的女子，尤其照排室女子言语过分甚至动手动脚，一旁的她，即便心生不快，是否又说过他一次？

　　到底如何才能证明她对他的一心一意？算上夭折的二姐，在家里女孩中排行第三的她，难道也要像《红楼梦》中的尤三姐，一听贾琏要同柳湘莲出去，连忙摘下剑来，将一股雌锋隐在肘后，出来便说："你们也不必出去再议，还你的定礼！"一面泪如雨下，左手将剑并鞘送与湘莲，右手回肘，只往项上一横：揉碎桃花红满地，玉山倾倒再难扶……

40.

　　一早醒来，艾光明看了她的信后说没有安全感的话，再次萦绕在林

160

泉心头。除昨晚她想到的，会不会还有以下原因：

从那晚陪她看房、租房的经历，他推断：她是个不节俭的人。不然，有次为何认真问她："你为什么不像我妈那样，每个月都存些钱？"她在大新厂工作多年，虽不省吃俭用工资也存了好几万，她很少为钱发愁，当时尽管纳闷，也没放在心上，更没解释一下。

还有他生日那天，她因房租涨至700，而试用期满月薪也不过1500的她，就觉得一人住既不合算，也没必要，所以决定搬到倪超雄那儿去。听说她要搬家，他不仅回头看一眼她，还一脸惊异。她也没解释一下……

怕报社领导、同事知道他们关系不一般，她早说要离开，却一直未离开。因随着负责《才俊》版日久，采访有意思的人日渐增多，她越来越希望能将大师、名士采访个遍。俗话说："听君一席话，胜读十年书！"加上既当记者又当编辑很少时间看书，她该好好利用这个机会学习，故拖延了下来。

其实，很早前她就问过他：希望伴侣有才华，还是普通女子？他斩钉截铁：当然是有才华的！谁喜欢傻姑娘？！

可现在为什么又说和她在一起没安全感？是叶公好龙？还是他的思想还停留在封建社会？像某杂志《女子无才便是德？》所言："这是封建社会的遗毒！那时候是不提倡让女人读书的，当然更不主张你有小聪明，越傻越贤惠。万一讲到女人要'知书达礼'，那不过是对不漂亮女人的最低要求。历史上的漂亮女人聪明的不少，王昭君、卓文君、李清照，有几个不是命运悲惨的？这得把账算在男人身上，男人害怕女人觉悟，一觉悟他们就不好驾驭了，他们的男人的'魅力'无处着落了……"

她决定不再自个儿漫无边际地胡思乱想，干脆打电话直截了当问他：到底因什么，他与她在一起没安全感？

因爱，不怕问、不怕等，最怕自己无意铸成的错。

可，爱他真累！好比现在：她想打电话，同一屋檐又同一办公室的倪超雄在电话机旁磨磨蹭蹭，把她急得不知如何是好。而不明就里的倪超雄还自作多情地说："我留下来陪你，不去同学那儿了。"她简直要疯了，甚至觉得她就是那种没事便喜欢偷窥或探听别人隐私的人。她为什么还不走呢？等她走的每一分每一秒都变成火上炙烤……最后，她只得用各种不耐烦的肢体语言将她支走。

终于，电话拨过去，他手机竟关机，这是少有的事。虽说是周日，可以睡个懒觉，但已10点多了，何况他不是睡懒觉的人。是预料她会打电话过来，故意关机，还是？她急于知道原因，更担心他出什么意外，忙出门坐车去他住处一探究竟。

到了他的住处，他却不在，门紧锁得一丝缝都没有。

一步一步从公交车站走来的她，又一步一步向公交车站走去，精神恍惚，心一直隐隐作痛……如果她的心痛能传达给他，哪怕是撕裂的痛，她也愿意。就像谁说过："爱，是一种神圣的东西，若深入人内心，就会将它撕裂，人心被创造出来就是供撕裂，而不是被神圣的爱。因为神圣的爱只撕裂自愿被撕裂的心，这种自愿是困难的。"

但，她是自愿的！

晚十点，再打他手机，还是关机。今夜，她如何才能安睡？

看书、写稿都不行，完全失控的思绪在脑子里不停纷飞……

翌日，倪超雄照常醒来，忽觉她有些不对，忙起身走到她床前蹲下，疼惜地抚摸她似一夜间就尖了许多的下巴，关切道："亲爱的，你怎么了？"

她这一问不打紧，林泉即刻泪如泉涌，失声恸哭……

她一边轻拍她，一边哄孩子样柔声道："别哭啊，别哭，听话……"

很久，她才止住，小声而严肃地说："我说出来，你不要告诉任何人。我想让你帮我去劝劝男友！"　倪超雄认真发了誓后，有些不解地说："关键是我不认识他啊，而且初次见面，就说……"

她定睛看着倪超雄，不知她是真不知还是装不知她与艾光明之间的情感。

半晌，倪超雄仍一脸迷茫……她才无可奈何地慢声道："他——是——艾——光——明！"

"啊？！"一脸惊叹号的倪超雄，不仅杏眼圆睁，薄薄的嘴唇也几乎圆成一个O字。过了好一阵，才道："怎么会是他？！一点看不出来！"

林泉买了一大堆东西去看电话中说头痛的艾光明。一进门，他劈头盖脑说："林泉，你别再折腾我了！"傻眼的她，不明白自己怎折腾他了。他又愤愤道："别人都认为孙大午是傻子……"孙大午是个农民企业家，仅初中毕业，1985年创立大午农牧集团有限公司，以1000只鸡与50头猪起家，在1996年6月获颁河北省养鸡状元荣誉后，1998年又跨界大胆兴办教育，成立大午中学。确实与艾光明持同一观点的林泉，本想说些宽慰的话，但因他没头没脑的话坏了心情，便对他毫不留情地说："在别人眼里，你也是傻子，只有我理解你！"

哪知，他竟马上高昂着头，双目斜睨，一脸挑衅、鄙薄，语气极不耐烦极傲慢地说："我不要你理解！"

说得多好！真真冷酷、绝情到底！！

本打算借此次登门看他，当面问清到底为什么与她在一起他会觉得没安全感，之后再向他释明一切误会，现在，还有什么必要问必要说？不是她不想问、不想说，而是，他根本就不给她这机会！

163

过了一会儿，他便借口有事下了逐客令，面薄的她，岂肯赖着不走？彼此无言地出门，走到岔路口，将各奔东西，他也没与她道一声别。

41.

林泉与艾光明之间的感情不能继续，真像泰山所说，"起初就没严肃对待，而以游戏的态度开始"？还是如倪超雄对她所言，"这就是命运给你的启示啊！你若仍执迷于艾光明的感情，那么你就像今晚搭错车，不断不断错下去……不是不能到达目的地，而是到达时，你已疲惫不堪，终于说'我坐错车了'"？

由于今天工作量大，她与倪超雄忙到七点多才从编辑部出来，然后坐公交车到北航站下时，已八点。因归心似箭，一见有"386"三个阿拉伯数字的车，他们就冲上了。

本来，林泉凭直觉觉得这车与平日386路车有些不同，她要下车，倪超雄却道："就坐这趟车吧，我知道在哪下车。别担心，跟着我没错！"未料，这车风驰电掣，一路咆哮，不久便上了高速……

感觉不对的林泉，疑惑地看看倪超雄，她才不好意思地说："还是接着坐吧，我犯了一个错误，一走神，坐过了站。"实际上，这车一站都未停就偏离了原来路线，又怎么有"坐过了站"之说？

因她们上的是一辆区间车。所谓区间车，就是只运行整条线路中的部分路段，不是每站都停，以加快车辆周转，减轻线路运力紧张。但她没说什么，继续戴着耳机听音乐。

车开了很长时间，才下高速。在高速路出来第一站，她们下了车。因路边小摊苹果卖得便宜，倪超雄便挑起苹果来。她不好意思也要买时，她制止了。等买了5斤苹果再去站台，一辆已停了会儿的386路车就要开了，她们赶紧追上并拍打已关上的车门，可司机理都不理便开走了。

她没有怨言，还将一只耳塞放进倪超雄的耳朵，一起聆听动感很强的音乐，甚至跟着节拍一起摇摆……

又一辆386路车来了，她们坐车在健翔桥站下，等转乘开往龙华园的407路车。在这气温低至零下十几度的一月下旬，她们在肆虐的北风"呜呜"呼啸中等了很久，直等得牙齿打战、浑身筛糠。一直英雄着的倪超雄终于扛不住向她取暖，头靠在她肩上，双手搂着她道："好冷！我今天穿得太少。"她淡淡一笑，仍沉浸在音乐中，不说什么。

终于来了辆407，但令人气愤的是，司机明明看见站牌旁的她们，也不停，就绝尘而去……莫可奈何，她们只得再等，怀着希望。半小时多，又来了辆407。可人非常非常多，能挤上去就不错了，更别指望有座儿。还好，没坐几站，面前坐着的人下车了，她们推让着这唯一的座儿。大概倪超雄自觉理亏，坚决不坐。她呢，因足蹬高跟鞋实在支撑不住，便不客气了。

原以为就这样顺利到达她们的"家"，未料，在离"家"还有好几站地的时候，车突然熄火了。司机便号令所有人下去推，她们只好也下去。随着几个男子自发地喊："一二三、一二三、一二三……"众人使出吃奶的劲，才将车推了很远，但，仍没打上火。

她们只得随一些眼尖的人赶往刚开过来停在近旁的一辆407。可走近一瞧，特别气人的是，这车虽空着，门却偏偏不开，孤坐在上面的司机也不解释为什么？而离"家"十几里地，又是大风天，步行回去似不太可能。她们只得又走回熄火的车上坐着，因外面实在太冷。

半晌，又来了辆407，她们赶紧下车跑过去上了那辆407。可司机仍是不开动，非让所有人下车，将熄了火的407推至打上火为止。快11点，这辆407才开动，幸好有座（因有些人又回到原来那辆已打上火的407），让疲惫不堪的她们暂时歇歇。

她不由感慨："就因一开始上错一辆车，便一步一步错下来。就像下棋一步走错，满盘皆输啊！"接着又道："这——真是我有生以来最倒霉的一次坐车！"倪超雄却叹道："这就是命运给你的启示啊！你若仍执迷于艾光明的感情，那么你就像今晚搭错车，不断不断错下去……不是不能到达目的地，而是到达时，你已疲惫不堪，终于说'我坐错车了！'"

她笑笑，不置可否。不知她真这样看她与艾光明的感情，还是一时面薄嘴硬，不肯承认自己的错。

回到"家"，她原想校的稿、想写的文章都只好放弃。洗漱完，就已12点了。

42.

从昨晚赶稿至今天凌晨3点，没怎么合眼，因今天要坐班不得不早起的林泉头昏沉沉的，好像动一下就要掉下来。现在还只每周二、四、六坐班，又是一人吃饱全家不饿的单身，倘若每天朝九晚五，又与艾光明这种直言"不愿面对衣食住行"的男子组成家庭，再有个小萱女儿样的孩子（从出生到一百天，黑白颠倒，白天酣睡，晚上哭闹，找不到原因，只有通过抱、拍、边走边哄勉强使其入睡），不但将传统女性洗衣做饭带孩子等责任义不容辞包揽，而且把本属传统男性养家糊口的义务也毫不犹豫承担，她是否还有时间精力用于自己的志趣——读书、写作？

比如有次在艾光明的小屋，她本已打电话给他，说会做好饭菜等他回来吃，忽想起周五聚餐的时候，他说："两个人，有时一起做做饭菜，也挺有意思！"不知他说的是真还是假，索性等他回来验证验证。

哪知，回来一见她并没做好饭菜，他便脸有愠色语气不快地扔下一句"你怎么还没做饭"，便径自坐到书桌前看他的书去了，全然没与她一起"做做饭菜"的意思。好像做饭菜这件事与他毫不相关，只是她的天职与本分。

她竭力压住心头不悦，准备用一些远兜远转的话把他先引过来，然后使之不知不觉与她一起承担。于是她伸出自己那双人见人赞的手，对他道："你过来，我问你，男人是不是都喜欢女人的手——玉指如葱？"他很实诚地点点头。少顷，她又不露声色道："那么，她们在做家务时，总免不了沾染脏水碰触油污，她们原本吹弹即破的手便慢慢粗糙老化。"见他仍很实诚地点点头，她才道："那么，你现在就去洗菜，等会儿我来炒。"他愣了一下，方知此前她所说的一切用意，脸马上一沉，不悦地说："既然这么麻烦，干脆去外面吃算了！"

她没有任何异议。既然他都不肯为她让一步，凭什么她要让他？

做饭菜虽是鸡毛蒜皮的小事，但鸡毛蒜皮就是现实生活！如果这方面合不来，就算大事上再默契，也没办法过日子。记得洪晃说过："再革命的夫妻，也会因谁该下碗热汤面的争执而分手！"

她曾以为，同艾光明缔结婚姻，他的理想主义，及对理想的执着，不仅会感染她、鞭策她，还会成就她，其实她大错特错了——在两性并不平等的社会，婚姻的现实又是每天开门"柴米油盐酱醋茶"，将罕有理解支持女性实现自我的蓝颜知己！

他曾坦言，之所以喜欢她：一是她说要当道姑；二是他那么穷，她还喜欢他，并跟他一起住平房区；三，则是她在书桌上写日记、看书很可爱……有次她半玩笑半认真问："如果从朋友视角来看，你是否会觉得将来天天只围着锅台、孩子、丈夫转的我可惜？"不知为什么，表情异常严肃无一丝笑容的他，竟毅然决然回避这个问题。

既然她与他都做不到为对方放下一切，只愿在自己理想的蓝天自由翱翔……她应接受的就是这个现实，而非一定要弄明白"他与她在一起为什么没安全感"。

因此，那天情急之下，恳请倪超雄出面劝他回心转意的事，她即刻打电话叮嘱："别说了！"倪超雄说："我正要给他打手机。"实际上，她和他已约了时间，只是还没来得及说。艾光明后来问她："倪超雄要跟我说什么？"她骤然明白：倪超雄没说实话。她急中生智道："我怎么知道她要对你说什么？"他若知道倪超雄要跟他说的是什么，同一办公室的三人，因这事，会有多尴尬！她也没脸再待下去了。

林泉背门坐在床上正写日记，悄悄进来的倪超雄从身后突然亲昵地抱住她。她先是吓一跳，随即脸板得倒水不流。倪超雄很是愕然。她不好直说：她喜欢同性间精神上的亲密，但不习惯甚至厌恶肉体上的亲密。

她虽是男子性格，大大咧咧，心里没那么多曲曲弯弯，但性心理还是异性恋。可她怎好对倪超雄直说？也许，她只是像个调皮鬼要吓她一下，或与别的同性友人亲昵惯了，便谎称道："我有个不好的习惯，写东西时，极讨厌别人在旁边，即便这人大字不识，我都心里别扭。因思维不能完全自由展开，达不到虚空澄静文思泉涌的境界。"

倪超雄什么也没说便悻悻出门了！

写完日记，因是周日，又没什么重要事，她竟用彩色卡通图案的信纸给艾光明写起第七封信来。

光明：

其实，从一开始我就该明白，你我本质上都是"生命诚可贵，爱情价更高，若为理想故，二者皆可抛"的人，只会有精神心灵相同契合的爱情，而不会有锅碗瓢盆柴米油盐酱醋茶的婚姻。

我也不想再追问你与我在一起，为什么没安全感。你我都是同一种材料制成的，常常在一旁看你，就似看我自己。正像有人慨叹："其实，爱人就是你的一面镜子，他会让你更加清楚地看见自己！"

常言道："一山不容二虎！"那么，婚姻的这座山也难容"二虎"。我们只能是无话不谈的朋友，却不能成为现实婚姻中的夫妻。你我都没错，错的是造物主不该老眼昏花地将一颗比男子还刚烈的心，安于我这比一般女子更柔弱的身体。我真的很爱你，用空前也绝后的热情与耐心！

但，我终于还是在一时不自知中被自己打败。因我无法做到完全失去自我地爱你，除非你用利刃剖开我的胸，将我"怦怦"跳动的心——鲜血淋漓地拿走！

去年11月11日晚，刚刚对彼此的感情走向稍感明晰稍有信心的我，再次陷入茫然。不免祈望命运之神：让我的缜密思维能助你在事业上克服障碍顺利发展，你的深谋远虑能助我将才智用于实处从而实现我的梦想。我们的爱会变成强大的动力，推动我们前进。

曾有人说：一个人，有其才就必须有其用才之处，方抵岁月漫长！深以为然！我也可坦率告诉你：之所以，我与吴荣的情缘已彻底断绝，正因他处心积虑不让我的才华有可用之处，而使我像一朵落下枝头的花那样枯萎……

有空，你可认真看看我摘抄的简嫃代表作《四月裂帛》，但愿你能真正读懂并与我同样喜欢！

43.

林泉还没来得及把第七封信交给艾光明，他就呼她了。回电话时，他说："晚上我与你见面好好谈谈。"她没拒绝，还抢先道："你不要背太重的心理包袱，我非常赞同你的决定，并且要感谢你，因为我对自己了解不够。"

下班后，他们来到第一次吃饭的地方，新疆餐馆。点菜时，他问她吃不吃鸡块。她说："无所谓。"见他犹豫不决，她便说："今天我请你。"他才小孩般神采飞扬放心大胆地要了这菜。

看他四平八稳神定气闲后，她才羞涩低头不敢正视他地嗫嚅道："我们，还会是很好的朋友吗？"正如简媜《四月裂帛》中所言：基于对永恒生命衷心寻觅而结缡的爱，成就一种无名的名分，住在无法建筑的居室，她不要求他成为她的眷属如同她厌烦成为任何人的局部，他不必放弃什么即能获得她的灌注，她亦有难言的顽固却能被他呵护，他们积极相聚也品尝不得不的舍离，遂把所能拥有的辰光化成分分秒秒的惊叹！

不知他心领神会没有？他点了点头道："会。"接着，也低头嗫嚅道："今晚不回去好吗？"她颇意外地说："我今天很累，想早点回去休息。"他那张有些期待的脸，马上黯下去。

为打破这尴尬，她切入正题："你不是要与我好好谈谈吗？"他没有情绪，或有意拖延："等一会儿再说。"她不好再说什么。吃完饭，他没带她去别处转转，而是径直回了住处。

在住处，他再次问她："今晚不回去好吗？"她迟疑了一会儿，提出一个条件："那你——答应——不碰我"。他笑而不语，打开电炉后，又打开电脑道："先暖和一下，看看碟。"她不置可否，挎在肩上的大包与头上的帽子、脖上的围巾都不摘下，一副随时准备离开的样子。

突然，他说："春节前——"这三个字将她的心提起。（去年，他曾小心又有些忐忑地问她："春节期间，你可不可以去我们老家一趟？"）不过，马上又有种摔落原地的怅然……因为接下来他平静自如说的是："你什么时候回去？"

一时间，她不明白自己到底要什么。要他内心最真实的声音，还是怕伤害她的虚伪哄骗？她意兴阑珊地说："2月初吧……"当她还沉浸在他上一问的感伤与冥想中，他又突然问："你怎么一下想通了呢？"

她支吾着，一时不知如何作答。何况，三言两语也说不清。

原以为他会因她一下想通而惆怅，可他丝毫没有，并紧接着用过来人的口吻道："你，还是找个经济条件好的人吧！"她听得心更凉了，便冷冷道："你不用替我担心！也许本来我就不适合婚姻。"他动了动嘴，想说什么，终未说。

半晌，坐电脑前的他忽向她走来，温柔地捧起她的脸，在唇上轻轻一吻。这是彼此情深缘浅的最后一吻，她没有躲闪。

他坐回电脑前，处理了一会儿文件，便又走过来，不容她多想就急促地捧起她的脸，在唇上深吻一下。接着，把她头上的帽子、脖上的围巾、挎在肩上的大包一一取下来道："难怪累，这么挎着！"不待她回答，就坐在她身旁，用双臂将她紧紧拥住，一边在她耳边使劲厮磨，一边溺水般求助："我要憋坏了！"说着，不容她反抗，就将她大半个身子扳转过来，再次深吻起来……

忽然，他停下来，说要出去办件事。后来才知他所办之"事"，乃买安全套。在那种情形之下，他还记得这"事"，可见头脑之清醒、处事之冷静。

而身为女性，她却没这么清醒、冷静：一，潜意识里极少将自己当一个女性来看；二，初中虽有生理卫生课却没老师上，没这方面常识；三，思想极封建的母亲、早早出嫁的姐姐也从未跟她谈及过性；四，平日阅读中，也从未或不知涉猎有关性知识的书。

有次亲密接触后，他忽自得而狡黠笑道："你不采取措施，是不是想怀上我的孩子？好……不过，我不会忘记。"她非常震惊！一是要不要孩子是两个人的意愿，她怎能单方面决定？二是一贯思想前卫的她，怎会用这种古老甚至下三烂的手段对一个男人？三是耍手段、斗心眼只能是目的，不是爱！爱，必建立在发自内心喜悦与情不自禁的基础之上。他这话，就算玩笑，也是对她极大的侮辱。因此，她马上脸有愠色地呵斥："你怎么这样想？！"他才自知理亏低头不语。

从外面回来，情绪已冷却的他，说看看碟吧。其实，一直想听他到底要与自己谈些什么的她，并不想看碟，尤其很无厘头的港片。但见他那么兴味十足，又不忍提出异议了，只得硬起头皮陪他看周星驰的《少林足球》。他一边笑得前俯后仰，一边大声道："这是什么呀？荒唐可笑透顶！""既然荒唐可笑透顶！为什么还要看？"她认真问。他却正色道："太累！"

曾有人说："人若先将自己明白透了，世上一切物理人情，无不迎刃而解。若对自己还不了然，纵能读古今的书，观遍天下的事，也不过是模模糊糊，得不着实在。世界就如同一本大书，自己就是全书的提要。"

一个人为什么这样，而不是那样？是否应从最初的他（她）追根溯源……比如倪超雄，为什么每天早上一醒就有生存危机感，立马电脑编程般输入一天所应做的事。然后，像上足发条的钟表不停奔忙：走路如急行军，说话像打机关枪，打字似录入员，还经常一边头肩夹着话筒与人说事，一边手里继续忙活，两不耽误……

倪超雄出生前算命先生曾断言是男孩，但，真呱呱落地时却是家里第四个女孩。可以想象，这对已生三个女孩不堪周遭讥嘲又生性要强的母亲来说，打击有多大！母亲狠着心三天三夜不给奶吃。不忍心的父亲便喂她米汤。

感冒了，母亲不仅不管，还将她放在寒冷的屋外，自欺欺人希望她自生自灭。结果，第二天一早母亲揭开小棉被一看：小小的她，竟会对母亲讨好地一笑。这一笑，即刻融化了母亲心中的冰，将她又抱回屋内留下。

不过，也只是让她活着而已，并不特别照顾。每次吃饭，都是好吃的给只比她小一岁的弟弟，不好吃的才轮着她。比如，弟弟可吃大块大块的鸡肉，她则只能吃疙疙瘩瘩的鸡皮。刚够桌子高的年纪，母亲就让她洗衣、做饭、扫地……做许多力所能及的事，为九口之家分忧。

而林泉的父母对她很是溺爱。记得前年春节回家，偶然听舅妈说到她小时候，一大家子吃饭，她饭碗上的菜已堆得老高，已不能再放了，她还不许哥哥姐姐动筷。

她非常吃惊也非常不好意思，不相信如今温文尔雅的自己，竟有这等事，是不是平素爱说笑的舅妈随口胡编？便向一旁的父母求证，起初他们只一脸慈爱地笑，再问，才道："是真的！"

还有，每次吃鸡肉时，她都会把鸡皮扒个精光，想都不想就扔到父亲碗里。父亲不仅不恼，还笑着道："你真是王家地主的幺女哟，吃鸡肉不吃鸡皮！"实际上，不止鸡皮，凡是她挟了又不想吃的菜，都往父亲碗里扔，父亲从无怨言。直至去年她还这样，哥实在看不下去，说了她一句，她才明白这行为多可耻！再也不扔。

或许就因这溺爱，使得20多岁的她还与3岁侄儿争宠。一天，母亲从菜市场回来，像平常一样将背篓往客厅一放，从里面取出玉米、高粱、小米等打的糍粑，向她和侄儿一一说着、展示着。她不以为然。一来司空见惯；二来糍粑对她没什么吸引力，偶尔吃吃还可以，何况还那么多她从小就不吃的杂粮糍粑。但从未见过糍粑的侄儿却不一样。看到这么多圆圆扁扁的东西，以为什么玩具，便兴奋地直嚷："都是我的，都是我的，都是我的！"好有成就感的母亲，眉眼笑弯了腰地说："好！好！都是你的！都是你的！"第一次听母亲这话这语气，不是对她，而是对侄儿，忽觉得自己不再是母亲眼中最重要的人了！想到这，就一句不说，怅然走到外面阳台站着。

不知站了多久，下班回来的哥从母亲口中了解了些情况，便抱着侄儿走到她身旁，笑着教侄儿："你说，大大（土家族'姑姑'的意思），你不要哭了，那些粑粑我不要了，都给你！"可能侄儿从没见过一个大人也会哭鼻子流"猫尿"，惶然又不解地看了她半晌，才奶声奶气地："大大，你不要哭了，那些粑粑我不要了，都给你！"

实际上，她真正怅然的是自己从"中心滑落到了边缘"，而非那么看重吃的，连3岁小孩都不让。她不好意思再站下去，收泪，马上离开阳台。

至于家务，别说洗衣做饭，就是洗洗碗筷，母亲都不让，说她怎洗得干净，一直衣来伸手饭来张口。所以，每次艾光明见她做一些动手无需动脑的事不及别的女子干脆麻利，脸马上就会露出不耐烦的情绪。有次，竟愤愤道："你的生活，随时都得有个佣人伺候着！"

44.

今天例会，艾光明让杨勇谈谈目前本报所面临的危机。未料，他不仅没谦让，还声音提高道："今天，我要特意说说一个版的事，就是——《才俊》版，太严肃、太死板！不轻松、不活泼。应像娱乐报以大肆炒作、爆猛料的热闹好看来吸引大众眼球，甚至引起争议……"

林泉不明白，既然他一味追求经济效益，让客观真实的新闻向"煽情主义"的市场转换，让新闻与娱乐的界限日益模糊，内容低俗化，报纸"小报化"，当初他为什么选择《教育信息》这种专业类报刊？

所谓专业类报刊是相对于新闻类报刊而言的，登载的内容相对具有专业性，读者群相对固定。专业类报刊新闻报道的范围一般限在本行业、本专业，所以，专业类报刊的新闻性比新闻类报刊要略差一些。但是，对于本行业、本专业所涉及的科学、文化知识，报道就要详尽，具有专业性，以体现报纸的特色。因此，像他们这种教育类专业报刊，应大力传播教育改革与发展的方针政策，推广先进人物和典型经验，贴近一线，不断提升报道的亲和力、吸引力和感染力；站在时代前列与中国教育改革同行，坚守责任与良知，正确引导社会舆论。而非杨勇所言："应像娱乐报以大肆炒作、爆猛料的热闹好看来吸引大众眼球，甚至引起争议……"

其实，他这批评与建议早不新鲜，已属老生常谈。上次例会，与他一样或更甚，以营利为目的的钟主任，对《才俊》版也进行过一次毫不留情的恶评，甚至臭骂。

当时，她的人物稿《让心飞翔》、新闻稿《权力在这里被滥用》遭人批驳、质疑时，曾经力挺她的柳敏慧和艾光明沉默，今天，他们依然沉默，任她一人孤立无援地承受一个只追求经济效益的报纸商业主义者不顾事实对她的《才俊》版肆意恶评，没有一个人站出来为她说一句公道或辩驳的话。

会散，其他人都走后，心里不爽的她便特意留下来认真问一个身为执行主编、一个身为编辑部主任的他们："《才俊》版到底该怎么做？钟主任、杨勇为什么老是不满意？"性格迥异的他们，此时，意见却保持高度一致："甭听他们的，仍按原来风格做！"

真是站着说话不腰疼！换成他们，几次例会都被利益派轮番臭骂、恶评，他们什么感受？怎么想？他们一味坚持自己的思想与主张，却从不替一次次顶着上面炸雷的下属考虑，而是装聋作哑。总有一天她会让他们懊悔的。

有一家杂志社的专辑部负责人从《教育信息》报《才俊》版看了她写的人物访谈后，很是欣赏。在恳请她去某中学现场指导一位刚从大学毕业的实习记者如何采访后，还当众承诺：她若肯从《教育信息》报跳槽到他们专辑部，不但工资增加，而且可给她正式编制，结束今天这家报纸临时聘请，明天那家杂志临时任用的北漂生涯……

这对任何一个外地户口，又辞去老家正式工作，还无高学历的人来说，都是莫大福音！可她也只礼貌笑笑，不置一词。去年艾光明生日临近，不想由于彼此住得近也走得近，她说："走时才给你第四封信。"大惊失色的艾光明曾立马急问："去哪？不是说好好干嘛！你要离开我们报社？"她不忍就此离开，想认真征求一下他的意见。结果，不知真视名利若浮云，还是于公于私都觉不爽的他，却很不屑地说："这有什么？！"好像她把这也当件事来说，怎不脸红！她便断了念想。

之后，这家杂志专辑部广告负责人向姐在全程陪她采访一家私立名校时，又和蔼可亲笑道："你多大？真希望你能做我侄儿——就是上次你现场指导人物访谈的向辉的女友。"她很意外，窘了一会儿，立马直言："不可能！我比他大好几岁。"

表面上看，是钟主任、杨勇对她的《才俊》版极度不满。实际上，则是报纸商业主义者与报纸专业主义者各执己见两派阵营的暗中交锋，只是还未捅破那层窗户纸罢了。因商业主义者追求的是经济效益，它的对象是"受众"，也就是消费者。而专业主义者追求的是公共效益，它的对象是"公众"，即有公共意识的人。他们之间是两种相互冲突的理念，难以调和。所以，处在夹缝中左右为难的她，在成了柳敏慧、艾光明传声筒的同时，也就不可避免地变为钟主任、杨勇的出气筒。

山雨欲来风满楼……

如倪超雄所言，她把《才俊》版当事业来做，全身心投入，不怕苦不怕累更不计报酬。《才俊》版虽获同仁、读者、受访者的认可，唯利是图的经营者、广告部负责人却不仅不认可，还不止一次地恶评、臭骂。

是可忍，孰不可忍！等不及春节后，她突然踏进钟主任的办公室，什么开场白都没有，直接严肃地质问："你到底想怎样做《才俊》版？最好在编辑部当着大家的面，尤其柳敏慧、艾光明的面说清楚！别让我夹在中间受气，还左也不是，右也不是，不知到底听谁的！"

不知是被她形神异于平日强大的气场所震住，还是被她根本忘了他是顶头上司，而毫不留情地质问、申诉窘住，总之，手足无措乱了方寸什么都没顾上说的钟主任，只剩唯唯诺诺点头的份。

当她决绝地头也不回像一阵风消失在门口，清醒过来的钟主任便决定：还是不在面上直接打击柳敏慧、艾光明用他的《教育信息》宣扬倡导什么人文精神教育理想，仍与他们打太极，和稀泥……

45.

春节逼近，电视、广播、网络甚至编辑部同事都开始热议：春运"一票难求"……

有同事终于放了心，松口气道："已买到硬座！"北京距湘西1790公里，列车要运行几十小时，以前往返北京和湘西都买硬卧票的林泉，随口道："我去买硬卧。"

未料，不远处的艾光明嘴角竟冷冷地带着嘲讽地笑了下，前面的柳敏慧也特意回头深看了她一眼，大概以为声色不露的她，在北京一定有很硬的关系或认识什么很有钱的大款，不然，大多数人一张硬座票都难买到的情况下，她怎么如此有信心有把握买到硬卧票？

其实，她是真没有过春运客流最高峰时"一票难求"的经历：一是在文学院进修，因不是正规院校，元月初就放了寒假；二是在北京工作，她第一次赶上春节前回家。

下午，她与倪超雄去报社附近的售票点买票，方知这时节，哪还有硬卧！早被人抢购一空。莫可奈何，她只得退而求其次地说："那你帮我买张靠窗的硬座吧。"没表情的售票员接了钱后，什么也不说，就扔了张票出来，心里骂骂咧咧："能买到就不错了，还要什么靠窗的，哪那么多废话！"

回报社路上，憋了很久的倪超雄终忍不住问："你为什么要对售票员说——买张靠窗的座位呢？"觉得毋庸置疑的她，反而奇怪地问："你不这样？我一直这样。因为靠窗可看外面的风景啊！""唉，我怎么从来就没这样想过！"倪超雄感叹着，心里更喜欢眼前这个思维方式与自己大不同的女子。

下班后，编辑部同事都走了。因后天第一次春节前回家，又第一次坐硬座，一想到各媒体报道的无论是铁路还是公路，农民工返乡的情景都蔚为壮观——她心里就打鼓，担心手无缚鸡之力的自己，混在大多数凭苦力吃饭，背着大包小包，不管多远、多挤，一定要回家过年的农民工中，上不了车。

平日，坐火车她就有个毛病，即便没什么行李，她也怕上车时上不了车，下车时又下不了车。因火车到站停留的时间一般只那么几分钟，且到点就开，并不因某人未上或未下，就等一下。何况，春运那么多人归心似箭……

因此，出门或远行，一向不喜别离场景，宁愿独自面对的她，第一次好希望上火车那天能有个人送，并在关键时刻推她一把，好让她顺利上车。找谁呢？其实，早有人自告奋勇，比如泰山、倪超雄，甚至辗转知道她电话的张青松，但都不中意。

思来想去，她拨了艾光明的手机。因他一向工作至上又对她冷酷无情，她没问："2月4日，你送不送我上火车？"而是先问："2月4日你有没有事？"他干脆地说："没事！"她仍不直言，平静地说："我2月4日走。"不等她再说什么，他便抢道："我送你去！"他如此爽快干脆，好像不符合他一向行事或对她的风格，她有些迟疑地问："不会误了你别的事？"他不仅没因她的提醒而犹豫起来，反而生出一股豪情，义正词严诘问："这有什么？送你——难道不应该？！"

的确，送她很应该！只是，这如买彩票中五百万大奖的概率使她觉得：本来很应该的事情变得很不应该起来。

昨日好好陪了倪超雄一天，今早与她告别后，林泉说要去一个亲戚家走动。实际上，是去见艾光明。尽管那天情急之下已向倪超雄坦言自己与艾光明的感情，她还是不愿告之全部实情。以前，怕她像一般人认为的，她与艾光明，不是因为感情，而是别有所图；现在，则怕她觉得她太没血性！明明因彼此都沉溺于思想，艾说过"不能成夫妻"，为什么还要与他来往？

　　其实，她谎也撒得太不高明！因这之前，她从未向倪超雄说过北京有亲戚。哪怕说去看看文学院同学或以前同事，也使人更相信些。可见，她天生就不会撒谎，或恋爱中的女人智商真等于零。

　　这不，又非第一次见艾光明，她竟一连坐错好几趟车。

　　终于到了艾光明住处，在她离京前最后一天，他未以隆重的仪式欢迎她，也未马上抛开一切专心陪她，而是继续看碟——日本动画片《聪明的一休》。如果说因工作太累，他看很无厘头的港片，她尚能理解。但，为什么要看她小时候就看过的《聪明的一休》？是从未看过，还是重温童年时光？不得而知。

　　尽管没心情看这种小孩子才看的动画片，她还是耐着性子陪他。时间一分一秒过去……由于长时间盯着电脑显示屏，戴隐形眼镜的她，眼睛因缺少水分，早如揉进沙子般难受，也强忍着，一字不说。

　　终于，一集完了，他才退碟关机道："咱们先去海淀图书城逛逛。"在图书城一家老字号书店，他左看右看，端详好半晌，才将所爱的齐白石画册买下。而她，在一普通书店看到本曾国藩的《冰鉴》，比较喜欢准备买时，却被他劝住，说有时间去好书店看看再买。

　　出了书店，路过一家西餐厅，他问："累不累？去里面吃点东西，坐一坐再走。"想起彼此走近不久，他曾认真对她道："以前，我与刘珊经常光顾西餐厅。但，现在不了。"她既惊喜于他有所改变，又确实累，欲说好，可一想他那么拮据，还要资助贫困生，便说："不累！"

过了一会儿，他又带她去逛国林风书店。结果，逛了半晌，她一眼相中的书《武则天破天规的九九加一法则》，不仅是最后一本，还很脏，根本没法要。正遗憾，他却为她找了一本人民出版社的《武则天》。未想到的是，在他为朋友挑了两本书，走到出口要付款时，忽说："林泉，来，你手上那本书算我送给你。"她几乎本能地说："我自己付！"可话一出口，又想：既然以后彼此不能成为伴侣，只能做朋友，那他今天送自己一本书留个念想也是很好的。何况，他原承诺买一套西蒙·波伏娃的书给她，也一直未兑现，便不再坚持。

但他却犹豫起来，尽管已等得不耐烦的收银员奇怪道："你们，不是一块儿的吗？"他也不出声。场面顿时好尴尬，为他，也为自己找个台阶下，她忙道："好吧，等会儿，我请你吃饭！"他才付了款。

之后，在新疆风味餐馆，她确实花了比他购书多得多的钱买了单。快吃完时，因还未给他第七封信，便以现代许多新男性新女性的祖师爷——首创契约式婚姻的萨特和西蒙·波伏娃为例，几近恳求般喃喃道："今后，你我像萨特与波伏娃那样可以吗？"

其实，这一念头，非心血来潮，也非情势所迫。早在几年前，某文化报创刊，一位相熟的女编辑向她约稿《结婚证可以"签约"吗？》，她就直抒胸臆：

首先，我能接受也勇于实践，但又认为不能太绝对，要有弹性，也应像目前劳务市场，经双向选择签订"聘用制合同"。这样，一对生活三年或五年的恩爱夫妇便可续签婚约，而，不必上演一出新的"孔雀东南飞"！

至于，几年中通过朝夕相处或遭遇重大困苦，看清对方脾气之卑劣，人格之鄙陋时，当然也不必再有"嫁鸡随鸡，嫁狗随狗，嫁给石头抱着走"的认命，或"不怕色狼，不怕暴君，只怕无赖"的无奈。因婚约期限一到，只要一方不愿续签，法律即可宣布婚约无效。

因这种签约婚姻制：一，更符合人之本性——喜新厌旧（尽管很多人道貌岸然，心口不一，冠冕堂皇否定这个普遍存在的事实）。当然这里的"新"必须强调说明，不是朝秦暮楚非得换一伴侣，而是能在原有的伴侣身上不断发现新的认同感觉，这样，势必激励每一个人不断完善自我，永远保持向前的姿势。二，更能接近爱情。常言所说，婚姻不等于爱情，是指传统婚姻掺杂了更多实际利益和现实因素，比如旧时"门当户对"观念认为男女双方的社会地位和经济情况要相当，才适合结亲。现在一些女性（或不止女性）非有房有车不嫁（不娶），使原本注重彼此思想情感是否契合的两性关系日趋物化。而，如果有婚约的存在，物的东西就会有一定程度的弱化，关注更多的是情，彼此是否"情逢对手"。三，更能提高女性（或全民）自身素质，因西方有一句教育格言："推动摇篮的手就是推动世界的手！"当传统婚姻一纸证书不再是现代女性"一劳永逸"的保证，不再是许多女性为逃避生存压力而进入的"最后港湾"，每一个女性都得直面婚姻也如商场风起云涌、优胜劣汰竞争时，相信每位女性都会奋起摆脱几千年来对男人的一贯依附，而走向一种全新的人生！

他略迟疑一下道："可是可以……"又断然道："但我——肯定会娶妻生子的！"

她很是愕然，未想到，他竟如此回答！将两种不可能同时拥有或自相矛盾的情感，不仅放在一起来说，还企图付诸实际行动。他或许不懂什么是萨特与波伏娃的契约式婚姻——相处达51年之久而没有结婚，他们的关系既是情人，也是师生、同事和朋友，他们相互扶持。他们的关系是绝对开放的，可以各自去结交各种朋友，但是他们在知识上的沟通与智慧的吸引，则没有人能够介入或取代，他们对智慧层次的要求如此强烈，而后能够维持一个稳定的结合。婚姻的形式本身已经没有意义了……

抑或他心太贪，什么都想要？他何时换位站在她立场想过？既然他不能做到像萨特一样终身不娶，凭什么又要她像波伏娃那样终身不嫁？

归途中，她问他："如果给你一匹烈马，很难驯养，你怎么办？""我会与它慢慢培养感情。"她继续问："如果仍很难驯养呢？""我就请最好的驯马师来驯？"她像有意为难他，逼到墙角地问："还是不能呢？""那我就将它放回原来生活的地方……"

不知为什么，一听他如此说，她在心里就长叹了口气——叹他的不能坚持与放弃！

尔后，似故意吓唬他："如果是我，一开始用鞭子抽，然后拿铁棍敲，再饿它几天……总之，用尽办法还驯服不了，我就一刀杀了它！"在说最后一句时，她眼前像真有这样一匹马，不论语气还是眼神都透出股腾腾杀气！

记得倪超雄曾说：艾光明的字，笔画既细又喜欢用连笔，每一个字都含蓄地、内敛地似低着头耷拉着肩膀。而她林泉的字，虽没什么章法，较大，清清楚楚明明白白得有些童稚，但，每一笔每一画都下笔如刀（连拐弯都是直角），并且每一个字都似昂首挺胸张扬着胳膊一副不管不顾的样子……

难道，真的字如其人？

其实，她只是套用了武则天进宫不久答唐太宗如何驯狮子骢的掌故："我能制服它，但需要三样东西：一是铁鞭，二是铁棍，三是匕首。用铁鞭抽打它，不服，则用铁棍敲击它脑袋，又不服，则用匕首割断它喉管。"她并不知道真要是面临这情形，自己会怎样。

到了他的住处，他又要看《聪明的一休》，迟迟不肯与她说点什么或兑现为她读汪曾祺小说、讲解齐白石画境的承诺。她能说什么？只得再次压抑自己，陪他再看。

她真嫉妒那些每次来找他的朋友，再累，他也要打起十二分精神与他们散步聊天。对她，即便换乘几趟车远道而来，也要让她一个人先坐着，在他看一阵书或一张碟疲乏至极才肯搭理她。而这搭理，也仅为满足一己之欲，然后呼呼大睡，将睡意全无的她独扔在无边无际的黑暗……

过去，她曾感慨吴荣：难道她就那么不配与他风雨同舟？宁与另一女子铤而走险，成功后再来找她？现在，她则感慨艾光明：难道她就那么不配与他思想交流？宁与无关紧要的人谈笑风生，而将她当一尊木偶？

46.

一早，林泉就兴冲冲梳洗好，等还在熟睡中的艾光明起来，第一次也可能最后一次送她上火车。昨日从新疆风味餐馆回来她便知道，他不会像萨特一样终身不娶，凭什么她又该像波伏娃那样终身不嫁？日子一天天远去，她也将有她的丈夫！

等他慢慢腾腾起床，洗漱完，已是9点30。他忽说："我今天不能送你上火车了。"

"为什么？"如受当头一棒的她，不解地问。

"因我与几个朋友约好了今天上午10点去看陶先生。"他轻描淡写地说。

她当即泪落，第一反应是自己又被他骗了！

虽然这骗的理由似乎很高尚：要与朋友去看陶先生。这陶先生是他采访的一位著名大学的图书馆前馆长——一位扎在故纸堆中做学问，挖掘、整理、研究中国古籍的老先生。

其实，她绝非不通情理之人。真正泪落的原因是，既然早就与朋友约好了，为什么前天要答应送她？就因他这破天荒的主动应承，她才一再拒绝泰山、倪超雄、张青松等几次主动要送她上火车的好意。

就算前天事多，没想起来。那昨天呢，昨天从早到晚与她在一起，为什么不说？难道也忘了？偏偏——偏偏等她满心以为他就要出门送自己上火车时才说。

这不是存心，就是故意！目的未达到之前，爽快应承，一旦达到，便抛之九霄云外。自始至终，都将她当一提线木偶摆布，翻手为云，覆手为雨，好像她根本就没一丝活人的思想与情感，招之即来，挥之即去！什么倡导人文思想执着教育理想者，纯粹一伪君子！

既然他如此轻慢自己，她又何苦自作多情：以为彼此不能成现实生活中柴米油盐酱醋茶的夫妻，还可成思想灵魂上高山流水的知音。他实在是不配接受她任何一个充满感情的文字。她什么也不说，只索要所有写给他的信（包括昨晚他远没读完就呼呼大睡的第七封信）。

他佯装未闻，低头在床上找了份报纸拿起来看。她一再索要，没法装聋作哑的他便道："别胡来！别胡来！别胡来！"他不好好反躬自省，倒好意思斥责她。她终于忍无可忍："我胡来？是谁前天说自己今天没事的？又是谁说今天要送我上火车的？你既与人早有约定，为什么不早一点说，哪怕昨晚说呢？！"面对这一连串反驳、诘问，理屈词穷的他，半晌答不上话来。最后竟牵强附会：她是汪曾祺《徙》中娇纵任性的高雪，他则是知恩必报的高先生。

她懒得跟他再费口舌，干脆拉把椅子坐下，一副哪怕误了车今天走不了也要索回信的架势。时间一分一秒过去，频繁看时间的他急得团团转，她则稳如泰山。没办法，他几近求饶道："10点就要到了，到时，只怕打车都来不及了！"她仍稳如泰山。他拗不过她，终于还是拉开抽屉拿出个鼓鼓囊囊的大信封，急急忙忙递给她。

她扫一眼，好像还有别人的信，她不说也不拿出来看一下。心想：若真有别人写给他的信，倒要看看他这虚伪透顶的人，在别人面前又扮演什么角色。

　　她不动声色地将大信封放进包里后，又问："送给你的照片在哪？"这下，他可急了，几乎跳将起来："你，你什么都要拿走？"因怕他回头再向自己索要照片，她迟疑了一下，便没坚持。

　　三下两下比平日快许多地收拾好行李，她就挎好包提了袋，一言不发，径自大步流星走了……

　　过了一会儿，他骑车追上来，说捎她一段。她岂能给他这机会，左躲右闪就是不上他的车。他便上前一横，截断她去路。根本不吃这套的她，偏低头立定在原地不动。时间一分一秒过去，这样相持了好几分钟，他还横在原处。

　　她急了，既不希望他送了她一段，又看了陶先生的两全其美的目的得逞，也反感他截断她此时归心似箭的去路，便恶声恶气地说："请你马上让开！"看看已有几个人朝他们这边好奇地张望，他只得怏怏掉头而去。

　　见他真的走了，头也没回一下远去的背影，她又怅然若失，泪眼模糊……

　　独自上了320路车，不愿与人坐一起的她，便向中段——前后车身相连无人的座位走去，落座后的第一件事就是从大信封里拿出别人写给他的信急急看起来……

　　未料，司机一个急刹车，因座位是弧形，她又没坐稳，整个身子几乎横甩出去，幸好撞上连着座位末端的铁栏杆，又弹了回来。人虽没多大危险，手中的信纸却脆裂了。

　　待她上前另找个安全的座位好好坐下，仔细看了看信中一些内容，才知是山东女友写给他的。并且，第一封信的落款时间，与她给他的第一封信的落款时间，仅仅迟一天！

艾光明：

　　谢谢你！

　　你的鼓励也许会改变我将来的命运。

　　像王强说的那样，我是一个随心所欲的人，不喜欢勉强自己。但这并不是说我没有原则，相反在做事之前我一般都有明确的态度：做或不做。这种判断有时来自于感觉，如果要回答为什么，有时要等到事后思考才能得出结论。

　　你曾经问过我为什么不考研。当时我也无法回答，以前我没有认真想过这个问题。白云在大二时就鼓励我考北大，可我始终没说服自己：为什么要考研？读研能带给我什么呢？研究生有很多，可我看不出有什么高明之处，所以我选择了工作。

　　工作一年了，一年中我得到了不少锻炼，心理上也成熟了不少。但更多的是被一些烦琐、无聊的事务困扰，切身体会到了单位一些人情事故和明争暗斗，经常感到疲于应付。有时把这些烦恼说给父母朋友，他们会语重心长说："刚工作都是这个样子，慢慢习惯了就会好了。"我强迫自己适应这一切，却因此而变得消沉，总有些不甘心。

　　在去北京之前对北京并没有多少向往，这次去主要是重温一下童年的记忆。很幸运在北大结识了你们。老实说，之所以能在北京待这么久，主要是想多接触了解你们的生活。在接触中我感觉得出，你们都是非常正直、有责任心、有才华的出色的人，每个人都有自己的理想抱负，而且都在为这一目标而踏踏实实地努力，生活得认真而充实。倾听你们的谈话，会被你们的激情感染，而和你们在一起我常常会为自己的消极而惭愧，为自己的浅陋而自卑。

　　"考研到北京来吧。"这句话真的提醒了我：为什么不试着改变现状呢？我还年轻，这样应付下去不知还要多久，为什么不主动争取自己喜欢的生活呢？也许这是最后一次机会了，于是我决定试一试。从做出决定的那一刻起，我便感到拥有了希望，也背负起了压力，也许前面还有许多困难和挫折，但你的坚定与自信给了我很大的鼓励。非常感谢你！现在我不应过多地去考虑结果，像逢飞说的那样，即使失败了，我们也没有损失什么，对吧？

信就先写到这儿吧。给你写信我是有心理压力的，我很佩服你的睿智与深刻，但又害怕暴露自己的弱点。我是不擅长写作的，如果文字上有什么不妥之处，还请多多指教。

工作顺心，注意身体！

柳曼

2001年9月15日

艾光明：

几次收到传呼，都不能及时回复，深感不安，特写信表示歉意。

你说喜欢读信，其实我也一样，好像它要比电话甚至当面交谈更能了解一个人的想法。可我也有个毛病，写过信后就害怕再见面，就好像是秘密被人发现，所以千万不要和我谈论我的信，就当看着玩吧。

虽然远在千里之外，也能感觉到你们工作的繁忙，好在你并不感到厌倦。你有句话很有意思："我们报纸要进入市场，那该多好玩呀！"没必要勉强自己，更不要专门找苦吃，要注意调节好。我有这样的体会，有时候觉得有很多事必须做。如果勉强自己一一去做，可能会使自己非常疲乏，而且也做不好；如果放弃一部分，就会轻松得多，对大局也不会影响。其实我们做的好多事是没有意义的或意义不大的，不知是否有同感？当然工作还是要认认真真去做。要办一份报，既要有品位有文化内涵，又要有市场，很难！就像做人，既要正直有个性又要事业有成，而要把两者都做好更不容易。

白云发来邮件，问我考研准备得怎么样了，劝我不要学得太累。可我到现在还没静下心来读书，我觉得我的心态没有调整好。出乎意料这个学期好像一切都很顺利。顺利得莫名其妙，让我觉得人生的境遇不是自己所把握的。躺在床上心里很不踏实。害怕一觉醒来发现一切都是假的。其实我连自己在做什么，想要做什么都不知道。这些别人无法回答我，让我再好好想想。非常佩服你们的坚定和执着，踏实地向自己的目标努力。而我则好像在漫无目的地散步，连家在哪儿都忘掉了。

先写到这儿，没有信心再写下去了。

身体健康，心情愉快！

柳曼

2001年9月26日

一看完这女子的信，林泉就觉得：她是个比较现实的人，容易被世俗观点所左右。并且，一个正规师范大学中文系毕业又准备考研的人，信中竟好些错别字。而他，偏偏就选择了她，理由是：她虽没她优秀，但与她在一起心里踏实。

她预感：终有一天，他会因这女子不能理解自己而痛苦……

那时，他就会幡然醒悟：不管恋爱，还是婚姻，伴侣的理解多么重要！想起某天从报社出来，走在绿树繁花的小径，因"9·11"事件后美国在全球范围扩大反恐战争范围而与石磊你一言我一语说得愤起的她，顺嘴蹦出："中国若不可避免遭受外强入侵，虽一介匹夫也要揭竿而起！"就在前面一点的他，蓦地停下脚步，回头声严色厉呵斥道："一个女孩子，怎么说出这种话！"不明白身为女子为什么就不能说出此话的她，一下窘住，还来不及说什么，没房没车刚被热恋几年的女友抛弃的石磊却接过话茬，很无谓地说："这有什么！一个男人最重要的，是他的女人，理解他！"没想到，同是男性，又比自己小好几岁的石磊会说出这番话，他很是怔了一下，然后，皱眉蹙额想了想，似懂非懂地没再说什么。

从大信封内，林泉又找到一个瘦高、胸脯一马平川却搔首弄姿的女子的几张照片，以及写在北京大学信笺上的自我介绍、住宅电话。可这样的照片竟被艾光明放在山东女友（差点忘了还有自己）的信中，完好无损地保存在一起。10点23分收到他传呼留言："司马先生：文君，不要伤心了，我向你道歉！祝一路顺风！"她也懒得搭理，一字不回。

上火车前，怕长时间坐着无聊，她买了份报，才知今天阳历2月4日正是农历立春之日。如此，始于2001年1月24日，结于2002年2月11日的蛇年便有了两个"立春"。因2001年辛巳蛇年有一个闰四月，年长"长"了，不但年初有"立春"，2002年2月4日的"立春"也挤进了蛇年的尾巴，形成"两头春"。

她想，2001年辛巳蛇年真是难遇：国庆中秋相逢蛇年两头立春！不过，都与她无关。国庆中秋相逢那天，不知农历多少，只知国庆节的她，便如往日一样，在小屋一个人平平常常、冷冷清清就把这"十九年一遇"的双节过了。艾光明自9月29日离开，从没呼她一下。今天蛇年尾巴立春，兴兴头头，满心期待艾光明第一次也可能最后一次送她上火车，因他与朋友有约而成泡影……

因第一次春运期间坐硬座回家，车厢里的拥挤完全超出她的想象：到处是人，别说过道，就是硬座下面，都是像煮熟的大虾一样蜷缩着身体的人。一个中年男子因过路不小心碰到位脾气火爆的青年，又没马上道歉，两人便发生了肢体冲突。结果，从前面那节车厢一直打到她所在的车厢。青年在后面拿一条长锯齿刀片气势汹汹追赶。由于人太多，中年男子根本跑不快，最终头还是被击中了一下。一会儿，殷红的血就从黑发中渗了出来……她从未见过此情形，傻愣着。所幸，惊恐混乱的人群还未拔脚逃离，青年就被及时赶到的乘警制止并带走。

因有中年男子的前车之鉴，若不是口渴得喉咙要冒烟，又没相熟之人代劳，坐在车厢中间的她真不愿起身去车厢尽头的开水箱接水。待她左躲右闪费尽周折从人丛里身心俱疲挤出去接水时，却见一些没买到座位票的人，竟站在通道一边的厕所里，非但不管对面紧闭的厕所门前已候了几个人，而且对一个内急厉害、几乎蜷缩着身子、忍不住捶打厕所门、用要哭的声音央求的男孩，也视若无睹。

之后，一个戴眼镜的中年男子带小孩来上厕所，因为也等不及对面厕所门开，想麻烦他们出来一下，他们还是充耳未闻。戴眼镜的男子便一扫斯文，恼羞成怒呵斥："不通人性！小孩上厕所都不让，你们谁家没小孩？"他们还是坚定不移半步地站在厕所里。戴眼镜的男子无奈走后，一个老年男人对一个站在厕所里的少年道："怕什么！再说扇他几巴掌。我不站在这里，站到哪去？花一样的钱，凭什么他们有座位，我们却站着回家，甚至连站的地方都没有！"

这时，她才知那些站在过道、厕所，蜷缩在硬座下的人，原和她一样票价。像公交车、地铁这些短途，站着与坐着票价一样也就算了，可长途火车，像北京至湘西，即便提速也要24小时56分才抵达，她很意外，想不通为什么这样。为什么站票不卖半价？这公平吗？铁路部门到底是为经济效益，还是为减少客运量？就算是为减少客运量，可春节——一年之中，中华民族最隆重的传统佳节，谁不想回家与家人团聚？

后来，她将这新大陆般的发现，一本正经告诉倪超雄，她却哈哈大笑："你也太不了解民情了！这是多少年的事了。有时买不到硬座，我要么站十几个小时，要么自带一个小马扎。"她才知道，这早不是什么新鲜事，而是她孤陋寡闻罢了！

47.

一下车，扑入眼帘的便是码头上依山而建飞檐翘角的吊脚楼，楼两侧、后面则是大大小小的山，山上已覆盖一层天鹅绒般新绿的草色。楼前当然是翠缎般波光粼粼的河……林泉立刻记起艾光明前天指着一幅画很认真又很向往地说："这画，你一看，是不是就很想住进去？！"她想：如果自小生长在干旱少雨的青海的他，此时与她同来这画中的湘西，不知会怎样惊喜激动。

至于她，从小在这"画"中长大，眼前一切美景都觉稀松平常。何况，再诗情画意的山水，也要有懂得并珍惜的人欣赏才有意义……

一看到这里的人，大多灰头土脸，没一点朝气与活力，她的心，就止不住下沉。尤其是换乘一辆去小城的中巴，听一男一女从上车到下车两小时多路程一句不离麻将的聒噪……她的心，更似沉入深渊。

错过，人与人的错过！人与自然的错过！

闲极无聊，家中实在没什么文学藏书，林泉只好拿起艾光明买的《武则天》来看，不明白的是，武则天破天规那么艰辛曲折、磨难坎坷地成为中国历史上唯一的正统的女皇帝，也是即位年龄最大（67岁）的皇帝，向那个时代的世人证明了："女人并不比男人差，男人能做的，女人照样能做，有时会比男人做得更好。"可为什么最后却没有传位给女儿太平公主？

如果，武则天将皇权传给了太平公主，历史的进程将如何？女性的地位又如何改写？

可能，在湘西，林泉三叔不会因没儿子，一直与婶婶关系不好，60多岁的人了，还与三婶分居，希望外面的女人为他生个朝思暮想的儿子，尽管他有个兴办服装厂比10个男儿还强的女儿；毕业于政法大学的五叔，在第二个女儿一出生，就不会给别人，也不会动不动便打骂美丽又文弱的五婶；能干要强的姑姑，不会因儿子病逝，姑父一直以来的冷嘲热讽，以及左邻右舍的幸灾乐祸，还有原指望的女儿也生了女儿后，竟然疯了；老实巴交的姨父不会因无力供几个孩子一起上学，而让成绩最好的女儿辍学，早早挑起生活重担……

日常生活，也不会有太多禁忌：忌女性对着神龛坐堂屋门槛，以避侮辱祖先之嫌；起房上梁时忌女性在旁边；上山打猎前忌女性接触猎手和打猎工具；开春犁田之前，忌女性从犁耙和扁担上跨过；人们出门，最忌遇到的第一个人是女性，若遇见，则不宜出门，等至第二天再出门……

综上种种，林泉有时想：之所以她一直漠视亲戚中的男长辈，可能因为在他们眼中，她与小城任何女孩无异——赔钱货，嫁出去就如泼出去的水，根本无心知道她的存在；之所以她不太关注湘西风俗民情，也因多有轻视女性的陋习有关。

48.

为彻底同过去那个与艾光明纠缠不清的自己决裂，不管原来的名字多好，林泉也要小城一位专给人起名的王先生，新起了个名字。希望新名字就如同新生！

王先生先将她的生辰八字一排，然后将她姓在上、名在下，按一定方法列出天格、地格、人格、总格、外格的数理来，再按这数理从一本《古今姓名学》书中找出相应的解释。

本来，不知这些数理解释，她就不要原名，现在知道后，就更不要了。尤其地格最后一句"大都中年前后编黄泉之籍"，最让她心惊！

很长一段时间，她确有青春一逝红颜一衰，便自绝红尘的想法，也曾不止一次对人说："只要活到最好的年华，有一完美的收梢，像樱花虽短促却完全盛放……"再者，她真正知道台湾作家三毛这个人，竟始于她自杀那天。所以，有次算命先生说她年近60，父母都可能还在时，她皱眉蹙额地有些不解，惹得母亲打趣道："你难道不高兴？"沉思中醒来的她忙否认："不是！我以为我只活到45岁左右，没想到还有这么久。"一旁的哥虽没说什么，但表情足以说明对她这话的惊心！动魄！

王先生戴上眼镜，在书中翻了好一会儿，才给她起了个新名：林子玥。并再次用竖式演示，不看别的，仅人格(旱苗逢雨)："挽回家运的春阳成育数……"她就觉得挺好。起这个名字，王先生要收50元，比小城排生辰八字的算命先生贵许多。付款之前，她想了个主意，说再看看一位女友的名字要不要改，若改，就一起付。一是测测王先生是否贪财信口开河，二来确想问问倪超雄的名字怎样。王先生将倪超雄的生辰八字、姓名一一排道："这名字已很好！不用改，这女子很聪明也很能干，将来定积大财！"

想起艾光明有天在编辑部当众感慨："倪超雄，一人能当仨！"柳主编有次严肃质问众编辑："这期报纸稿件，怎么几乎全是倪超雄的名字？"还有，她在所住小区买生活用品，一次嫌毛票脏，一次嫌钢币揣着麻烦，将小贩找的零钱又退回时，倪超雄竟对小贩认真道："她不要，我要！"空喜一场的小贩，只得将已攥在手心的钱，无奈地递给倪超雄。

一旁的她则一脸愕然。倒不是心疼自己的钱怎么又到了倪超雄的腰包，反正给小贩也是给，只是不明白，当着她的面，倪超雄怎么说得出口。什么人生际遇才使比自己还小的她，对钱的态度如此不同？有天下班，倪超雄忽孩子般开心道："我买了一个我们早该买的洗菜盆，而买洗菜盆的钱就是你不要的毛票与钢币。"她无话可说。

想想倪超雄这样的人，将来能不积大财？她就依了王先生的话，没改。

接着她又问艾光明名字如何，因去年"十一"前，一直对神秘学感兴趣的她，随意问他生日是阳历哪天，好确定他什么星座。一秒钟前还风和日丽的他，马上变脸，厉声呵斥："今后，休得再提此类话题！"所以她不知其生辰八字。王先生便仅用姓名推算：总的来说，多才巧智，清雅伶俐，中年爱情厄，晚年吉祥。

走时，王先生还将一首民歌《年粑粑，粑粑黏》托给她，说如果认识搞民歌的人，帮忙推荐一下。她看了看，词曲作者都是他本人。

她郑重答应，只怕自己人微言轻，帮不了他。

49.

在群山环绕一袋烟工夫就走完的小城，林子玥有的是时间，家人什么都不让她插手，她也不愿出门去见过去相识的人、相识的建筑，因他们及它们都只给她颓废衰败的印象……她自己呢，这些年在外漂泊，回来仍空空的行囊，也不能给他们及它们一些新的东西，两下相照何其难堪！

而一回到祖国心脏，首都北京，不管初春如夏日灿烂的阳光，还是柏油路川流不息的车辆，都让她感到一种生机、一种活力！

澡还没洗完，就听"嘀嘀嘀"呼机声急促响起，她从衣兜里拿出一看，是柳主编，不知什么急事。胡乱冲洗几下，穿上浴袍就去客厅回电话，原来是问她稿子准备得怎样。

在厨房，一向吃饭如鼠的她，乱扒几口，便去卧室养神。因回京的火车上没睡好，尽管哥托人很不易买到卧铺，但也只躺了一会儿，就起来赶稿，怕对执行主编刚说稿已校完的话真成谎言。

到编辑部交了稿，准备走时，柳主编忽对她认真道："我去采访清华大学新闻学院Z教授吧。"为什么？她不知。因去年响应总社领导号召，编辑部除艾光明未去，都听过Z教授的演讲："当前的中国媒体存在'三脱节'的问题。其中一个问题：一些有权采访报道重大国内国际新闻事件和有权报道与公众利益、公众政策相关问题的官方主流媒体正在失去读者和观众。原因是这些媒体的记者没有针对老百姓需求，老百姓喜欢看软一些的，但他们报道太硬。比如咱们在报道布什演讲的时候多死板，一开始就是：'布什在胡锦涛、王大中的陪同下'，但华盛顿邮报的记者就从一个女学生穿的红毛衣开始。咱们的记者为什么不能这么写呢？这不是一个政治问题，这是一个读者观念、写作技巧问题。在保证报道客观公正的情况下，文字尽量生动吸引人，类似文学语言或讲故事的方法……"当她听到这，心里很是赞同，并欣喜地复述给一旁的倪超雄，她却从鼻子里冷冷地"哼"一声，似很不屑或不信。

Z教授一讲完，可能她反应最快，也可能人物访谈是《才俊》版的事，便第一个走上讲台要了他的电话，说有时间一定专访他，他没拒绝。到编辑部，不等开例会，她就私下给柳主编报了这个选题。可能太快了点，心里已决定亲自采访Z教授的柳主编，还未想好怎么阻止她，便措手不及地答应了。

这个选题从春节前上报至现在，她还未去采访，比她还急的柳主编终于等不及，忽说她去采访，而让她措手不及地答应了。她不知该不该把这突生的变故告诉艾光明。因那天在总社听了Z教授讲座后，她曾认真对他说，若去听一听，大有裨益！并复述了Z教授的一些观点，他听来也觉得新颖独到，便认真道："哪天你采访Z教授时，打个电话，我也去。"

可从春节前分别至今，他还未主动给她打过电话。不知是说好要送她上火车临时变卦不好意思，还是一点没把她放在心上，她把握不准，也不愿主动给他电话，便传呼他。刚传呼完，她就收到他的回呼："我已经回北京了，祝你一切都好。"这冷心冷面的人，不知葫芦里卖的什么药，明明有手机，却不打电话。

正疑惑，他又打来电话，她便问："是因为收到我的传呼，你才回呼我，还是没收到就传呼了？"他忙解释："没收到你传呼，我就呼你了。我刚下火车不久。"

50.

林子玥想报考人大政治系研究生。虽然她所受的教育是跳跃式的，她也相信，凭自己不错的悟性，也能将初中—高中—大学本科这些未读的书，一一自学完。

她马上付诸行动。上次呼艾光明，他回电话，兜头一句"我明天就上班"，便挂了电话，很让她莫名其妙！（其实，第二天他根本没上班。第三天呢，虽上班了，但偌大的编辑部只有他俩，而且面对面，他也绷着脸，与她没一句话。）

她还是呼他了，因为他不仅考研有经验，人脉也广。冷心冷面的他，大概怕她突然去他住处，才不得不回电话："这几天很忙。"不等她把真正呼他的意图说出来，又道："不忙时陪你逛书店。"之后，便挂了电话。

她如鲠在喉，只得再呼。他回电话时，仍不等她启口，抢先道："等我十分钟。"她不明所以，便傻傻地等他……

他再电话过来，还是不等她启口，又抢先道："你那边住房是否宽裕？"她心里"咯噔"一下，莫非他的那位要来，且因一时半会找不到住处，让她先住她那儿？他却说："我朋友来了，就是山东那位。她这次考研等成绩，还得找工作，你们附近有宾馆或招待所吗？我过来……"

她怔住了，半晌没回过神，一时想不出什么话来回答，便顺着他的话道："她长期同你住？""她会常来看我。"她竭力平静地说："算了吧，不要勉强……"他竟急道："我怎么会勉强呢？我是认真的！"

她真的很想问："你这也叫认真？有了女朋友，还要去外面与别的女人幽会！"可想想还是作罢了。她没这气力，也没这闲心，便说了呼他的真实意图："你认识人大政治系的老师吗？""干什么？""我想报考人大政治系研究生！"他原知她打算报考北影导演系，没问她怎不考了，而是奇怪地问："你为什么忽然要考研？""以后再说，现在一句两句说不清……"她"啪"地挂了电话。

51.

坐在通州开往四惠小公共的林子玥，耳听司机播放林志炫《单身情歌》，不由想起艾光明来。对于刘珊来说，他是一个多情的、痴情的人。为追求比自己大两岁的刘珊，他不但动员千里之外的母亲、姐姐来京当说客，而且一向轻鄙物质的他，还准备在京购房以给刘珊一个舒适温暖的家；去年"五一"刘珊与人结婚前，他还买了九百九十九朵玫瑰恳求她回心转意，这对生活一贯俭朴的他来说，简直不可思议；刘珊婚后，他不仅精神恍惚数月，还每周不忘寄去一份自己参与主编的《教育信息》……

于她来说，他则是一个绝情的、无情的人，来给她伤痕。确实，不出写给他的第四封信所料："……写到这，忽想：某一天的某一刻，自己会不会终因没资格没权利爱你，而不得不离开内心确实喜欢的《教育信息》报及《教育信息》编辑部这个如大学社团的集体？"她无法在《教育信息》报再待下去，不等工作之余好好挑一个适合自己发展的报刊岗位应聘，也不好意思回头去那家可以给她一个正式编制的杂志社，就迫不及待地去了泰山老乡开的文化公司面试，因这文化公司办的杂志之一《京都纪事》正好招人。

怎样才能一试即中？与蒙面英雄佐罗每次行侠仗义都用黑面具将真实的自己隐藏相反，她则是长发飘拂不羁，一袭黑裙，外罩米色风衣，胸前随意搭条酒红绸巾，将最真实的自己呈现予人。

果然，当她蓦然出现在《京都纪事》负责人面前时，他眼前为之一亮，精神为之一振，三言两语便让她尽快来上班。

但，让这位虽年近40，仍算得上高富帅的老总想不到的是，在她上班已有些时日的某一天，他特意下到《京都纪事》编辑部，看看特别的她是否适应新的工作环境。结果，重要关口一过，便衣着普通，面容平静，将内在光芒、能量全隐藏起来的她，与初见时简直判若两人。并且，远远看到他，她也没因为他是顶头上司而当众讨好地笑一下或哪怕点头招呼一下，只像面对一个从未谋面的人，漠然、淡定。他满心的惊讶、不解都不由写在了脸上。这是一个怎变幻莫测的女子！

多年后，当她看到他出版的一本被许多读者喜爱的诗集，她才知道：原来他还是位诗人！难怪，第一眼见到他时，感觉与钟主任那种唯利是图的人有些不一样。怎么个不一样？当时深陷感情泥淖的她，根本无暇琢磨。

虽一试即中，林子玥也没正式离开原报社，而是先去《京都纪事》杂志社磨合。不知怎么回事，她，又遇到一个如某位美女作家所说的——早已"烂掉了"的文艺界男人。《京都纪事》编审倪亦，衣着虽得体，花白头发却难掩年过半百的老相。为什么他会对一个比自己小几十岁的女子动男女的间心思？当他动这种心思前，为什么不先照照镜子，看看自己什么模样：皮肤松弛，眼角起皱，一副日落西山之衰相。

有如许多打着文学、艺术幌子的男人，真正惊世骇俗的作品没有，玩弄女性倒很有一手。在文学院进修时，林子玥陪一个貌美如花的女文青将自己废寝忘食所写的作品极虔敬地送给一位头发花白年近六旬的某著名评论家，虚心听他点评。评论家看了好半天，不说一字，只暧昧不明地笑……当时她虽年轻，对男女之情知之甚少，却也能模糊感到，评论家那暧昧不明的笑中，另藏深意。他笑时不由露出几颗参差不齐甚至凸出唇外的大黄龅牙，更让她疑为《西游记》中吃人的妖魔鬼怪。自此，心里留下抹不去的阴影。加之吴荣在她耳边常常言过其实："文艺界男人，没一个不好色！"所以，去《中学周刊》工作之前，不论写了多少诗歌还是散文，她都不向任何报刊投稿。有次搬家，来帮忙的木子无意中看见她一篇短文《一种有益无害的调侃》。短文中写道：

这不是杜撰，这就是春花锦簇年少的我。如果你真想和我谈情，我们就只说情，不关乎情以外所有，你敢吗？你做好了"一日不见如隔三秋，人比黄花瘦"的准备了吗？在这爱情日益虚化成负累的年代，我们要留一个梦给自己。当现实中最执着最狂热的人也忽然远去，我们还拥有对方，还能以洁白的心灵，在尘世看不见的所在，与对方美丽的灵魂，进行最神圣最静美的交流……

或许，你对我根本无情可言，我——只不过是你不小心放走或一直没追捕到的猎物罢了！这样直白地揣摩你剖析你，请不要介意，不管怎样，这也是一种调侃，一种有益无害的调侃，何必太认真！

木子惊讶道："你竟会写这样的文章！"她一言不发，一把抢回。她怕那些把持报刊上稿权的男编辑得知她既是女文青又是新人，便约见面，再额外有些什么要求时，以她不羁的性格，定会拍案而起。

与其在小荷未露尖尖角时，得不到一点正当的鼓励扶植，还招来他们恼羞成怒言过其实的讽刺、羞辱，不如韬光养晦，多磨一磨笔头，积一积阅历，待作品真正成熟时再投稿，甚至自费出版，输赢皆认，只要当一回自己作品的主人。

当时已非常流行张爱玲的名言："出名要趁早，来得太晚的话，快乐也不那么痛快。"文坛也不断涌现新人，甚至有不少靠出版商包装、媒体炒作出来的"美女作家"……

她还是稳住了自己。工作之余，既无同道鼓励鞭策，也无亲友理解支持，全凭一己恒心与毅力寂寞辛苦地写……写得实在疲累困顿要放弃时，也只能用麦克唐纳公司海报《再接再厉》上的话来提醒、激励自己："世界上没有任何东西能代替持之以恒：才华不能代替——最常见的是失败的天才；天才也不能代替——没有成果的天才，只能被当成笑料；教育也不能代替——这世界充满了受过教育的废物。只有持之以恒和决心，才能有无上权威！"

身为女性，在男权社会，无惊人家世背景，又无互相提携的朋友圈，放弃姿色示人这条捷径，只凭真本事向上发展，真是难上加难。这大概也是许多女性起初踌躇满志，最终却半途而废的原因吧。

中午，林子玥正要出门，倪编审以交代工作为由叫住了她。她不得不驻足认真听。可他又说还是去附近餐馆边吃边说吧。他是编审，自己又还在试用期，她不好违拗。而真到了餐馆，点了菜后，他又没谈一句工作，尽说些无关紧要的话。

之后，她有次在编辑部打开QQ邮箱准备收邮件，欲偷窥却佯装从她身后经过的倪编审见发件人中的"倪超雄"，不禁认真问："这是谁？"看他那副自以为是，早把自己当成她什么人的恶心样，她没过脑子，张口便道："我男朋友！""哦——"颇意外的他，脸上竟无法掩藏地露出几分失落。

自此，他言行方有所收敛：一，可能从未想到她已有男友，即便想到，只要她不亲口说，他就可自欺欺人；二，更未想到她男友竟与自己同姓，说不定还是什么族亲，因姓倪的人不多；三，相对30不到的她，他年龄确实不占什么优势。

她真希望今后能在一位女上司手下工作。因同是女性，没有性别歧视，也就没有性别优势这一说。彼此关系最简单纯粹：工作。唯一的烦恼可能是：女上司对工作的要求更严厉更苛刻些。但，这对一个实实在在想成就一番事业的女子来说，正是求之不得的历练、成长的机会！

52.

春节后上班不久，艾光明去外地出差未回来。虽没了碰面的难堪，可这么长时间杳无音讯，林子玥心里还是放不下，既担心他在外地是否平安，又担心他离开报社太久，错过许多重要信息。

犹豫许久，终于还是给他传呼留言："不论何时何地衷心祝你幸福快乐！如有什么需要帮忙或欲知报社近况，可回呼。"过了一会儿，呼机便响了，满以为是艾光明呼的，她马上去回，没想到却是一个陌生男子。他自我介绍："我是唐明仁，是从'有缘服务中心'知道你的联系方式的。"她很是一愣，半晌才记起：去年7月，《中学周刊》同事莉莉因男友总不来京而赌气征婚，结果钱交了，又反悔。好说歹说有缘服务中心都不肯退钱，便问都不问就将登记人换成单身的林子玥。林子玥本不想搭理，但一想到目前难堪的处境，还是接了他的话茬，并约好王府井见面。

不一会儿，呼机又响了，这次应是艾光明吧？她激动地一按，显示的却是：吴先生。失望之余，以为是终于良心发现的吴平要还那笔欠得太久的钱。待她拿起话筒拨打那个显示的手机号后，听到的却是吴荣有些战抖的声音："有时间见面吗？"

想起去年3月，在家的时候，突然接到吴荣时隔一年多后打给她的电话，声音虚弱甚至战抖地说："我快成功了，房子已买了100多平，你什么时候来京？把你的联系方式给我。你不是要读电影学院吗？我支持，以后拍片我也支持……"不等他说完，她就冷淡平静地说："我什么联系方式都没有，也不会去京。谢谢你的好意，我永远靠自己。今后，你我永远只是普通朋友！"

挂了电话，还未走远，电话又响了。接通，是个不太熟悉的女声，自报姓名后，方知是一年多前痛斥她是第三者的女子。她不言不语，一任她哭哭啼啼道："吴荣告诉我，他与你已登记结婚！现玩弄了我，又要抛弃我！""根本没有的事，你告诉他，他是谁？我都不认识！"女子答应了，并为自己曾无端指责、羞辱她而道歉。她淡淡说了一句"没什么"，便挂了电话，实在厌恶这些甚嚣尘上的情感纷争，并决定再也不见吴荣！

可现在为了尽快忘掉对她的杀伤力更强于吴荣十倍的艾光明，犹豫半响，她还是答应见吴荣了。奇怪的是，吴荣也约在王府井见面。她只得打电话给唐明仁，说临时有个采访任务，明天再见。

将近四年未见，她与吴荣重逢的那一刻，她竟为他曾经的谎言而深感难为情。他自己反倒没有一点难为情，好像撒谎的是她。他第一句竟是："你怎么比以前更老实更沉默了？"过了好久，当谈到曾经的文学梦想时，她的话才多起来。

快要分别时他问："要不要送你回去？"她起先没答应，见他既有诚意又有探究她是不是真单身的疑虑，才不好意思低头道："我住的地方，是非常非常普通的小区。"而深信"女人变坏就有钱"的他，反而更要送了。

当他气喘吁吁爬上六楼，终于见到她与倪超雄合租的小屋：十多平方米，绿色窗帘，两张单人床，床头夹盏学生台灯，非常简朴。快深夜11点了，他又请她们去附近最好的餐馆坐了一坐。

今天是"三八"妇女节。但"妇女"二字，林子玥的理解就是已成家，已有丈夫、孩子的女人。所以，虽身为女性，她却一点也不觉得今天是自己的节日。

看着同一张饭桌上刚出差回来的艾光明，她觉得那么陌生又那么无情。尤其当他说又要去山东采访半个月时，她心里更不是滋味。谁知是不是他去看山东女友的幌子？

当别的男同事轮番向每位女同事说一些节日祝福后，无法逃遁的艾光明才迟疑地举起酒杯，满脸不自在的表情，用有些战抖的声音对她道："家和万事兴！"

在他举酒杯祝福之前，石磊祝她"节日快乐，尽快找到一个好婆家"，她礼貌地说了"谢谢"，却分明感到一旁的他有一种难以掩饰的尴尬。毕竟，彼此情感的完结，是他执意坚持的。

过了好久，神经大条的林子玥才感到奇怪：今天"三八"妇女节，为什么别的祝词不说，他偏偏说"家和万事兴"？她现在还是单身，根本没成家。她忽想起去年他到武汉采访前，她第一次同他闹别扭。

前一晚，她本想与他多交流交流思想观点，根本没热乎的心情。而他却猴急火燎根本不问也不在意她的感受直奔主题后，便一字不说，倒头呼呼大睡……任由毫无睡意的她独自在黑夜里瞪着大大的眼睛，不知如何是好。想推醒他陪自己随便说说话，又怕他确实累，需要休息，还是忍住了。

可第二天早上，从外面冷飕飕回来，她正要钻进暖和的被子睡个回笼觉，蓦然看见经过一夜酣睡，本一脸疲惫的他，又重现往日英武与儒雅，不禁怦然心动，有些走神地看他。似有所感，他忙睁开星目，突然弹跳起来道："走，我们到早市去！"

而她那一片似已蹿至喉间、呼之欲出的温情，因他上述言行及素日封建卫道士的嘴脸，她不好明说，只得脸色骤变生生压下去！一路上，她都在与他作对。

他主动给她点了几样好吃的早点，一边哄她吃，一边不停说："两个人在一起要相互体贴、相互理解。"她一样早点都不吃，也一句都听不进去，只在心里嘀咕：她是体贴、理解了他，可他，体贴、理解她了吗？

即便后来买手套，因几句话不对付，她与摊主大吵一架，他也死人般不吭声。最后，想想无趣，她又自个儿怒气全消，小孩子般撒娇说："我要冰糖葫芦！"他才终露欢颜松了一口气，赶紧买了串糖葫芦给她。

午饭前打吴荣手机，仍像过去一样，不是半天没人接，就是通一下便断了。几年过去，他仍是那个让她既把握不准又看不真切的人。就是想竭力摆脱他掌控，都不知从哪摆脱。他永远掌握着主动权，且来无影，去无踪。她很不喜欢这种被人掌控的命运，因自己不能主宰，就得随时准备接受各种意外或不测……

下午在车上终于打通了吴荣的电话，或许是因艾光明对她的杀伤力太大，以致她的声音都是怯弱的、忐忑的。而他，则语速从未有过地那么快，语气从未有过地那么硬，甚至与她多说一句的耐心都没有，道了句"有时间再聊"，便挂了电话。

昨晚吴荣劈头盖脸说了一句"你怎么比以前更老实更沉默了"，潜台词就是她不再像过去那么骄纵任性，动辄与他闹别扭发脾气了……她虽不置可否，事实却如此。每一个曾经任性、专横的少女，随着涉世越深，越要面对冰冷、残酷甚至无奈的现实，没法不磨掉她原有的骄傲与锐气。尤其是经历艾光明这场于她来说最纯粹也最无防备的感情。她现已如生命垂危奄奄一息之人，岂有再还手甚至攻击别人的力量，何况，面对的是他这种老奸巨猾之人。

原来，他看中或在意的只是顺境时她众星捧月般光鲜靓丽的外表，而非芸芸众生茫茫人海中她独此一个的灵与魂！一旦光鲜靓丽的外表因生命中不可避免的坎坷崎岖而有所暗淡、毁损，他原来那浅薄（确切说应是虚荣）的爱，便随之也淡了……

晚上见了从有缘服务中心知道她联系方式的唐明仁，她心情很复杂，既惊喜又害怕。惊喜的是，在她正想离开北京又无路可走时，命运竟给她一个完全意外的出口；害怕的是，第一次电话中报了个中文名字，又讲一口流利中文的唐明仁，见了面却说，他是日本人，并拿护照给她看。她连境外旅游都从未想过，更别说远嫁日本。

起初，她对唐明仁印象不怎好，有点下眼皮看他，觉得他是下里巴人。见面的餐饮店桌上没烟灰缸，不知是紧张，还是不讲究，他抽烟时没有叫服务员拿烟灰缸，而是自以为没人看见而将烟灰磕到桌下。

之后一聊，又觉得他这人蛮实诚，没那么多空话，印象才好起来。出了餐饮店，他们并排走在灯火辉煌的长安街上，他的肩膀挨着她的肩膀，慢慢地，静静地陪她走……

她仰头，满眼泪光，几乎泪流下来。在这样一个陌生而国际化的大都市，在"三八"妇女（应为女性）节的这一晚，艾光明、吴荣都没与她共度，一个日本人竟与她在这里第一次见面，又第一次漫步。

人生真是参不透的谜……

像倪超雄所言，嫁给谁都是赌，都是风险，还不如试着与他交往一下。

53.

为什么会有一个陌生女子给林子玥打电话？可是问她找谁，她又没接话茬，只竭力自然地说："你知不知道《教育信息》的电话号码？"如果要知道某单位电话一般都拨114查询，就像当初林子玥去《教育信息》应聘前，也不知道电话，便是拨的114。

可她为什么问她？又怎么知道她的手机号？这其中必有缘故。她稍迟疑下，便断然对她说："不知道！"那女子声音有些发颤地道声"对不起"后，忙说打错了，就挂了电话。

这更奇怪了。那女子如此慌促，却又像没什么紧要事。难道是要根据她知不知道《教育信息》报电话号码来判断她是不是在《教育信息》报工作？那么，是谁如此关心她的行踪？

突然，她想起去年一件事：在艾光明新租的小屋，他们正聊天，忽然有人敲门。艾光明朗声道："请进！"应声进来的却是位比她还小的女子。他意外地说："白云，是你！"原来是《忆恩师》的作者。林子玥正想报以友好、钦佩的笑，白云却一下就拉长了脸。可能看到艾光明与她都坐在床沿上，且因天冷，她把编了几日的麻花辫解散，随意披着，一头黑发微卷，再衬上玫红色上衣，竟有些平日少有的冷艳与妩媚……艾光明说她是新版《射雕英雄传》中的梅超风。她脸上的肌肉不自然地牵动了一下，勉强笑笑，不置可否。梅超风是个残忍疯狂、性格怪异的女子，为练绝世武功，不仅十余年连续不断地服食少量砒霜，而且拿活人当练功靶子，生活在累累白骨之中……他竟说自己是梅超风，真是匪夷所思！所幸，这次梅超风的扮演者是清丽脱俗、纯净悠远的杨丽萍，一位少女时代她就喜欢的舞蹈艺术家，因而，心里也没怎么难受。

艾光明似忽想起什么，忙起身指着林子玥解释道："她是报社同事。"当时白云虽没说什么，递给他一沓稿纸，木然地说"这是他们要的书稿"，便匆匆走了。之后，一定会把所看到的添油加醋告诉柳曼。

一想到刚与自己通话的女子很可能是艾光明的山东女友——那个照片上普普通通，声音却比本人娇俏的女子。她心中忽生出一种自己不该让小女孩着急的怜悯。何况，对艾光明，她已不再抱什么希望。

奇怪，在唐明仁面前，林子玥根本无须掩藏自己，想说什么就说什么，想做什么就做什么。比如，她拧不开矿泉水瓶盖，对唐明仁说："麻烦你帮我打开。"他不会像艾光明那样即刻阴霾了脸呵斥她"真笨"，而是马上帮她拧开，并一脸温和双目含笑地递给她；一起游长城，终于登上烽火台，她又蹦又跳，甚至做些类似学生时代跳高动作表达高兴时，他会腼腆地别过头去偷笑……

有时他乖得像个孩子。为给他拿几份《教育信息》报以让他增进对她的了解，又怕三居室合租者还有男性而对她产生误会，便让他在楼下等。他就乖乖坐在水泥护栏上，等她上了六楼，又下六楼。

有时，他又不怎守规矩。比如他压低声音神秘兮兮告诉她：昨天饭后他去天坛公园，因去过几回没什么看头，不值得再花钱买票，便趁附近没人时，立马翻墙而入。她觉得他在讲述这件事时表情特逗：似占了很大便宜地偷着乐。

吃完饭，因离她住处不远，他们便一边慢慢走着，一边慢慢聊着，像相识多年的老友，一点也不生疏，一点也没有隔膜。他说，他其实是日本二战东北遗孤的后代。

1995年，唐明仁随在华日本遗孤寻亲团回到了朝思暮想的日本。可回到他的祖国，他并没感受到母亲怀抱的温暖，反而受到国人的歧视，甚至被当成傻子，老是被他们嘲讽、打击。既没有干净卫生的好房子居住，也找不到轻松体面的工作，每天上班都很辛苦，常常累得脸都没洗，牙都没刷倒床便睡。说到这里，他咧嘴露出很白的牙齿不好意思地低头笑了……

道别时，他说她过去的"林泉"这个名字很像男人名字，不好。而吴荣、艾光明却喜欢，都说她现在的名字"林子玥"不好。因为他们希望她永远是林中那一泓清泉，清澈见底，至于自己到底是不是一泓清澈见底的清泉，则无关紧要！于是，她更痛恨过去的名字了。

54.

林子玥很疑惑，与唐明仁说好了今天他可以给她打电话的，为什么到现在月上柳梢头了还没打？是忘了，还是被什么事绊住？现在，她才认真思考一个问题：他来中国真的是相亲？还是以相亲为幌子玩玩而已？

可据他言行看又不像。比如有次他们在王府井附近行人很少的背街散步，累了，两人在一处大理石上坐下休息。因没有灯，也没有别的行人，只有暗影中的他挨自己这么近，她一边心提到嗓子眼每一根汗毛都竖起，担心他一个大男人又值壮年，会对她有什么不轨之举；一边又像这幕场景之外的观众，非常好奇结局如何，而异常清醒理智地看他继续表演。

未料，神经一直紧绷的她，只是听他讲了个动人的故事：回到日本，他其实挺怀念那些在中国的日子，尤其是邻家一个同他一起上下学的姑娘，因对他很有好感，曾偷偷送给他一条亲手织的围脖。可惜，时隔多年杳无音讯，或许早嫁人了。因此，他心里便有了个结——一定要到中国找一位妻子！

自始至终，他连手指头都未碰她一下。并且他说这故事时，眼睛那么明亮，笑容那么灿烂，加上一头粗硬的短发，林子玥觉得他就像年轻时的三浦友和。

又过了两天，唐明仁还是没一个电话。上次见面还好好的，彼此有说有笑，怎么突然就不给她打电话了呢？一想到这，林子玥便生气。仅凭这，就不必为他买衣服，他最好从此消失！想着，就把桌上一个包装好的礼品盒打开，拿出一件米色休闲衫，套在自己身上，在镜前照着。虽大了些，但女着男装，还是蛮有意思的。

又过了一天，唐明仁还是没来电话。林子玥心里虽有气，但还是盼着。就算两人没有结果，她也得知道原因。实在猜不到，她就给有缘服务中心老师打电话，问他情况。老师反而吃惊地问她："唐明仁不是说与你成了吗？过几天就要回日本。两天前下午1点多就把档案撤了。"

这就更奇怪了。

又等了两天，他还是没给她打电话。一定是他出了什么事或无心于她。她命中带什么？总在事成收功之时，来一个急转突变。

不管怎样，衷心祝他在中国，以前的故乡，现在的异邦，无病无灾，平平安安！

至于她能不能去日本，已经不重要。

在电脑前又骄矜地坐等了三天的林子玥，今天上午终于忍不住去唐明仁住的宾馆看看。到大厅问前台，前台告诉她："巧得很，他刚退房走了。"她无言，只在心里道：真是掐着点错过了！

原以为他会是自己不期而遇的"荷西"，没想到，终也是过眼云烟。命运总与她愿违，她都懒得反抗了！

林子玥满以为终于找到一个可以走出与艾光明情感阴影的突破口，用新的恋情化解旧的痛，未料，唐明仁却一句话没说就不告而别了！

如何尽快走出艾光明的阴影？想了好久，终于想到与唐明仁同一天呼她的吴荣——自"三八"妇女节那天通话后，彼此再没联系。因倪超雄在，她便去隔着客厅的洗手间联系吴荣。

她几次拿起手机要打，又几次放弃。真的，若有别的办法，她不会放下骄傲放下自尊主动联系他。人都是这样，正在经历某种痛苦时，总以为是最痛苦的了，一旦时过境迁，遭遇比这更痛苦更凶险的事情，才会发觉以前的一切都不算什么。

何况，拿她对吴荣与对艾光明的感情相比，她对吴荣的感情要轻得多。

经过好一番心理挣扎，她终鼓起勇气拨通吴荣的手机，对他道："3月初，你主动呼我，什么意思？"他惯常地笑几声后，似打趣又似讥讽地说："我没什么意思……"

但从中也听出，他去年3月给她打电话，她却对他冷漠拒绝，他对她的骄矜、自负已怀恨在心……

不知谁说过爱的反面不是恨，而是冷漠。既然他对她怀恨，说明还有感情，便不管他的打趣或讥讽了，她直截了当说："最近，有个日本人找我，我可能要嫁到日本去了。"原以为他会着急，马上敛起笑容认真问："真的吗？"未料，沉默半晌，电话那头却爆出一阵大声且失常甚至恐怖的笑声……

吴荣可能以为一向不善说谎的她，为了抓住他，竟编了这样一个蹩脚的根本没人信的谎言。确实，如此短的时间，以她的工作，她居住的小区，都让人难以想象：一个日本人怎么会和她产生瓜葛？

既然他不信，她也懒得解释就挂了电话。

尔后，将自己仍关在洗手间，发了好一阵呆才出来。

真是时运不济，屋漏偏遭连夜雨！出口未找到，反受吴荣好一顿讥讽与羞辱，真不该打这电话！！

55.

傍晚，林子玥搬到了通州一处离《京都纪事》杂志社较近的小区。在送走帮她搬完东西的倪超雄后，在这真正属于自己不被任何人打扰的空间，她想起八年前与叶希声最后一次见面，他演说般的话："她们要走，就让她们走。但你，不要走！我总觉得你会在我生命中留下些什么。"她跌坐在拼木地板上，号啕大哭……

一直以来，确切说是遇见艾光明之前，她都不明白：将自我价值实现放在首位的她，不得不放弃叶希声，选择吴平后，期望与叶希声继续保持普通朋友写信的联系，叶希声为什么不愿意？

现在，她经历了与艾光明这段感情之后，才明白：叶希声对她的情，已情到深处情转薄，甚至到了无情的地步。他不是不愿再给她写信，而是每次写信仍无法改变她的选择，那么，他又如何面对对她深情丝毫不减的自己？

既然他无法做她的普通朋友，那继续与她鸿雁往来又有什么必要？还不如快刀斩乱麻，及早解脱。

就像现在不管如何让步，仍难改变艾光明的她，没别的办法，只有选择离开，甚至不惜以放弃自己喜欢且刚刚步入顺境的事业为代价。但凡还有一丁点办法，她也不会走到这一步。

可艾光明不但一点不懂她此时的心情，而且比当年只希望与叶希声保持普通朋友关系的她还贪心：在选择山东女友之后，还想与她继续保持超出一般朋友的关系。这怎么让一向矜冷孤高的她面对自己？

林子玥原以为，绝情的、无情的艾光明所给她的伤害，会因突然出现的唐明仁带她到谁也不认识的异国他乡而痊愈。哪知，艾光明只消一个电话，一切就变了样。

那天，逛完街，她与唐明仁在一餐馆正面对面吃饭。忽然手机响了，她一看是艾光明的电话，便没接。哪知过了一会儿，艾光明又打来。再不接，她怕唐明仁起疑，只得接了。不等艾光明说什么，她便不耐烦又没好声气地说："我在和一个朋友吃饭！"（她没说："我在和男朋友吃饭。"实际上，唐明仁早就将她视为女友了，并拒绝有缘服务中心老师让他再与别的女子见面。）

电话那头，艾光明竟像她真正的男友，非常理直气壮非常气急败坏地大声呵斥大声质问："我打你手机这么久，你在干什么？你怎么现在才接？"她一时愣住，没回答，也不知如何回答，只得神色极其慌张地挂断了电话。

之后，她也没给听到全部电话内容并起疑的唐明仁做任何解释。这便是为什么最后他一句不说就离开她、离开北京的原因。唐明仁离开之前，一定非常非常难过。因这之前，他曾几次对她说：很讨厌那些与他见面虚伪做作的女子！比如明明是开车来的，还要远远地将车停好后，说是坐公交车来的，好像生怕他知道她们经济条件不错。

唐明仁未料到，看上去率真也值得信赖的林子玥，也骗了他。一气之下，唐明仁便对有缘服务中心的老师谎称与林子玥成了，过几天就要回日本，而把档案顺利撤了！她虽从没动过骗唐明仁的念头，事实上还是在利用他尽快忘掉艾光明。结果，艾光明只一个电话，她便张皇失措了。

可笑的是，只顾自己感受，根本未站在唐明仁立场看问题的她，前些天还因他再不给她打电话并不告而别而伤透脑筋。

下了车，她去西单商场方向寻找手机维修点。当她手拿砖头一样的诺基亚手机让维修店两个小伙检查时，他们望了望她这样一个南方娇俏的女子，不解又有些讥讽地相视一笑，潜台词再明白不过：如此粗笨的手机，不赶紧扔掉，还修它做什么？

她佯装不知，仍嘱咐他们好好检查。买手机时，她为什么没选轻薄的摩托罗拉，而选砖头一样的诺基亚手机？只因与艾光明那部别人送的"大哥大"不仅品牌相同，外形也类似，乍一看就如情侣手机。

也是这一刻，她才明白并理解：文学院同学，五大三粗、土得掉渣的游青山，为什么洗衣服时总戴着红塑料手套？因为，他所爱之人，每次洗衣服都戴红塑料手套。

56.

今天是清明节后的第二天，头天下了整天小雨，天奇冷，寒风就像一根根钢针追着来扎林子玥只有一层薄衣的后背。她咬着牙，双手环抱于胸前，身子缩成一团，也无济于事。晚上十点，她才从清华大学出来往租住的通州方向赶。其实，只要一个电话就可以拨通租住在附近的艾光明的手机，让他想办法。

可她没有，只希望一度被他讽为"林黛玉"的自己有所改变。

林子玥从地铁口出来，因为太晚而没赶上322路末班车。一时没了主意的她，顾不上害怕，继续向前走，任耳边一声比一声高地响起出租车司机揽客的吆喝。

但，前面是遥遥无尽的路，且所有的车都迎面而来，与她前行的方向相反。原来她走错了地铁出口。她只得转身，因不愿再听出租车司机吆喝，便没原路返回，而是向头上一座连接高速路两端的铁桥走去。还未走到铁桥，只上得四分之三掩藏在杂草丛中一尺宽的台阶，冷不丁地从桥上幽灵一样冒出三四个身板壮实的男子来。她还来不及做出反应，他们便目光如炬齐刷刷向她这深夜形单影只的女子身上投来。没时间回想各媒体报道有关女子深夜独行的种种惨剧……无可选择，在桥下往来车辆忽明忽暗的光线中，她只能将自己的表情陡然变得异常凛然异常肃穆异常庄严起来，就像一个王者进入无人之境……

当这几个男子低头一声不吭规规矩矩与她擦肩而过并远去后，她不由想起17岁时形单影只的一个夜晚。

去大新厂上零点班，要经过一段堆满石匠给亡者打凿的石碑的路。那条路大白天人就少，夜晚更阴森恐怖。为避光亮处被坏人发现，她故意靠里边阴影处走。正低头凝神赶路，忽听"扑通"一声，只见一男子为抄近路正向里边高坎爬时，蓦地被暗影里忽然出现的黑衣黑发鬼魅样的她吓坏得失足掉下来，爬起身撒腿便跑……她则一边仍气定神闲慢悠悠走着，一边想起鲁迅踢鬼的故事来。

下了桥，走在只有她一个行人的人行道上，想到可能还有最后一班小公车，她决定继续前行走到公交站台。

突然，一个穿卡其布工作服骑自行车的中年男人，在经过她身旁时大声道："没车啦！别等了！"她沉默着。而他，已放慢车速，并自顾自叨叨："多冷的天！穿这么少，一看就是南方人！"

佯装未闻的她，仍沉默着继续前行，只不过脚步明显慢了，既像一个心性高傲的人不肯立时认输，又像一个有些人生阅历的女子对陌生男人的戒备（比如去年在西苑时的中年男房东）。

若真像他说的没车了，她还有必要在这傻等吗？而且，中年男人根本不用她张口，就已刹车停下，说带她一程。在一切情况不明之前，面薄的她，也不好拂他善意，只得坐上自行车后座后再见机行事。

见她坐稳了，他问："去哪？""北苑。""带不了你那么远，到梆子井看有没有车。""好！""你干什么的？哪儿人？"

一直两耳张着、汗毛竖起的她，犹犹豫豫模棱两可答着。知道她还心存戒备，他便解释："你不要在意，我是无心问，没什么目的。我上晚班。"

曾是大新厂女工的她当然清楚，这世间，还有很多人过着昼夜颠倒的生活。当别人都顺应自然规律"日落而息"时，他们却要起床出门上班……对于这个保持着劳动者质朴善良品质的男人，自己却持着怀疑戒备，在后座上，她低下头真有些不好意思了。

忽然，一辆疾驰而来的小公车从他们身边呼啸而过。"我追上它去。""很难追上了，等会儿在梆子井我打车。""别，既费钱，这么晚，又不安全！"说着他便狠命蹬起车来，身子几乎匍匐于车头上……她真过意不去，自己与他素昧平生，平白无故给他增添麻烦负累不说，关键时刻，还一点帮不上忙、使不上劲。

他第一次向小公车招手，司机未停。他再狠命向前蹬，追了好长一段，小公车司机才停，并不耐烦吼道："快点！"自行车立时刹住，她跳下车。他把车随手一放，就将一只脚刚迈上小公车的她，急急忙忙推了上去。

寒风呼啸中，也不知他有没有听见她说的一声"谢谢"，这个质朴善良的男人就被风驰电掣的小公车，顷刻甩在后面好远。而她，连他姓甚名谁都不知。

57.

周日，写完稿的林子玥想起一件事来。上周二，因过些天就要离开《教育信息》去《京都纪事》杂志社正式上班，出门前，她还是强打精神，稍稍修饰了下外表。

在编辑部工作间隙，一向好静的她也离开办公桌，与众同事凑趣地说说笑笑。一贯合群随众的艾光明，却没有加入，独自站在一旁，默默地呆呆地看她一颦一笑。原来，她的离开，于他并非无动于衷！她将这尽收眼底，佯装不知与众同事仍谈笑自如。

下班时，早工作完的他故意拖到别的同事都走后还不走，非跟着收拾完东西的她去新搬的住处。她不同意。他急道："我只是看看，了解了解那边房屋出租情况要什么紧？你又不是不知道报社现在搬到这，离我住处有多远！"的确，他看看，了解了解租房情况要什么紧？如果太在意，反倒显得自己不坦荡，她不再说什么。

两人一前一后上了开往通州北苑的车，一路上都没什么话。即便因没座位，她站着，由于司机一个急刹车，身子几乎倾倒时，也没想要依傍他的意思。他呢，也没有赶紧主动上前护卫她的意思。

到了她的新住处，原说只是看看，了解了解这边房屋出租情况的他，结果滞留到10点都不肯回去。她催促，他便借口要给她讲讲司马相如与卓文君的故事。她平日书看得少，历史人物知晓得更少，当然很想听听这对才子佳人的故事，便支颐托腮安安静静地恭听。

不知为什么，后来他又换成了瓦岗寨英雄好汉的故事。自小野性生长，在农村与小伙伴们不是上山摘野果、下河捞鱼虾，就是田间地头玩泥巴；到了学龄，虽来到在政府工作的父亲身边，因左邻右舍女孩小，只得与同龄男孩玩的她，更是野性日增：一有空，不是下军棋、滚铁环，就是去橘园偷橘子、上假山捉迷藏……所以，一帮男人故事，她也听得有滋有味。待故事讲完，时针蹑手蹑脚已指向11点，她再次催促，他却说，等他出门下完六楼再走到公交车站，末班车都没了。无语。

结果，在那么小的空间又面对蓄谋已久的人，她能逃到哪去？

但，他的再次走近，不仅毫无甜蜜可言，反增加了痛苦。她该怎么办？挑明了问他对彼此感情到底持一种什么态度？还是仍隐忍不言，遥遥无期等某一天他自己供认？第二天，她先呼的他。与其说是给彼此留一回旋余地，不如说是对他自己坦言还抱最后一丝希望。

未料，从早上太阳东升一直等到晚上太阳西落，他都没回一个电话。是山东女友在身边，还是她于他来说根本不重要，想回就回，不想回便不回？

在感情上，与他近一年比任何异性都长的纠葛不清，早让她丧失耐心，更不信他那套爱情理论：感情需要慢慢培养，不是一蹴而就的！她终于拨通他的手机，单刀直入把问题从脚底摆到他不可回避的桌面。结果，若不打这个电话，她这一生，甚至撒手人寰，都不会想到阻碍他们之间感情进一步发展的原因，竟是——他对她只有感情，而没有爱情！

他对她只有感情，而没有爱情？那他对山东女友就有爱情？有次在他的小屋，他不知出去干什么，本端坐书桌前静静等待的她，被他出门前不便言说的表情勾起好奇心。她轻轻拉开抽屉，一张他与山东女友在孔子墓前的合影赫然出现，震得她心神恍惚，但也只瞬间。因再定睛细看时，就看出了其中蹊跷：他与山东女友虽在一张照片上，应算合影，可看上去又是不合之影。

为什么？因为矮小的山东女友用手主动去挽高大的他的手臂，他不仅没迎合，还像避让什么很不情愿地与她至少隔着一尺之远。难道这就是他对山东女友爱情的真实写照？

她被他说傻了。自从遇见他，才明白什么是爱情的她便傻傻地问："那你认为什么是爱情？"他答："如果是爱情，会比感情更深沉更热烈！"可笑的是，她竟一直以为他对她的放弃是彼此都沉溺于思想，不愿面对衣食住行，而无人去维护家庭；或者因她被太多人喜欢，连倪超雄也不例外，使得他没有安全感。

哪知，都是自己一厢情愿的错！

既然他对她只有感情，而没有爱情的话已像锋利的刀片猝然划伤了她的心，那，何不让刀片伤得更厉害些，因为痛到极致便是麻木！她一再恳求："哪怕被伤害，你也要将最真实的想法说出来。"沉默良久，他就真的毫不留情地说："不要对我抱有任何幻想！因为我们结婚会不平等，而做夫妻是要平等的。我们只能做朋友。我对你的感情没有爱情那么深那么热！"

她还来不及思考他为什么定论他们结婚会不平等，单单最后一句"我对你的感情没有爱情那么深那么热"，就让她对他的情感彻底完了！！

起初，冠冕堂皇说什么怕把大实话说出来会伤害她，实际上，只是为自己无爱无情无耻地玩弄她再延长些时日，自私、冷酷、残忍……

今生今世，最讨厌别人在感情上欺骗她！不管什么理由。如果出于怕伤害她，骄傲的她宁可接受最鲜血淋漓的现实，也不要这种怜悯；如果仅从自己利益出发，玩一玩，刚烈的她更不能容忍！套用简嫃之言："所有不被珍爱的诗集，都应高傲地绝版。"所有不被珍爱的情感，都应高傲地斩断！

他实在是情场布局谋篇的好手！而她，只是个心智不全的孩童，一直仰头活在自己对他的想象与创造中：越来越物化的时代，理想主义的他与大多追逐豪宅名车的男子太不同。就像株型美观，不畏严寒傲然挺立于雪山之上，为寒冷高山铺满春色的雪莲，与一片片汪洋恣肆怒放田间地头的油菜花太不同！

为了这"太不同"，哪怕千辛万苦，她也心甘情愿：第一次因异性去住平房；第一次给异性主动写信；第一次与异性交往，"丁克"不是首要条件……

她自以为终于遇上一个人如其名"爱光明"，又推崇儒家"知行合一"思想，在情感上也光明磊落、坦荡无欺的人，现实却给了她极大的讽刺与棒喝——他对她，只有粗浅的情感，甚至性！她不但惊骇，而且悲哀。

也许正像约翰·阿登在评论中产阶级时说："他们那种光明磊落和仁爱厚道的天赋品质从未经受过严格的考验。一旦他们经受考验，就土崩瓦解了。"希区柯克也认为："人们的正派和善良的品质可能是天赋的，但常常经受不住严格的考验……"

真正分手那天，她打算求他一件事：将刘珊——他曾最深最热地爱过的女子的照片，给她看一眼。她要弄明白，人世间有百媚千红，为何他独爱刘珊一个！

但，她内心又有些担忧，不是担忧刘珊比她漂亮，而是并不比她漂亮，他却爱得那样深那样热，自己岂不更可悲可怜？他们之间的审美存在很大差异。比如前些天采访青年才俊周慧群配的那张照片——土红砖墙前，线织的八角帽，五官周正的容颜，随意垂在胸前的麻花辫，色彩交织的毛衣，别有一种气质之美与灵魂丰盈之美。他不仅不欣赏，还皱眉蹙额地颇有微词。微词的原因，不外乎周慧群非他理想中纯白如纸、天真近愚的女子。因在周慧群那双看似温和的眸子深处，他读到了一种叛逆与不羁……

58.

没想到广告部几位素日眼睛朝天的美女，竟特意跑到编辑部对林子玥一再感谢：她采写了人物访谈稿《超越时间流逝的罪过》！这篇文章能得到一般人眼里靠脸蛋生存吃青春饭的她们的感谢，实在意外。因编辑部还有别的同性同事，一向低调也颇谙人性的她，便没表现出特别惊喜或自得的样子，只讷讷地一时不知说什么好。

其实，写这篇人物访谈稿那晚，因风寒加之长期超负荷工作，还有与艾光明感情纠葛不清的心累，她突然患了重感冒，重到只能卧床休息，什么也干不了。一旁非常心疼的倪超雄实在看不下去，便自告奋勇替她赶稿。浑身无力的她，虽不好意思，也只好同意了。

但当倪超雄把写完的稿交给她，可能因为太赶，也可能因为倪超雄向来言不越规、行不逾矩，总之，她看到的不再是采访中流泉飞瀑样畅说自己教育理想、方法，很有个性很有激情甚至叛逆的周慧群了，而是与沉默的大多数一样：面孔模糊。

尽管倪超雄一片好心又付出了时间和劳动，可对于周慧群这样一个可遇不可求的采访对象，就这样模糊掉，实在可惜。她不顾倪超雄怎么想，一句话不说，便像《红楼梦》中"勇晴雯病补雀金裘"一样挣扎着起来，每一句录音都屏息凝神地听，再尽量保持周慧群原话原意地写下。不仅非常劳心费神，还非常费时间。有时为准确起见，一句含混的录音，要反复听几遍，她才斟酌再三下笔。因此，当写完最后一字时，天已蒙蒙亮。

没想到的是，她这篇在身患重感冒又非常劳心费神费时所写的人物访谈稿，周五例会时，艾光明第一个跳出来声严色厉狠批她一顿后，还让她回去多反思反思；接着，唯他马首是瞻的路一鸣又大放厥词；随后，一向平和的丁红也壮起胆说什么文字太多、段落分得太大、小标题不是很好；甚至，原觉得没什么可说的柳执行主编为息众怒也不得不说她一通。不过，主要还是针对她采写王婷的那篇文章，什么采访一个大学生也用整版，敷衍塞责，上稿之前不打招呼，定版时才知道。

用整版篇幅写王婷，她自作主张存有私心是有的，主要是想让艾光明对于彼此的感情多些勇气多些乐观！王婷14个月就失去走路权利，作为她的男友，就意味着要付出很多、承担很多，不只是要干很多活，还要承受来自亲友的压力和社会舆论……他都敢于直面敢于承担，如果没有人给王婷更好的选择，他就绝对不放王婷走！

敷衍塞责倒不至于。为了做好《才俊》版，她真是当作事业般不分日夜甚至带病在做。她委屈得几乎落泪。当柳执行主编问："你还有什么话要说？"她欲说："你们接二连三甚至群起攻之的《超越时间流逝的罪过》，为什么我写了那么多人物访谈稿，却只这一篇发表后接到好几家知名报刊的约稿电话、电邮？何况，我们报本来发行量就不大。"但，因柳执行主编一直待她不薄，她不想在众人面前驳她，便忍了，抬起头很不自然地说："没有。"

她想：那些要说的话，还是留给引发这场众怒的罪魁祸首艾光明去说吧。

到了晚上，她本不想打扰艾光明，可一想到例会上他狠叨叨的话，她断定他没认真读过《超越时间流逝的罪过》，便气不打一处来，非问个究竟。

先呼他，没回。又呼，仍没回。再呼，还是没回。是身边太吵没听到？或是以为她要与他谈情，听到了也不回？不得而知。

直接打他住所电话吧，又怕常来看他的山东女友抢先接。可为工作打电话有什么好心虚的？加上他说出对她"只有感情没有爱情"那样的话，她的心，就已死了，怎么还会有一丝私人情感可言？

拨通电话，他仍秉性难改，不管何时何地都先自报姓名。她刚启口，还未言归正传，他便以在工作为由极没耐心地打断。这还不算，他还特意强调一句："我女友过来了!"

什么意思?以为她还要跟他谈感情?她仅为《超越时间流逝的罪过》这篇文章而已,真是可笑!平生最恨自以为是、以为谁都会对他死缠烂打的异性。她严肃甚至强硬地说:"我没别的意思!只想问,你好好看过《超越时间流逝的罪过》没有?""我的确没好好看过。但,我采访一个人也能写一两万字!"

既然没好好看过,有什么资格当众批评她?难道他的批评就是没有事实依据的信口雌黄?还有,他这话是什么逻辑?难道她是因为这篇文章写了那么多字才跟他理论,而不是所要传达的思想观点?

在她离开《教育信息》一星期后,她打电话问他:"你们星期五例会,柳敏慧怎么说?"可能一时没明白她此问的意图,也可能与她对话谨言慎语惯了,他半晌不出声。为减少尴尬,她又语速极快添油加醋道:"我现工作的《京都纪事》管得很严,不仅每天都要坐班,上班、下班要打卡,还要每周写述职报告,根本不像文化单位,而像外企……"

未料,他却冷不丁一句:"你——再回报社是不可能的!"语气之生硬之冰冷,让人不寒而栗……

她当即质问:"你怎么这么想!我既做了决定,就不会改变!"

他不语。

她"啪"地挂了电话。

其实,她是怕伤害柳敏慧。她早听他说过,柳敏慧不久将去美国。她这时突然辞职,不是给柳敏慧添乱吗?因而,她人虽走了,心常不安,才打电话问他。她辞职时,不管当面还是电话中柳敏慧都真诚挽留过她:"你是个表面平静,内心却丰富的人。你的文章我很欣赏,今后也会给你更多自由采写人物的空间……"可她去意已决。她不好告之实情,想了半天,才想起同艾光明分手前曾关注过新楼盘,便谎称准备在京买房才去《京都纪事》做房地产报道。柳敏慧很是不解："难道买房就要去做房地产报道？"她一时找不到别的站得住脚的理由，哑口无言……

没想到他竟以为她现在后悔辞职，而斩钉截铁说她不可能再回报社！

他以为他是谁？可决定掌控她的一切？

她没遇到困难他就这样，真遇到困难还不落井下石？

59.

离开《教育信息》(不如说真正离开艾光明)后，林子玥处于一种自虐状态。为让自己没时间痛苦，除《京都纪事》房地产采访报道外，她还兼职做两份报纸的人物访谈。每天凌晨一两点才睡，五六点就起床。

艾光明呢，在她刚离开《教育信息》时，好像还不觉得什么。直至过了些时日，这事实才像春笋在黑暗中蛰伏很久，终于到了一个春风拂面的日子，破土而出，节节拔高……这让一直期望有个温良恭俭让贤惠之妻稳固后方，又有个高山流水红颜知己支持事业，家庭与事业都要照顾到的他很不甘，便对她又开始电话追踪、搅扰……

为尽快摆脱艾光明，她终于答应一位采访过的知名书法家牵线，去见一位年届四十的某出版社社长。本来印象还好，他那么大年龄的人，见到她，还小年轻般羞红了脸。可接下来，她没问，更没逼供，他便痛诉不幸家史：前妻如何如何不好，让他丧失人身自由……好像他一个大男人是被绑架着结婚，无一点婚姻失败的责任。这很倒她胃口，便再没见面。

不久，兰蕙又热心地给她介绍了一位知名画家，说她身上有一种连她都没有的定力，很适合当画家笔下的模特。她从小就爱画画，对画家这个职业有着天然好感，便答应了。

可兰蕙沉吟了会儿，又道："他可以给你提供很好的物质生活，但

222

有个条件，身为他的伴侣，就要安于室，不能再去外面工作。"她有些吃惊，还没反应过来，兰蕙便直言："唉！这大概是有些男人的通病，觉得一个女人为挣点小钱自己去抛头露面是一个男人的耻辱。若一个女人把他当成一生依靠而依赖他，则是最有面子的事！"香软之巢固然诱人，但要以高于生命甚至高于爱情的自由为代价，未免太不合算。何况，若贪恋香软之巢日久，希望像三毛一样万水千山走遍的她，怕是再没勇气出发，定会痛心疾首！她马上阻止了兰蕙。

之后，她与北京某进修学院一位年龄相当的老师出游过一次（他们是火车上认识的，她从湘西回京，他则从香港观鸟回京。虽交谈不多，但他对她颇有好感，他下车时便存了她的手机号）。从郊外一同观鸟回来的路上，他怯着地问："今后我们能不能向男女朋友发展？"她如实道："我从小被父母惯坏了，怕是难以相处！"他竟不信地说："难道还有比北京人更惯孩子的？北京人惯孩子那才叫惯！"惯孩子乃人之常情，难道还有地域之分？真是闻所未闻！

从他"北京人惯孩子那才叫惯"的神逻辑，联想到，若真与他恋爱了，他的那些七大姑八大姨对她这"外来妹"还不知怎样看轻、慢待甚至作践，便全没了兴趣。

60.

周六，林子玥正在改稿，突然呼机响了。她回电话，听到的却是一个陌生男子的声音。她正迟疑要不要搭理，他已自我介绍："我叫田园，是从有缘服务中心知道你呼机号的。你看，我们能不能见个面，就今天？"原来又是一个征婚男把她当征婚女了！本要拒绝的，可一想到艾光明一天一个电话，便道："可以！"

赴约前，她也没怎么拾掇自己，随随便便一套牛仔，好像去见一个普通得不能再普通的朋友。更糟糕的是，上了车才看几点的她，方知离约定时间已晚了一小时。平日最守时守信的她，明知自己不对也不主动电话致歉，只由着这错误继续下去，结果爱怎么样就怎么样吧。

到了约定地点。休息日，人不多，老远就见一青年男子朝她这边张望。凭直觉，他就是田园了。奇怪，第一眼，他给她的感觉就是：让她一直悬在半空的心，终于落地，并有一种非常非常踏实的感觉。至于他具体的相貌、衣着，都没什么印象。

她没向他解释自己为什么迟到了一个多小时。他也完全没问。他们在附近星巴克找了张桌坐下。电话里就知道他是设计专业毕业，而她对设计也感兴趣，便自顾拿着采访时拍的《万荷塘》照片滔滔不绝说起来……可他对此好像并无多谈的欲望，更别说有什么惊人的见解了。

之后，她问他最想做的事是什么。他说："在我，没有什么最想做和不想做的。"这等于没回答。她又问他今生的愿望是什么。他眼中才现出一缕光说："成为一个被人仰望的成功人士！"什么叫成功人士？在大多数人眼里，就是拥有豪宅、名车、美女。她不再说什么。不知道是失望还是茫然，因为他的这种终极追求，并非她的终极追求。

在地铁口道别时，他问她喜欢什么歌。她说了些70年代人都耳熟能详的歌。他纳罕地问："你我不是同一时代的人，怎么都喜欢一些老歌？"她睁大眼睛对他认真道："你只不过比我大1岁而已！"他一脸惊诧。

看来，又是一个将她的年龄减少10岁的人。

与田园第二次见面，林子玥两条松软麻花辫、中式红黄格子布裙同周遭都市女性迥异，显得特立孤高。她在人群中蓦然见他，竟有一丝自己都不敢直面的失望：他是那样平庸，扎在人堆里，一下子就找不着了。

是心高气傲的她多年来不肯在情感上游戏、屈就，只对艾光明动心

224

动情却一败涂地的自我背叛？是艾光明这冤魂苦缠，根本不容她独自冷静思考？还是她的人生之路如尼采所言，"我站在最高的山峰之前，行将开始我最漫长的旅程，因此我必先走下我从未如此下到过的深渊"？

身在其中已疲惫不堪的她，分辨不清，只任由命运引领——既不费神揣测到底去什么地方，也不试图做一些有用或无用的反抗。只希望遇到再大的灾厄，自己都能撑过去，便努力说服自己接受田园的平庸。

之后，他们走进一家中式菜馆。菜还未上来，她便从包里拿出一张几年前在海边拍的照片给田园，看他什么反应。谁知，他却说："一看，就是个很大气的人！"颇出乎她意外。离开西苑前，在艾光明的小屋，她也主动给他看过这张自己最喜欢的照片，满以为他也会喜欢或大加赞赏，他竟声严色厉道："你这样狂！我是不会要你的！"她不明白他这话的意思，更不明白他为什么这样说的她，怔忡得一句话都说不出来。

林子玥与田园第三次见面，是在一个公园。当田园看到一座由青铜塑像和花岗岩底座两部分组成，以安徒生名作《海的女儿》主人公为原型塑造的美人鱼雕像时，他对她说："你看，你就像那美人鱼！"她思想正开小差，没看见他的表情，也没听清他说什么，便表情严肃地问："什么？"

他着了慌，连忙赔笑道："如果我话多了，就改……你，你是领导，你说去哪，就去哪！"如果没经历过艾光明对她的冷酷与无情，听到他这样的话语，她就算不耻笑他陈词滥调，也会置若罔闻，而不会像现在竟有些许感动……

后来，不论他让她与装扮成印第安人的男子合影，还是在几辆酷车前留影，一向喜欢独影（即便采访再有名望的人，也从不主动提出合影）的她，都随和平静地接受了。

61.

不知为什么，好像一夜间林子玥对倪超雄就冷淡、疏远了。不论她怎么传呼她，怎么打她手机，她都不回，不接。

晚上她正在房间看书，客厅没来电显示的座机响了，她以为是田园打来的，便过去接听，却是个既陌生又熟悉的女声："请问林子玥在吗？"她没想起是谁，惯性道："我就是。"对方自报姓名："我——倪——超——雄。"一听是她，她声音马上生硬起来。倪超雄好像并不在意，径自说下去："你现在还好吗？我很担心你，很想你，哪天我来看看你？"她仍生硬地应答着，唯恐自己语气一软就会激起她更大的热情来。倪超雄问："我到底说错了什么话或什么地方做错了，让你变得这样冷漠？"她冷冷地说："没有！"说完，也不管倪超雄怎么想，"啪"的一声就挂了电话。

其实，她也不明白自己为什么突然就对她冷淡了。按世俗标准，倪超雄是个大好人，对她也很好。比如这次搬家，她还在发愣如何收拾，倪超雄便用床单几下包好少说几十斤的被褥、枕头，二话不说，扛起就走，"咚咚咚"从六楼一直扛到一楼。特意赶来帮忙的泰山看到，都不由竖起大拇指道："她真够朋友！"

倪超雄人虽很好，却一点也不了解她真正的需求。比如，她与艾光明彻底分手前，准备用电脑写稿，问她借指甲刀。她忙拉起她的纤纤玉手，像观赏一件珍贵的艺术品，急道："别，字我帮你打。"她能随时随地在她身边帮她打字？就算在，忙起来也顾不上呀。何况，她要用事实向讽刺她的生活得随时有个佣人伺候的艾光明证明，她也有脚踏实地的一面，便不顾倪超雄的拦阻，"咔嚓咔嚓"眼都不眨，就将十根手指上的长指甲齐齐剪掉。因疼惜她，倪超雄竟几次劝导："你那样文弱，就别瞎折腾了，找个有钱男人嫁了算了，哪怕那个男人老一点也无谓。"不能不说她的出发点是好的，可还是糊涂。

波伏娃早在《第二性》中就说："男人的极大幸运在于，他不论在成年时还是小时候，必须踏上一条极为艰苦但也是最可靠的道路。女人的不幸就在于她受到几乎不可抗拒的诱惑包围，一切都促使她走上容易走的斜坡：人们非但不鼓励她奋斗，反而对她说，她只要听之任之滑下去，就会到达极乐的天堂；当她发觉受到海市蜃楼的欺骗时，为时已晚，她的力量在这种失败的冒险中已经消耗殆尽……"

所以，自小衣食无忧的她，只希望生有激情，活有意义，而非酒囊饭袋行尸走肉。当"现在的我"与"理想的我"发生冲突时，她需要的是激励、鞭策甚至棒喝，而非倪超雄母鸡护小鸡样的爱。

62.

周六，在田园的一再恳请下，林子玥答应去他住处看看。晚上11点多，他们还在客厅聊天。忽然，茶几上的电话响了，就在近旁的田园不接，却让她接。不好意思的她，本要推脱，但想起泰山曾说，"看一个男子真不真心，就看他住所的电话是否让你接"，她还是接了。

是个年轻女孩，她把电话给田园，他很坦然地跟女孩通话。原来是"五一"假期他们在公园玩时，给他打电话说要来北京的那位，这次下了更大的决心——学得好好的计算机突然放弃，要学设计，并希望田园给她多多指点。

挂了电话，田园兀自埋怨："像汇报工作，真烦！"

之后，那女孩便再没来电话。

偶尔，她翻看那女孩旧日写给田园的情书。

田园：

夜，有些寒。

好像很久你我都不曾用书信这古老的方式来交流了，对吗？其实一直以来想给你写信的欲望远远多于打电话给你的冲动，只是你一直没有给我地址。而我好像也没有去年的那份勇气了。还记得那封长长的信吗？至今忆及只记得洋洋洒洒，而具体所云我也记不清了。只知你给了我一个联系方式，尔后我来到了师大，再然后我联系上你，冒冒失失地让你帮助。以后便这样断断续续地在蓝色磁波中往来着。说出来人家都不信，竟还是此次你经过合肥才见着我第一面。而第一次见面也竟因我的疏忽差点"泡汤"。有时候，像整理一篇散文的思想底蕴，竟不由自主对自己微笑，很悠长的回味。那些点点滴滴印象……

田园，我还是喜欢这样直呼你名（不够礼貌也不管了，谁叫这两个字写出来这么顺手）。遥远的此刻，可曾让自己小憩片刻，微微流露出心底的秘密？喜欢诸葛亮《诫子书》中这样一句话："非宁静无以致远。"我认为"宁静"不只是爱情，也是生命的最高情操。诚然，激情好像会使人燃烧，让生命丰富多彩（现在好像有讨论"激情是否是一种危险的力量"）。而在我，这些年来却逐渐感觉更崇尚理性的睿智，那份沉稳和务实。只有缄默与平静地相守，才算是人生真正的可贵。田园，我这样的思想是否有些老态？请告诉我。

正月在你家很开心，谢谢你及全家人对我的款待。其实，这样致谢挺俗套、别扭，可我仍喜欢表达出来。你的细腻和诚恳相对（还有啦，你的"内向"，哈）都让我深深感动，至今仍满心温馨。虽然面对着你时我什么都不会说。可在此，我的笔在流畅由衷地表白心扉，什么也阻挡不了我的所有回忆。尤其你送我回家那段路上心底的……（不说！）

说说你回去的情况吧。心情好时，有时间给我回信，好吗？北方还冷吗？南方现在忽冷忽热的，总下着缠绵的细雨。学习依然必须抓紧，我一切情况还好，生活基本满意，觉得蛮美好的。海子不是说过："我有一所房子，面朝大海，春暖花开……"这次我必须组织班上同学做一次郊外踏青，我想：当众人嬉戏欢笑时，我会忆起曾经与你的"二人行"的。

有时，在阳台上的小桌上看书、做作业、写日记，正午的阳光洒在身上，照在纸上，感觉真好。这段时间烧菜做饭，进步挺大（班上几个同学来我这坐坐吃顿饭，她们说的）。提到这事，就想起你的"可气"，原本叫你来师大，就是想让你尝尝我的厨艺，谁知你这厮却不领情。唉，免提。

你自己要多保重身体，要善待自己的胃。上次丰台区（北京十八中等）许多学校到师大招老师，去了很多同学，也许你在街上碰到几个眼熟的人，会是安徽老乡呢。田园，我是不是好啰唆？

就此搁笔，下次再谈。"晚安"再见！

祝顺心胜利！

百合

2002年3月15日

林子玥还是蛮感动的，不免为那女孩抱屈，便认真问田园："为什么不接受她？""没感觉！去年回老家过年才第一次见面。她说，在我当老师给某班上公开课时，身为学生的她就喜欢上了我。"

而田园在她眼里却最平常不过，不免感慨：人，也是横看成岭，侧成峰的！

63.

林子玥将熬夜整理的《京都纪事》稿约打印好给倪编审，才知《京都纪事》已停刊。倪编审说，若她愿意去公司的另一杂志《美容》，就等王主编回来自己去说，那边正缺两位编辑。

听到这，她心里并不难过，反有些庆幸：一，每次一看到硬广告般的房地产稿件头就痛的她，美容类稿件虽不是最爱，至少不会让身为女性又爱臭美的她厌恶；二，倪编审不会因她工作出色而表扬，反而时常冷嘲热讽。三，可彻底摆脱倪编审这老不正经的掌控，他行动上虽不敢怎样，但让她承受男友之外异性的语言挑逗有如吞下绿头苍蝇。

没几天，《美容》杂志的王主编就回来了，林子玥向她毛遂自荐。王主编没马上表态，只说："你先看看近期的《美容》杂志，再来我办公室。"她一本一本认真看了，觉得三言两语难说清，干脆用纸不仅如实写了许多不足，还建议新设一个重要栏目《焦点人物》，并据自己做人物采访的经验，一一写出具体的定位与要求……

这般用心，未料，却因一偶然事件，剧情突变：由于上班途中，前面发生车祸事故，她所坐的车足足被堵20分钟，最后不论她怎么心急火燎赶到公司，还是迟到了8分钟。迟到虽不是她的主观原因，可她大名还是上了"光荣榜"。

公告栏上清清楚楚写着她的名字。迟到的人虽然不只她一个，但是对她来说是有生以来第一次上黑名单！素来爱惜自己羽毛的她便很郁闷，觉得公司规章制度太死，一刀切，不能具体情况具体处理。恰在此时，一个编完稿的男编辑站在窗边，眺望远方自言自语："我的灵魂被禁，哪儿也去不了！没事干，也累！"确实，这每天上班都要打卡，一过点就不分青红皂白将你上黑名单的公司，不仅囚禁人的身体，时间久了，也囚禁人的灵魂。想想可怕，她决定辞职！

可辞职并非小事，加之不再是一人吃饱全家不饿的单身，下班前她给田园打电话："我有一个重要决定。""什么重要决定？辞职？""是！"他云淡风轻地说："辞就辞吧，要什么紧！"她一下午阴霾的脸，便灿如夏花。

一走出公司大门，她就如《大明宫词》中14岁的小太平与韦姐姐女扮男装逃出壁垒森严的皇宫时，高兴得手舞足蹈大声呼喊："我出来了！我出来了！我出来了！"往日横看竖看皆不顺眼的街景，霎时，都如新天新地了……

64.

夜晚，林子玥正偏头用毛巾擦拭还在滴水的长发，忽然，手机响了，她顾不上收拾脏衣服，开门就向外冲去。

所幸，走到小屋床头，手机仍在响。她"喂"了声，猜不出现在九点多了谁会打她手机。对方却道："我是艾光明，已到杨庄路口。我在哪儿等你？"

她脸上即刻浮出一种既像嘲讽又似揶揄的笑，声音却平静地道："你在华润超市门口等，我一会儿就下来。"说完，穿上新买的雪白的松糕鞋。这鞋是因为有了一件心仪已久的雪色长裙才买。若搭配雪色长裙，当然最仙！可她无心取悦今晚要见的人，于是，仍穿着那套粉紫衣裙，手里随便拿个包，就下楼了。

从租住的小区前的胡同走到一条既宽阔车又少的柏油路，放眼望去，却全是人：三三两两散步的，遛狗的，还有跑着或跳着的小孩子。路两旁的大排档、烧烤摊更座无虚席。一个月前这儿还是一条到处坑坑洼洼的土路，雨天一尺厚的泥泞，晴日是漫天的尘土。那时，每一个走在这条路上的人，不是小心翼翼，就是掩着口鼻狂奔。

她向对面的华润超市走去。超市门口人也很多，轻度近视的她还在人丛里茫然寻找艾光明，就听见他大声道："林泉（仍是几个月前她的旧名）——我在这里！"循声望去，他正在不远处挥手，上穿一件普通T恤，右肩到左胯斜背着个长方大黑包，仍是一副在校苦读的学子模样。

她也不知道附近哪家餐馆既干净又适于谈话，因为搬来才不到两个月，新换的工作单位名为杂志社其实比外企还严，不能迟到也不能早退，几乎一日三餐都在杂志社附近解决。于是便征询他："你想去哪家餐馆？""我？随便。"

已走过几家小店的他们，只好向一家快接近路口的餐馆走去。意外的是，这餐馆除他俩竟没一个客人。一个瘦削的服务员将他俩招呼到一张桌前坐下，上了茶后，便拿着笔和单子等他们点菜。艾光明问林子玥："你想吃点什么？""我一点都不饿，你看你想吃什么？"其实，7点钟她在住处已吃过饭了。不是不想在餐馆请他，而是中午通电话时就说好，6点在彼此相距的中段请他吃饭。可他偏偏要来她住处，并且6点变成现在9点多。幸好，她习惯了他的不守时或中途变卦，而没空着肚子一直等下去，该干什么仍干什么。

他低头随意看了下菜单道："就来一斤水饺吧！"服务员去送单子时，她问他最近忙什么。他习惯性地将两手撑在膝上，皱了下眉头道："哎呀，前段时间为我姐联系进修的事跑了好几个学校，等联系好了，她又说机构改革不来了，把我气得……"

想不到他这样的人还舍得花时间为家里人办些事，真是意外。可她不愿随便评论别人的家事，便无话找话地问："你工作忙时，女友支持你吗？"他立即坐直了身子，鼻子里冷"哼"一声，很有意味地笑道："支不支持？她还管得了我？"见他将自己随口问的话当了真，很觉得没意思，便低头喝茶不再说什么。这时他又认真说道："你呼我，说有话要对我说，有什么话你现在说吧！"因餐馆没别的来客，服务员都把眼睛盯着他们，她便低声道："等出去再说……"

他从黑包里拿出一顶灰蓝甚至有些发白的棒球帽，问她："这帽子是不是太旧了？"她记得是他第一次带她去北大某男生宿舍看望许多志趣相投的朋友时，一位朋友给他的。她动了动嘴想说什么，又没说出口，心想：他既然留着，自有留着的道理！果然，他说这是一位朋友送给他的，他不能随便扔掉。

服务员将饺子端了上来，他开始吃。突然，他放下筷子嘟囔道："这是什么饺子！怎么这么难吃？"她抬头无言地看着他满脸的气愤，心里说：你不是口口声声要学颜回"一箪食，一瓢饮，在陋巷，人不堪其忧，回也不改其乐"吗？现在又挑三拣四！一斤饺子他总共动了几个，剩下的全向餐馆服务员示威般任它们横躺在大盘里。

走出餐馆，他又问："你有什么话要说？"看看前后左右都是人，她低头咬了咬了唇道："再等一会儿吧！"他没说什么仍跟她向前走。眼看就要到小区胡同口了，她不能再犹豫，费了好大劲才说："就像当初你确定了女朋友后，不让我再去你那儿……"说着抬头向天长长吐了口气，好像一块巨石压在心上，终于被掀翻。

他颇有意味地笑了笑。她狠了狠心用一种迟疑的轻得连自己都险些听不见的声音说："我有男朋友了……以后你也不要再到这儿来了……"说完低头看着脚尖，却不敢看他。

他沉吟一会儿，很认真地说："他哪儿人？做什么？""安徽的，做设计。"他没再说什么。接着，她受了鼓舞般道："看上去挺老实的，30岁才与我第一次恋爱。""你相信他30岁才第一次恋爱？"他转头直盯着她的脸，急忙问。被他这样一问，她一时不知说什么，他又声音和缓道："哪天，找个机会，让我给你看看……"回过神的她未接他的话茬，只道："我是说他30岁，才第一次走近女性……"末了，恨不得转身对他加上一句："你懂吗？"但，从他低头不再言语的样子来看，他显然懂了。

他没即刻要走的意思，跟着她过了柏油路。她便继续与他谈男友："一次业务应酬，客户请他们洗桑拿，一个女的百般挑逗，他竭力稳住自己。还对我说，人在商场身不由己，今后客户请他们或他们请客户洗桑拿的次数一定不少，希望今后我多提醒提醒、管束管束他……"

不等她说完，他极其严肃地说："如果我洗桑拿，我会告诉你吗？"不知他是嘲讽她男友假正经，还是正好暴露自己本质上的虚伪——即便做了见不得人的事，也从不会对人说。按他这话推理，一个男人洗了桑拿，就不会告诉女友。那他没洗，为什么还要说洗了呢？目的何在？除非，他想摆脱这女友，故意往自己头上扣屎盆子！

她不愿同他再说男友，不论她说男友什么，他都会站在对立面质问她、反驳她。她无言地向前走。突然，他皱眉蹙额表情异常严肃地问："你将过去告诉他了吗？"

他虽没明说哪些"过去"，但她想起第一次给他去信的第三天晚上，当她说到过去在小城，因种种不得已和志趣迥异的吴平举行了土家族婚礼，却没登记，最后协议分手只身来京时，他忽声严色厉地问："你们置办酒席了没有？"她不解地说"办了"，他便立刻以一种居高临下的目光俯瞰她，并有些讥嘲有些冷漠甚至刻薄地说："那也是结了婚！事实婚姻！"她便清楚，他一定是指这"过去"，就如实道："告诉了！"

他很失望地"喔"了一声，就像一个敌手再找不到她别的攻克点而沉默……

当时，她告诉他这些过去后，她想，今后若有机会再将一切细细告之。

后来，因各种事情牵扯，加之她未放在心上，早就把这事给忘了。她完全没想到，过去这么久了，他竟还如此耿耿于怀——她与吴平置办了酒席的过去！

难怪，他给彼此取昵称时，称自己"司马"，称她"文君"，因为卓文君与司马相如邂逅时，卓文君是新寡（这是她最近读《司马相如列传》才知道的）。之前，她只心思单纯地为传说中他们的爱情所打动。甚至，因他以古时才貌双全女子之名作为她的昵称而有些沾沾自喜。未曾想，他原有深意。

难怪，他从武汉出差回来决意与她分手时说："你的信，我看了。虽然你比山东女友优秀，但与你在一起，我没安全感。与山东女友在一起，我则心里踏实。我们都是这样大的人了，我不想再有什么变故……"

难怪，在她就要离开《教育信息》，已搬到通州北苑时，他设计再次走近她。倍感痛苦的她，终于拨通他的手机，一再恳求："哪怕被伤害，你也要将最真实的想法说出来。"沉默良久，他竟真的毫不留情道："不要对我抱有任何幻想！因我们结婚会不平等，而做夫妻是要平等的。我们只能做朋友。我对你的感情没有爱情那么深那么热！"

早知他们之间的感情不能继续的症结在此，而他竟只有这么一点心胸与见地，她早该高傲决绝地离开，而不会一直蒙在鼓里与他纠缠这么久，浪费太多时间！当然，她更不会为自己实话实说而后悔。因她坚信，一个真正爱她的人，不会计较她的过去，而会看重未来。

他也从没问过，为什么她与吴平举行了土家族婚礼，却没登记。从来没有！别说一点点关心，就是一点点好奇都没有！

其实，她与吴平相恋原本就没什么感情基础，更谈不上彼此了解：一，他们虽同学两年（初二，吴平才转来他们班），但那时男女同学都不说话，更别说长时间相处；二，读完初中，彼此各奔东西，面都很难见；三，几年后，从朋友口中得知，钟军想追她，他才抢先托人送来信及书法作品以表心迹。从他的信及书法作品中的文字，她以为他是懂得并欣赏自己的，便试着与他慢慢交往。

有次闲聊，他慨叹："人活着太苦！今后成家我不想要小孩……"正式恋爱前，她必须弄清楚他是否发自内心，便寄去一篇别人评论"丁克"的文章，问是否就是他说的那种。

回信中，整张信笺他用红笔只写了个"是"字。就是这一个"是"字，让如等法院判决书的她手舞足蹈。

所以，那时还未学档案管理的她，就把这"是"字当作真正的契约妥善保存好后，才正式开始与他恋爱。但随着交往的深入，她才发现彼此的思想、志趣相差很大。可有了他，她就不必再向那些茶余饭后爱嚼舌头根子的人解释她为什么还没男朋友，也不必再听母亲的唠叨。

之后，吴平在公安局工作的父亲因公去世。因他文笔不错，还写得一手好字便被借调到公安局工作。他虽只是普通科员的儿子，但因他父亲人缘好，加上他自己嘴又甜，公安局的人便将警用摩托、警车常借给根本没正式学过车的他到处开。

很快，他便学会了小城一些执法人员的坏习性，从而慢慢冷落看轻她。甚至有次在他老家办事回来的路上，他一只手握警车方向盘，一只手夹着一支烟吞云吐雾，扬头斜睨她道："现在我不会变，但以后就保不准了。"

她一言不发，只清清淡淡地笑。

他借调公安局前，因彼此三观不同她欲提出分手，似嗅到这气味的他，忙以退为进，设了个计：说为了彼此将来幸福，他背着她贷款做生意，赔了三万多。为不拖累她，他现主动提出分手。见他一副失魂落魄的样子，信以为真的她，立在窗边心里不禁涌出一丝无言的悲哀：为什么在她深思熟虑彼此应分手时，命运要安排这样的事出现？仰望万里无云蓝空，她也只迷惘了一会儿，便对他朗声笑道："我以为多大的事，吓得你这样！我的工资一万多你先拿去，剩下的再想办法。"他即刻被她这种男子都少有的豪情与担当感动得涕泪纵横，并一再发誓："你真是我的再生父母！将来不报，定遭五雷轰顶！"

不愿落得像《红楼梦》中迎春一样下场的她，便对母亲说，想与吴平退婚。没想到，不仅招来母亲斩钉截铁的告诫："订婚可由你，退婚可由不得你！"还招来不问青红皂白只听母亲一面之词的父亲，对她第一次狂风暴雨般的呵斥："你不要站在这山，望着那山高……"她倔强地没有辩解，只山一般静默！

别无他法，她只得寄希望于吴平，对他道："现在，你一切都好了，我可以放心了。我们是否不结婚，只做朋友或同学？"未料，他不仅不体恤她这番苦心，还怒目圆睁穷凶极恶咆哮道："最毒不过妇人心！你这是软刀子杀人不见血，好让世人都说我忘恩负义，现代陈世美！"她一句话都说不出，心被万箭穿过……

接着他又以跳大桥相威胁，这不是没有可能。她曾因生气时说错一句话，他就用手猛击摩托车钢架，殷红的血滴在银亮的钢架上，说不出的阴森。她虽有些胆战，却仍在辩解，平日里哼哼哈哈的他，趁她不备，拿起半块砖就往自己头上砸。顿时，鲜血直流……

况且，当时，小城确有两个年轻人因情自杀：一个是与她同厂的女工，服毒；一个是某大学刚毕业的男孩，跳楼。

早被他甜言蜜语哄迷糊、一味偏袒维护他的母亲又哭又闹，对她左一句右一句："你退婚，今后让我怎么见人？"并开出条件："你要去北京，就必须先结婚！"恨不得立刻去北京的她仍不妥协，已写好一封长信给父兄，让他们不要像母亲一样逼她与吴平结婚。

当她拿着这封信从自己的小屋来到父母的新居时，母亲见她去意已决，便无奈道："早知这样，为什么不早点说？若在搬家之前说就好了，还可摆一次酒席将你父亲、哥嫂多年放在外面的人情收回来。现在除了你这场事可办，下一场不知要等到什么时候。都怪你父亲没用，一辈子胆小怕事，头上怕搁一根灯草……"

母亲不再强硬，拉家常般絮絮叨叨，她心中原筑起的堡垒竟一下垮了。别人家不仅婚丧嫁娶，就是进新屋、老人生日、孩子满月甚至孩子上大学、参军都要摆酒席下请帖。而他们家，哥哥、姐姐结婚，侄子满月父亲都不准。她想，父亲克己奉公造成的局面，现在只有她来收拾了。

何况，她此去北京，可能经年不回。父母将她养这么大，不仅工作后没交一分生活费，恋爱后也没像别的女儿找一个有钱男友给他们大送彩礼，只是最最最简单的礼数。现在好像只有这一件事可成全她一点点孝心了，那么她个人的屈苦又算得了什么？便横下心接受现实，将写给父兄的信放进箱底，再没拿出来。

举行婚礼前，在照相馆见她独自拍完照，吴平也没提要一起照结婚照。她以为他一时没想起，有意耽搁了一会儿，可他仍没提。她想，存心的吧，便也不提。至于"新房"，她一口拒绝了热心人的帮忙，自己一手布置，没贴一个大红"喜"字。女友说像三毛的家，吴平同事则说似单身宿舍。

出阁那天，她的心像死掉了，故意穿不吉利的墨绿色套裙，头上、胸前不饰一朵红花。出门前，她见父亲无言侧头凄然的脸，心想：父亲真是将她当儿子白疼了一场，最终还是遵循传统将她交给一个知面不知心的人，管不了她的死活。途中，按土家族规矩新娘是不能往回看的，说怕悔婚，她偏要往回看……

所以，别说她自己，就是多年后回故乡，女友也对她认真道："奇怪，你虽举行过婚礼，但在我们印象中或意识里，你好像从来就没结过婚。"不知如何解释的她，只得无奈一笑。

既然艾光明如此传统守旧，那他自己与前女友刘珊虽未结婚登记，但有婚姻实质地同居了半年又如何解释？尽管他身处21世纪，却与19世纪《德伯家的苔丝》中的安玑·克莱无异：新婚之夜，苔丝下定决心要把自己的"罪过"原原本本地告诉安玑。但当她讲完自己与亚雷的往事之后，看似思想开明的安玑·克莱不仅没有原谅她，反而翻脸无情，只身远涉重洋到巴西去了。尽管他自己也曾和一个不相识的女人放荡地生活过……

走到胡同口的拐角处，林子玥知道与艾光明相处的时间不多了，便提高声音道："我不像你，是情场高手！你现在在哪，你女朋友都不知道。我是既不会撒谎，也不会做假！"很是一愣的他，身子几乎向前倾倒，又凄然一笑，似有许多话要说，可到了嘴边又生生咽了回去。自她真正离开《教育信息》，每当夜深人静，他盘腿打坐双手合十——原本涣散的心完全收拢归一时，她便翩然出现，原来，她一直就住在他心里，深深的心里……

接着，她压低声音道："你视之无谓的，别人恰恰视为珍宝！"他声音突然提高而认真地问："谁视之无谓？！"她不想再从如烟往事中给他找例子，她太累，累得几乎与他再多说一句话的力气都没了。

还没到小区门口，只走到一处光线较暗的地方，他突然从身旁蹿到她面前，并伸出有力的双臂让她背墙而立。她一脸错愕不知他要干什么。他低下平日高昂的头，用着火般的唇，急切地找寻她的唇，好似她的唇能淌出无尽的甘泉，即刻熄灭他那将焚毁整个身体的火。

她的头不仅左右闪躲着，双手也奋力推阻着……她不是有意克制自己，而是对他的的确确燃尽了最后一丝感情！现在，面对他，就如面对任何一个擦肩而过的路人。何况，她已有男友了。他万般无奈放开她。

走到小区门口，她向他告别。他竟要跟她一起进去。她一边奋力推阻，一边满脸急色道："你再不走，就没车了！"他看了下手机，已10点多，理直气壮道："从这再走到车站就已经没车了，你还让我回去？"她住了手，怔着不知如何是好。

"你还是让我上去吧，我保证不碰你！""就算你真是柳下惠，可我怎么向她们说？她们都见过我男友。还有，在认识我男友之前，丽华见过你。""你先进客厅，看她们都不在，我再进你房间。"事已至此，她就要点头了，可内心一个声音突然道："万一，她们敲门找你有什么急事，你开不开门？"她将这顾虑告诉他。

他认真想了想："的确，她们看见我，不知会怎么想。那你就帮我在附近找一家旅馆吧。"听他这样说，她不仅如释重负，还升腾出一种感激：难得这一次他肯为她着想！

她一边步子轻快地领着他向胡同出口走去，一边与他轻松说笑着。

说到忘情处，甚至将他紧握的手用力扳开，一猫腰，从他腋下钻了进来，然后露出个小小脑袋，对他极其无邪地笑。他的另一只手臂环了过来，将她紧拥怀中。

她奋力推阻，又怕伤害了他。正踌躇间，忽听不远处有人说话，便道："来人啦！"他就像根本没听见，仍紧拥不放，吻如急雨落下。眼看那几个行人就要过来了，她又急又羞。她不怕在阳光灿烂人潮汹涌的街头被所爱的人拥吻，但怕在这样深的夜，在这样暗的胡同，行人将她当作一个偷情的可怜女子。当那几个行人就要走到他们身边时，她急赤白脸地拼了命地挣扎，他才离开她。

彼此沉默不语地走了一段，他忽说："今晚，你也不回去好吗？"她吃了一惊，想都没想就说："不行，他每晚都要给我打电话。有时九点，有时十一二点。今晚我还没接到他电话呢！"他沮丧得不再说什么。

出了胡同，前面横着一条东西向的大马路。实际上，她对这一带也不熟，加上平日有住处，根本没注意哪儿有旅馆。但她没直说，只硬着头皮往东走，生怕难得这一次肯为她着想的他又反悔！走了好一阵，仍是城建施工的路段，未见有旅馆。她越走心里越没底，便着慌地小声问："等一会儿，到了旅馆你还送我回来吗？""当然送啊！"他回头大声道，脸上的表情好像在说，她这问话，不仅多余还很不可理喻！

她却不这么想，低声道："去年春节回家，你说送我的，后来又没……""对不起！我以前——真是对不起你！"他低下头负疚道。她沉静温和地说："没什么！"记得简媜在《密探》中说："这种外表看起来温和沉静、不争不吵的人其实最棘手，一旦死了心，魂是叫不回来的。"说的好像就是她。

他已看出她也不知哪儿有旅馆，便提议："咱们往西看看吧！"她点了点头。正要转身，对面一辆三轮车朝他们这边骑过来，他马上招手，并告诉师傅去一家比较好的旅社或宾馆。

她一只脚踏上车，另一只脚还在地上，他忽伸出一只手在她短裙下假装摸了一把，还一脸挑逗甚至猥亵的表情。她心里很不舒服，似无意间吞下一只绿头苍蝇。不明白他此举是对她最后的焦渴，还是意外遭拒后的自嘲。

她坐定后，他也上了车。刚坐下，他又勉强撑着笑，故作轻松道："今后……情人，下次我带你到海淀玩去……"对于他的轻薄之举她心里还有气，木着脸，并未听清他说谁做谁的情人的话。

总之，她做不了别人的情人，也无需别人做她的情人！男女之情，于她来说就只是人生的一小部分，得之她幸，失之她命！所以，只要与一个男子确定关系后，她就一心一意，懒得也舍不得花时间精力再去应付别的异性。

何况，她拼却28岁以来所有动心动情，只想做他一生一世患难与共的伴侣，他都不给她机会，又怎肯做他的情人？

三轮车在一家看上去还可以的宾馆门前停下。他与她来到前台。负责登记的是位40多岁的男人，艾光明急道："还有没有房间？""有，单人间、双人间、四人间都有。""单人间！"

男人便用莫名的目光对他俩各扫一眼，以为他俩是从学校偷跑出来的大学生，正要问些什么，她马上反应过来道："他一人住，我不住，我是陪他来登记的。"看她急得只差没说是自己妹妹，他在一旁讷讷的，虽没说什么，脸上还是挺失落的。

男人明白了后就说："单人间、双人间都太贵，住四人间吧！"他张嘴正要说什么，她抢先道："你说的是！"他交了押金，男人登记完并给了他钥匙后，她心急火燎地就要出门，他却叫住了她，说先要看看登记的房间怎么样。

她没想那么多，心里嘀咕了一句"一个大老爷们，事真他妈多"，便莫可奈何地转身跟他上楼。到了三楼，不知为什么，他一眼就看见左手第一间是浴室，便特地指给她看。

她想，我又不住这，看它干吗，就随口应了句。按钥匙标记的房间号，他们找到了那间正虚掩着门的房间，他上前把门推得更开些，只见两个还是三个男的正看电视，还有一个小孩在哭闹。

她手指一张空床对他道："看，在那儿！"他没出声，脸上说不出什么表情。那几个人回头不解地看他们，他什么也没说就走了。

下楼时，他忽说："我要换房。这房，有人看电视又有小孩闹，叫我怎么睡！"她正要没好气地问他："那——什么房没人打扰？"一想，当然是单人间。但，"单人间"这个词，在今晚，就像一根随时可引燃什么的导火索，便噤了声，没敢说出口。

到了一楼，他径自朝前台走去。她则趁其不备，从一扇开着的玻璃门旋风般逃到了外面。她怕他换了单间，又要她一同看了后，再孩子般恳求陪他一会儿，她不忍拒绝。只有天知道这"一会儿"会发生什么。因此，索性逃得远远的。

他与男人正说着话，一回头，才发现她已站到了门外，便一声比一声高地急喊："林泉，你进来，进来呀！林泉！"又怕她没听见，一个劲向她招手，

她含糊答应着，冲他点点头表示听见了，但就是装作不懂他话意地死活不进去。她又想：是不是换房后，他身上没那么多钱？想到他一向窘迫，忍不住就要进去付账。可一想到过去他对她的种种，便转身背对门不看他，咬咬牙，坚持住了。甚至觉得，他今晚就算因她而当了冤大头，被宾馆狠宰了一笔，也有一种复仇的快意！

离开宾馆，到了大街上，因口渴她去一家小店买冷饮。店主问："要什么饮料？"说着就打开屋角的冰柜，里面躺着五颜六色瓶装的、听装的、软包装的饮料。她一眼瞅住葡萄汁，让店主拿给她。

242

她又问身后的他："你要什么？来看看。"他说："绿茶！"店主刚要拿，他又说："红茶吧！"店主去拿红茶。他回头看看她手中的葡萄汁，又说："来她这个吧！"店主直起身子，不耐烦地说："你到底要什么？"一旁的她也不耐烦地催促："快说呀！"情急之下，他却道："矿泉水！"

一出店，她便由此说道："你这人，真是性情不定！自己都不知道自己到底要什么？明明分了手，我与那日本人谈得好好的，就是你，又是传呼又是打手机给搅黄了……"他辩解道："那是你们没什么感情！"她冷笑一下，心里道："你和你女朋友有感情？不是说，婚后只要她能洗衣做饭带孩子就行了吗，还大老远跑我这儿来干什么？"

他又问："你现在的男友经济情况怎样？"她如实道："不好。他家在农村，父母都是农民，他又排行老大。""你能和一个经济条件不好的人恋爱，这让我很高兴……"这叫什么话！难道他希望她生活得不好？

同他分手后，她之所以没听他劝告"与经济条件好的男人恋爱"，就是想用事实告诉他：曾被他讽为"林黛玉"的她，与现在一穷二白甚至因工程监理卷款而逃负债累累的男友，是可恋爱并创造美好未来的，她相信！不管前面是地雷阵，还是万丈深渊，她都毫不畏惧！义无反顾！

快走到胡同口时，她从包中拿出一样东西："你送我的玉观音，由于不小心掉在地上，恰巧摔坏了穿红丝线的头部，红丝线脱落后再也戴不上去了。大概一开始你就没多少诚心吧，现在还给你……"他没说什么，接了过去。

她与他淡淡道别后，便朝楼梯口走去。 "林——泉——"他一声从心灵深处急迫慌张的呼唤，突然划破午夜寂静，显得格外凄凉、悲切……

那还是她几个月前的旧名！她心撕裂般转身急急走到楼梯口，认真等他说什么……

模糊不清的夜空，表情也模糊不清的他，沉吟一会，只向她摆了摆手，道："再见！"

怅然若失的她，竭力平静地也道了声"再见"，然后转身，像一袭曳地玫瑰红裙，华丽、决绝……

但，在上一级一级台阶时，她的脑中还是不由自主响起莫文蔚的《盛夏的果实》来："也许放弃/才能靠近你/不再见你/你才会把我记起/时间累积/这盛夏的果实/回忆里寂寞的香气/我要试着离开你/不要再想你/虽然这并不是我本意……"

目送林子玥毅然决然的背影，艾光明想到自己先前因事业情感现实的考虑而放弃她，她没负气地马上离开，却一而再再而三在原地等候，他都没回头。现在，有了男友的她，掉转身，终于走了。从今往后，在汹涌的人潮彻底失去她，自己与山东女友又再回不到从前：因山东女友虽是打理现实生活一地鸡毛的能手，但她的才貌平平、不修边幅，让每次在心里不由拿她与林子玥相比的他总看不顺眼；更要命的是，她像红楼梦中宝钗总劝宝玉一样，要他务实些不要再倡导什么人文精神怀抱什么教育理想……

扁担不抓两头空的他，满腔情感没有着落，不觉悲从中来，尤其这悲不是别人给的，是自己造成的。他不由悔恨交加泪眼模糊，低一脚高一脚地回到宾馆。虽是单间，再无人吵闹打扰，他却辗转反侧一夜未眠……

65.

尽管今天就要递交辞呈，林子玥还是主动拿热水瓶去一楼打开水。恰巧，《美容》杂志那位相貌平平的副主编从一楼上来，看见穿棕色短靴、波西米亚风情长裙，戴藏式手镯，留中分长发的林子玥从楼梯下来，便毫无表情目不转睛地看着她。

她的脸，像火一样燃烧……像做了最见不得人的事。因平日不想引人注意，着装一直灰不溜秋，只是今天要辞职了，才随心所欲。彼此越来越近，就要擦肩而过时，林子玥主动招呼："你好！"却没有任何回音。

待她将开水打上来，站在电脑旁的副主编仍毫无表情眼珠一动不动地看着她，好像刚刚才发现一个要端掉她饭碗的女人（因她多次主动投怀送抱公司经理，才坐上今天这位置）。这敌意如此直接！这般放肆！芒刺在背的林子玥真正感受到这里工作环境的恶劣。

是的，你不愿以色事人，想凭自己本事干出头，可有的女人自然愿意。虽然你因她不再受男上司性骚扰，但这以色事人的女子不仅因付出了，还因这付出非万能保险，不能避免别的女子不像她一样走捷径，她便将身边稍有姿色的同性视之潜在竞争对手，排挤、打压……

快下班时，倪超雄突然打电话给林子玥："艾光明同山东女友分手了。"她不语。倪超雄以为她不信，又说："采编部一小女孩要结婚，艾光明说，结婚？结什么婚！头发昏！"她仍不语。不管这消息是真还是假，都与她无关，她已"名花有主"！

就算艾光明与山东女友真分手，她也毫不意外。就像当年她好不容易鼓起勇气给叶希声打电话，他问她的感情状况，她说去北京之前就同吴平分手了，他道："我早知会如此！"

她之所以在真正离开艾光明之前，能以惊人的耐心、宽容一直等他回头，也基于此。因她是过来人，犯过与他现在一样的错误：轻易放弃真正懂得并欣赏自己灵魂的爱人，一旦错过，便一生错过……

可最终不管她如何提醒，他还是没明白。她既为自己难过，也为他，甚至所有人难过：别人付出代价积累起来的宝贵经验，我们为什么不能以此为鉴，避免重犯错误，而非得等自己亲身经历后才明白？

　　林子玥与田园处了一段时间，自由自在无拘无束……以致，不管她冷漠，仍关心她，希望她早日开心快乐起来的倪超雄问她："如果艾光明回头再找你，你答不答应？"她想都不想："不，绝不！"何况，艾光明是那样一个矛盾的人，自己都困惑："不知为什么，我看见一个女子爱打扮我看不顺眼，但她不爱打扮我也看不顺眼！"

　　别说艾光明回头再找她，就是终悔悟过来不再与她斗气的吴荣回头再找她，并信心十足地展示他的成功——座驾沃尔沃、开在北京朝阳CBD（中央商务区)的公司——她也泰然自若，还说：像他这样的人，就是把CBD一层楼买下她都不吃惊。他很受用地沾沾自喜，不知没听懂她言外之意，还是听懂了忽略不计。夜色渐浓，她起身告辞。吴荣执意送她出来，与她并肩过天桥时不禁一个趔趄，几乎站立不稳地痛心疾首质问："那——我这多年的努力都是为了什么？你让我对你的感情最终如何安放？！"她心里回答："这就是对你处处限制我斩断我后路的最好回报！"见她不出声，他又痛心疾首质问："你与田园这样平庸的人，有什么共同点？又有什么话说？！"她虽清楚他说的没错，短时间的新鲜可能不在意，但天长日久也许真是个问题，可她仍一声不吭，心里回答："就算真是个错误，我也不回头！"

　　66.

　　自林子玥告诉艾光明她已有男友，他仍给她发过几次短信，但都未收到回复，后来又几次打手机、寄报纸，她都不接，也不言谢，好像从来不认识他。直至他为再次考研而辞职，手头比较拮据，发短信向她借几千元渡难关。她不好再装没看到，但与他也没见面，只将钱直接汇到他账上。

之后，他经济宽松还钱给她，说为了感谢，请她吃顿便饭，彼此才见了一面。他感叹："你还是没变！我呢？"她直言："有些变化，比以前胖了些。"他听了竟有些怅然与失落，因他曾几次在编辑部洋洋得意道："小时候，那些大人们见了我，不亲都不行！"实际，更难听的她都没好说出来：他已不再是当初那个精神焕发英气勃勃的男子了，脸上有的只是苍白、浮肿、疲惫……

饭毕，他们无言地走在一条曾一起走过的路上，他忽喟叹道："你们这些人啊，都是被父亲惯坏了！"以前，他说了许多不明白的话，她都不愿穷根究底；现在已分手，她更不愿追问，便含混一笑，敷衍过去。

不过，他前一句"你们这些人啊"，虽未明说是谁，她也猜到说的就是她。至于后一句"都是被父亲惯坏了"，她则想说：惯坏的结果也许是任性，也许是自我。但一个女孩被父亲惯坏，总比被父亲嫌弃要好。不会由于从小在缺少父爱的家庭环境中长大，而身心健康受损，成年后只知一次次地放低姿态去"乞求"男性的关爱，想在男性的关爱中获得补偿，却屡遭伤害和抛弃。一味地相信、付出和依赖不但没有把她从"缺爱"的深渊中拯救出来，反而让她一无所有——因不愿面对自我，更谈不上自我成长的灵魂终究躲不掉无处不在的孤独……

2003年非典最严重时，一天，林子玥不怎么修饰地戴着口罩去图书馆借书回来，在320路车上隐约看见一个平头黑衣男子，特像艾光明。她心情复杂极了，既想他看见她，又怕他看见她这副大大咧咧的模样。到终点西站下车时，她不由自主跟在那人后面，怎奈人太多，一会儿就把人跟没了。

想到这非常时期，若不能见一面，便可能永远也见不到了。她心里还是有些放不下。于是，第二天她稍修饰了下，就去他住地一探究竟。

在承泽园门口她被执勤的人拦着不准进去，正不知怎么办时，艾光明从天而降般出现在她面前："林泉，你怎么来这了？"她什么都顾不上，只一个劲惊喜地说："你还在这！昨天在车上我见有个人很像你，去了西站。我以为你离开北京了，所以今天来这看看是不是真的。"

他埋怨道："林泉，你太轻浮了！"（多年后，当田园总结彼此十多年婚姻，她最大的优点是"忠诚"时，想起他这句埋怨，她不免只有自己懂的苦笑。）被他这当头一棒打蒙了的她，不知他这埋怨从何而起。是与他分手后，她没从一而终，不久就有了男友？是昨天车上一个错觉，今天就冒冒失失来看他？还是……

她一声不吭，不作任何辩解。他对她的误解太多太多，一时都不知从哪里辩解，就任凭他发泄心中郁积太久的怒火吧！接着他又问："你们结婚了吗？"她如实道："还没有。""怎么还不结？"他似比她还急。她只得敷衍道："大概再过几个月吧。"他不再言语。她心里却纳闷：她结不结婚，与他有什么相干？轮得上他操心吗？

走着走着就走到了一处休闲健身的地方，他们在草坪上坐下来，不咸不淡地随意聊着。见有人在荡秋千，她便童心大发，叫嚷着他们也去。他却声严色厉呵斥她："要去，你自己去，我不去！"被兜头一盆冷水浇下的她有些发窘，不再说什么。

远处，不时有几对男女在无忧地欢笑、孩童般嬉戏，如一部生动的彩色有声片。而中规中矩并排坐着一言不发的他们，则像极了一部呆板、陈旧的默片……

67.

又过了半年。有一天，艾光明忽然打电话给她压低声音神秘兮兮道："林泉，你现在说话方便吗？"林子玥不耐烦地说："有什么事你说吧！""你第一次与异性是怎发生性关系的？"她完全没料到他会问

248

这样的问题，又羞又气："我不知道！我不清楚！"

在没有张贴一个大红"喜"字的所谓"新房"，她与吴平相对无言，门大大敞开至午夜，也没一个人来闹。终究是逃不过那一刻的，她害怕极了。

举行婚礼前吴平擅揣摩她的脾气，千方百计讨好她，时时处处谨言慎行，这时却没一句温言软语，野兽般直扑过来。她挣扎着推阻着，他则埋怨着咆哮着，更野蛮凶狠起来。她终未拒抗住什么东西被撕裂的疼痛……他仍没一句温言软语，反似一个蓄谋已久的阴谋终得以实现，洋洋得意道："我欢喜！你现在——再没人要了！"

一个月光如碎银闪烁水面的夜，叶希声坐在芳草萋萋的岸边，倾心倾情用吉他为她弹奏《同桌的你》《昨日重现》《晚秋》后，灵魂出窍一样望着她，声音微颤地说："泉——我可以吻你吗？"她摇头："你知道，我与人订婚了。"

她眼望天花板，扫都未扫一眼吴平，就从厚厚的棉被飞起一脚，只听他"哎——哟"一声鬼哭狼嚎，蜷缩起身子，去捂痛处，接着"扑通"一声，大白猪样滚落地板……

"我新处了个女朋友，她从没性经验，我真不知怎么办！"艾光明有几分着急道。林子玥几乎呕吐般在心里冷笑："就算你真盼来了个21世纪唯一的处女，她没任何性经验，难道你还是个处男？什么都不懂？"嘴上却道："你不会买些书或VCD看吗？"其实，她是看田园这样做，才如此说。"哦，哦，哦……"他似刚明白般一连叠应道。

之后，她困惑地将他这番既莫名其妙又唐突露骨的话告诉倪超雄，问道："他是不是以此回击我与他彻底了断的那晚，我说'男友30岁，才第一次走近女性'的话？"倪超雄点了点头，她仍有些不敢相信。若果真如此，他也未免太小气太记仇了，犯得着因她这一句话而耿耿于怀两年？并且，一有时机便报复？

自此，记忆中那个英武儒雅得让她难过的男子死了，只留一张溃烂的脸，恶心得使她永生永世都不想再见！

68.

几年之后的一个春天，倪超雄忽然告诉已远离北京的林子玥：原《教育信息》的同事最近聚了一次，在白云观附近的一家小餐馆，艾光明请的客。

倪超雄说："那天相聚，一见我，艾光明就问你的近况，我如实跟他说：'开了家公司，有房有车，丈夫也厚道！'他一脸怅然落寞，像有许多话要说，又一时不知从何说起……"

"真的吗？"林子玥颇怀疑。

《教育信息》终究没有跟上时代的脚步，上至主管领导，下至普通读者，都对它提出了很多中肯意见，但一直没什么改进，导致发行量越来越小，广告收入锐减，直至没钱开印，最后停刊。这给了艾光明很大打击。倪超雄说，艾光明平日都在白云观，具体做什么不知，无非看看书、烧烧香……

其实，变化的岂止艾光明！就如鲁迅在《南腔北调集》中所言："后来《新青年》的团体散掉了，有的高升，有的退隐，有的前进，我又经验了一回同一战阵中的伙伴还是会这么变化。"别的同事也各奔东西，或出国、或去机关、或考研、或经商、或沉沦……

柳敏慧在国外留学几年后回来，曾在一家英语报供职。不知为什么，几个月后又去了美国。

孙为民后来在所供职的杂志社介绍一熟人做广告。熟人信任他，让他代付杂志社广告款时，他竟然卷款跑了，至今下落不明。

石磊继续追逐着他的梦想。经历过考研热、考博热，多年后还在北京漂着，没有自己的一个蜗居，最后连妻子也离他而去。

路一鸣则进入政府机关当了秘书。

倪超雄在《教育信息》停刊后，将老家房子卖了一头扎进商海，没几年便在北京买了几套房。

至于林子玥，为节省创业资金，离京前她与田园将能用的电脑、打印机、扫描仪甚至未断腿缺角的桌椅都打包托运回老家；一天一夜的火车路程，又非春运一票难求，他们也不买卧铺，硬是一直坐着到终点；为减少人员开支，她一人兼任文员、出纳、销售等多职，加班到午夜是常事，有时太累懒得回去，干脆把沙发床一打开就在公司睡；为看懂财务报表，一见密密麻麻阿拉伯数字头就大的她，竟然报个会计速成班，一月后考试，所有课程一次过关，顺利拿到会计证；为催收拖了好久的工程款，她独自去找不管是只有几万资本的小赖还是上亿资本的大赖，一想到自己心无挂碍看书写作的梦还不能实现，她就怒火攻心不仅拍案而起甚至作河东狮吼；为打官司她一次次找律师、一趟趟往法院跑……总之，创业所遇困难、糟心事几乎全摊上了。

丁红也出来单干过一些事，后来发现自己不是那块料，又回教育报刊老老实实上班。

只有当年做《文化茶坊》版的编辑陈国华没什么大变化，在编辑作者来稿时，有幸认识了一位志趣相投的女友后，离开《教育信息》，去了另一家教育媒体，再没离开。

多年后，不论林子玥的生活多么优渥，忙时开车去市区公司转转，不忙时在依山傍水的房子里看看书写写字，她都觉得，他们那一群如五四青年般的编辑部同事，一起共度的岁月，才是真正的青春!

因为青春就是一腔热血，不计得失!

因为青春就是直面困苦，如赴盛宴!

69.

2010年，林子玥独自在影院看了电影《孔子》。她觉得孔子见南子最为出彩最有看头：

南子一边说，一边身子向孔子逼近笑问："窈窕淑女，君子好逑。请问夫子是什么意思啊？"孔子身子后退了些答："这首诗的意思就是，君子好美而求之以礼。"南子又笑着慨叹："在诗三百篇中，有好多篇关乎男女情爱啊！"孔子认真道："诗三百篇，可以用一句话来概括它，就是，情思深深而没有邪念！"颇意外的南子，怔了一下，又身子向前道："我自幼喜欢诵读诗篇，不知可否拜你为师呢？"孔子冷然地："我在卫国收了一个新学生名叫卜商，这学生虽年幼却是个神童，他跟我学诗很有见地，微臣可以推荐他来伴你读诗。"

慢慢失望的南子敛起笑，正色道："朝中大臣纷纷议论你游说君王以礼让治国，你那一套行得通吗？"孔子道："以礼让治国是国家社稷人民之福，有什么难处不能克服呢？礼法丧失，国家就会混乱。"南子笑叹："男人的本性就是贪财好色，为此争得头破血流，这也是天性，要克服难啊！"孔子严肃地道："正因为难，才考验出君子！"南子停止摇扇，推心置腹道："夫子，你真的把做一个品德高尚的君子看得这么重要吗？"孔子铿锵有力地道："我的信念是，朝闻道，夕死可矣！"有些动容的南子身子再次向前恳问："夫子可否留在卫国，我们再见面？"颇意外的孔子，不言，低头看旁边铜雀水漏一滴一滴滴着……

可南子仍满怀期待，孔子不敢迎接她的目光，侧头道："微臣不便。""不便什么，有何不便？"南子急问。孔子无奈道："微臣从没见过如此好德如好色的人！"这般坦荡磊落，不免震动的南子起身后认真道："世人也许很容易了解夫子的痛苦，但未必能体会夫子在痛苦中所领悟到的境界。"本不露声色的孔子，脸上微微抽动了一下（因他周游列国，各国君主都不能理解他的理想，未料，这个理解——竟出自于一个美貌的女子之口，闻听自然心头一颤）。接着，南子——这位卫国真正的当家人，竟纡尊降贵对他伏身跪拜以头叩地行最敬礼！很意外又很动容的孔子忙郑重回拜……

人生难得一知己，千古知音最难觅！尤其是异性间惺惺相惜、相敬的知音！胡玫版《孔子》林子玥喜欢，集合了她心中理想的男人与女人。男人，贫贱不移富贵不淫威武不屈坦荡磊落：承认美色难以抵挡又终抵挡住，情思深深，而无邪念。女人，雄才美色兼顾识大体顾大局知进退懂取舍善解人意：真乃男人红颜知己！

回想当年在艾光明小屋一起看电视剧《孔子》时，他认真问："南子为什么要见孔子？"其实，没读过什么传统典籍也不熟知历史人物的她，不知是受父亲从政影响，还是因自己女性视角，答道："可能想争取孔子留在卫国，成为她智囊团中核心人物，为日后夺权所用！"他沉默，皱眉蹙额，好像有些失望又有些惊讶，可又苦于找不到什么有力的理由反驳。

她不免假设，若当年的艾光明，对她，如孔子见南子，坦言"微臣不便，微臣从没见过如此好德如好色的人"，终"情思深深，而无邪念"，他们的故事又将如何发展、演变？